DORIS FÜRK-HOCHRADL

Kräuterrosi und ihr Bumshüttensepp

KRIMINALROMAN

emons:

Bibliografische Information der Deutschen Nationalbibliothek
Die Deutsche Nationalbibliothek verzeichnet diese Publikation in der Deutschen Nationalbibliografie; detaillierte bibliografische Daten sind im Internet über http://dnb.d-nb.de abrufbar.

MIX
Papier aus verantwortungsvollen Quellen
FSC® C083411
FSC
www.fsc.org

Umschlagmotiv: mauritius images/Grethe Ulgjell/Alamy
Umschlaggestaltung: Tobias Doetsch
Gestaltung Innenteil: César Satz & Grafik GmbH, Köln
Lektorat: Christine Derrer
Druck und Bindung: CPI – Clausen & Bosse, Leck
Printed in Germany 2016
ISBN 978-3-95451-986-6
Originalausgabe

Für meine wunderbaren Kinder Paul, Larissa und Luki.
Ohne euch wäre dieses Buch schon ein Jahr früher fertig geworden, aber jeder Augenblick mit euch ist tausend Schreibmomente wert. Hab euch lieb.

Neue Liebe – neues Leben

Abhilfe bei Verstopfung
Milchzucker regt die Darmtätigkeit an. Naturtrüber, nicht pasteurisierter Apfelsaft löst so manchen Klumpen. Viel trinken hilft auch. Außerdem empfehlenswert: ein Esslöffel Leinsamen oder ersatzweise Flohsamen am Vorabend eingeweicht und am Morgen eingenommen.

Manche Dinge ändern sich und andere eben nie. Diese Weisheit ist genauso wahr wie die Tatsache, dass Ferkelbauer Hias erneut mit einem Minischwein in meiner Stube steht und um Hilfe bittet. Nur dass er diesmal nicht allein, sondern mit Zenzi als Verstärkung angerückt ist. Die beiden haben sich nach all den Turbulenzen der vergangenen Monate gefunden wie ich den Sepp, mein Sohn Raphael seine Kalina und meine Tochter Daniela ihren Kurt. Es war ein mörderischer Sommer, aber auch einer der Liebe.

Ich schmunzle in mich hinein und hole mein Mittel gegen Verstopfung aus der Kommode. Das Ferkelchen kann nicht, obwohl es dringend einmal müsste. Ganz gequält guckt es mich mit seinen Schweinsäuglein an.

»Wie jetzt? A Milli-Pulver?«

Ich lächle und nicke. »Ja, richte dem Ferkel ein Babyfläschchen her, aber gib noch extra Milchzucker hinein, dann erledigt sich das Problem ganz schnell. Das hat noch jedem Baby geholfen, also wirkt es bei deinem Ferkel allemal.« Ich reiche ihm noch die Packung Milchzucker.

Hias zieht die Augenbrauen hoch und presst die Lippen aufeinander.

»Die Rosi hat bestimmt recht, Hias. Komm, wir lassen sie jetzt allein. Sie will bestimmt den letzten Abend mit ihrem Liebsten in Ruhe verbringen, bevor dieser ins Rampenlicht muss. Wir sind ja alle schon so gespannt. Du und der Sepp, ihr werdet richtige Fernsehstars! Ich bin ehrlich stolz, dich zu kennen, Rosi«, sagt Zenzi und strahlt mich an wie eine Hundert-Watt-Glühbirne kurz vor dem Durchbrennen.

»Ja, ja«, seufze ich. Mir ist die ganze Angelegenheit mehr

peinlich, als dass ich mich darüber freuen könnte. Glücklicherweise konnte ich den Fernsehsender davon überzeugen, dass ich die absolut Falsche für ihre Sendung bin. Sepp kann sich bestimmt viel besser vor der Kamera präsentieren als ich. Außerdem ist er der Profi in diesem Gewerbe, ich bleibe da viel lieber bei meinen Kräutern.

»Stimmt es, dass der Sepp in ganz Österreich Bordelle –«

Ich winke ab, bevor Zenzi weiterfragt. »Vorerst will der Sender einfach drei Probesendungen drehen und dann schauen, wie das Format bei den Zuschauern ankommt.«

Zenzi schüttelt ungläubig den Kopf. »Und das alles habt ihr der Gitti zu verdanken. Wie sie nur immer an diese Kontakte kommt? Gitti ist eine Wucht.«

»Mmh. Die liebe Gitti. Sie ist schon etwas ganz Besonderes«, sage ich und dränge Hias und Zenzi leicht in Richtung Ausgang.

Langsam beschleicht mich der Verdacht, dass die beiden gar kein Problem mit dem Ferkel haben, sondern vielmehr selbst mit einer Krankheit namens Neugierde geschlagen sind.

»Erzählst du uns, wie es war?«, fragt Zenzi beim Hinausgehen.

»Da müsst ihr den Sepp fragen. Ich habe mich geweigert, ins Fernsehen zu gehen. Mir reicht meine Stube«, sage ich und schließe die Tür hinter den beiden, bevor sie mich weiter mit Fragen durchlöchern können.

Endlich Ruhe. Gemächlich gehe ich zur nagelneuen Kaffeemaschine. Raphael und Kalina haben zur Hochzeit zwei dieser Kapselmaschinen geschenkt bekommen, und nun steht eine davon neben meiner alten Filtermaschine. Wenn ich allein bin und gerade kein besonderes Bedürfnis nach einem Kopi Luwak oder einer Meinl-Spezialröstung habe, dann drücke ich schon mal auf die Taste und lasse mir eine Kapsel in die Tasse. Es ist beeindruckend, welch intensiven Duft die kleinen bunten Aluminiumdinger verbreiten. Den Preis pro Kaffee darf ich mir freilich nicht ausrechnen, sonst lasse ich mich lieber von Sepp nach Salzburg kutschieren und genieße im Sacher an der Salzach einen Espresso mit einem ordentlichen Stück Torte als Draufgabe.

Ich höre, wie sich die Tür öffnet, und schon am Drücken der

Klinke erkenne ich, dass es Sepp ist. Sein Geruch begleitet ihn und vermischt sich mit dem Kaffeeduft in der Stube. Mir wird warm, und mein Puls rattert schneller als sonst.

Schon seltsam, wie rasch ich mich an seine Anwesenheit gewöhnt habe. Der Gedanke, dass er jetzt zwei Wochen in Wien sein wird, um für das österreichische Privatfernsehen Bordelle auf Vordermann zu bringen, versetzt mir einen Stich ins Herz.

Ich drehe mich um.

Sepp lächelt schief. »Und, viele Hilfesuchende gehabt?«, fragt er leise und streckt seine Hand aus, um mich sanft an der Wange zu streicheln.

»Nein, nur der Hias mit der Zenzi. Ich glaube aber, sie wollten eigentlich zu dir, du Fernsehstar.«

Sepp lacht und atmet tief ein. »Dass ich einmal bei einem Format wie ›Pimp my Puff‹ mitmache, habe ich mir auch nie träumen lassen. Und du willst mich wirklich nicht begleiten? Du müsstest auch gar nicht vor die Kamera …«, sagt er und legt den Kopf schief.

Er sieht mich bittend an. Viele Stunden haben wir darüber gesprochen, und er hat nichts unversucht gelassen, mich umzustimmen, aber ich bin meiner Entscheidung treu geblieben.

»Nein, mein Lieber. Du machst das schön allein. Immerhin hättest auch du Nein sagen können.«

»Bei deiner Freundin Gitti?«

Ich kichere und drücke ihm einen Kuss auf die Wange. Dann dränge ich mich vorbei und setze mich mit meiner wohlverdienten Tasse Kaffee an den Tisch.

»Stimmt, Gitti etwas abzuschlagen ist schwierig. Ich hab es auch nie geschafft. Aber dass sie ausgerechnet in der Türkei den Chef des Fernsehsenders kennenlernt und dann auch noch frei von der Leber weg von dir und mir erzählt, ist selbst für sie ein starkes Stück.«

Sepp macht sich auch eine Tasse Kaffee und setzt sich zu mir.

»Ja, vielleicht hätten doch wir beide den Urlaub antreten sollen. Uns wäre das nicht passiert. Aber du musstest ja Alfons dazu überreden, mit Gitti zu fliegen.«

»Ihrer Ehe hat es gutgetan. Seit der Türkei ist Gitti viel zufriedener, und auch Alfons lässt sich hin und wieder im Dorf blicken. Der alte Griesgram war die letzten Jahre nur noch auf der Couch zu finden. Die Rente bekommt eben nicht jedem.« Ich grinse Sepp an.

Auch er tut sich schwer damit, seine Finger von den Geschäften zu lassen. Vielleicht ist die Sendung genau das, was er braucht, um endgültig mit dem Herzkasterl abzuschließen und die Zukunft des Bordells ganz in Raphaels Hände zu legen.

»Du, mein Lieber, wirst wohl oder übel zu deinem Wort stehen und diese Bordelle ordentlich pimpen, oder wie sagt man das auf Neudeutsch?«, frage ich halbernst.

»Ich hab ja Lust auf etwas ganz anderes«, flüstert Sepp mit rauchiger Stimme.

Er küsst mich am Hals. Ein kalter Schauer läuft mir den Rücken hinab, und ich halte mit Müh und Not das Kichern zurück. »Lass das, mein Schatz. Ich muss auch noch Koffer packen. Immerhin erwartet mich meine Freundin Klara morgen pünktlich zur Andacht.«

Sepp schüttelt den Kopf und sagt: »Wenn das die Leute wüssten: Ich geh nach Wien und bringe schmutzige Geschäfte medienwirksam auf Vordermann, und du gehst derweil ins Kloster.«

Ich zucke die Schultern und meine gelassen: »Das passt doch gut: Der Bumshüttensepp kommt ins Bordell-Fernsehen und Kräuterrosi in den Klostergarten.«

Ich suche gedankenversunken meine Sachen zusammen. Einerseits freue ich mich auf meine alte Schulfreundin und ein paar ruhige Tage in der klösterlichen Stille, aber andererseits tut mir der Abschied weh. Ich liebe meinen kleinen Hof, meine Hühner, meine Kräuterküche und die Arbeit mit den Menschen. Seit Sepp und ich ein Paar sind, hat meine Stube einen unerwarteten Patientenzuwachs erlebt. Jeder will zumindest ein Mal die Kräuterhexe mit dem Puffvater im wirklichen Leben gesehen haben.

Wer hätte gedacht, dass ich und Sepp in unseren alten Tagen noch zu richtigen Lokalberühmtheiten werden? Von der Bezirkszeitung angefangen bis hin zum Radio, alle wollten mich interviewen. Dabei liegt mir die Öffentlichkeit weit weniger als dem Sepp.

Du warst schon immer etwas kamerascheu, obwohl eine kluge Frau wie du im rechten Licht noch mehr erstrahlt.

Horst. Ich blicke zum Ohrensessel, wo er früher immer gesessen und Zeitung gelesen hat. Seit ich Sepp habe und mich vor Arbeit kaum retten kann, höre ich seine Stimme viel seltener in mir als vorher. Ich atme schwer. Obwohl ich nun, Jahre nach seinem Tod, wieder die Liebe gefunden habe, vermisse ich ihn. Er war meine erste Liebe, Sepp ist nun meine zweite. Früher glaubte ich, man könnte nur ein Mal im Leben wahrlich lieben, aber das war ein Irrtum. Es gibt kein Höchstmaß an Liebe, das irgendwann ausgeschöpft und leer ist, nein. Die Liebe vermehrt sich wie ein See, der bei Regen anschwillt, tiefer und breiter wird und schlussendlich eine Größe erreicht, die wir Menschen nie für möglich gehalten haben.

Meine Freundin Klara hat das schon immer gesagt. Ihre Liebe ist so groß, dass sie nicht bei Menschen haltmacht. Sie liebt die ganze Welt, und das mit einer Leichtigkeit, die man einer Nonne nie zutrauen würde. Es gibt wohl keinen Menschen auf Gottes Erde, der fröhlicher ist als sie. Ich lächle in mich hinein. Es wird mir guttun, einige Zeit in ihrem Leuchten zu verbringen, auf jeden Fall besser als das grelle Licht der Fernsehleute.

Ich halte den Abschied so kurz wie möglich. Sepp umarmt und küsst mich, dann steigt er ins Auto und fährt los. Ein Kloß steckt in meinem Hals, und ich versuche, ihn hinunterzuschlucken, aber es drückt noch stärker, und ich schnappe nach Luft.

Frostkristalle glitzern auf den kurzen Grashalmen, und dichte Nebelschwaden ziehen über die Sumpflandschaft. Der Spätherbst ist ins Land gezogen und verwehrt der Sonne jedes Durchdringen. Bald schon wird der erste Schnee fallen, und das Moor, die Hügel und Wälder werden wie mit weißem Zuckerguss überzogen vor mir liegen. Ich schlinge die Arme um mich. Mein Atem steigt als Wolke auf. Sepps Wagen ist außer Sichtweite. Ich drehe mich um und gehe hinein. In einer guten Stunde wird es auch für mich Zeit, ins Auto zu steigen und nach Maria Schmolln zu fahren, sonst verpasse ich womöglich noch die Vormittagsandacht.

Wie bestellt kommen ein paar Minuten später Raphael und Kalina mit Mariella. Sie nehmen den Haustürschlüssel an sich und versprechen, sich gut um Haus und Hof zu kümmern.

Ich wiege Mariella sanft in meinen Armen, während Raphael meine Koffer in den alten Citroën lädt. Donald, wie ich das Auto nenne, wird sich freuen, endlich einmal wieder eine längere Strecke auf der Straße zu verbringen, anstatt in der Garage zu warten. Doch warum sollte ich auch großartige Reisen unternehmen, wenn alles, was mir lieb und teuer ist, hier zu finden ist?

Ich lächle Mariella an. Nichts lässt mein Herz so aufblühen wie der Anblick meiner kleinen Enkeltochter. Sie hat Horsts hohe Stirn geerbt und Raphaels Kunst, die Lippen zu verziehen, wenn ihr etwas nicht gefällt. Das restliche Gesichtchen kommt nach ihrer wunderschönen Mutter. Wenn mich die Kleine mit ihren haselnussbraunen Augen ansieht und mir ein Lächeln schenkt, glaube ich, das Glück mit Händen fassen zu können. Auch Kalina sieht nach den Strapazen des Sommers und der Geburt endlich frisch und ausgeschlafen aus.

»Die Kleine liebt dein Polster. Zahnschmerzen sind viel besser«, sagt meine hübsche Schwiegertochter und legt das kleine Lavendelkissen zu Mariella in meinen Arm.

»Ja, Lavendelduft verschafft süße Träume, und die kleine Prinzessin hat die süßesten auf Gottes Erden verdient.«

»Ich freu mich, dass wir ein paar Tage hier wohnen«, sagt Kalina ernst.

Ich horche auf. »Hast du endlich mit meinem Sohn gesprochen? Ein Bordell ist kein Ort für ein Kind, und Raphaels muffige Zwei-Zimmer-Wohnung auch nicht. Ihr könnt wirklich gern neben dem Hühnerstall bauen. Ich würde mich freuen, öfter auf Mariella aufpassen zu können.«

Kalina seufzt und sieht nachdenklich das Baby an. »Ich halte es für gute Idee. Neues Leben, neues Haus. Aber Raphael zweifelt. Er mag es, wenn Arbeit vor der Tür liegt, und Arbeiten macht ihm Spaß. Er ist ein guter Chef. Sepp sagt das auch.«

»Ich weiß, mein Kind. Es spricht aber auch viel dafür, wenn die Arbeit nicht bei einem wohnt. Sepp ist in Wahrheit längst bei mir eingezogen und seitdem viel fröhlicher. Ihm tut der Abstand zum Bordell gut.«

»Sein Glücklichsein liegt an dir. Aber ich werde Raphael schon noch überzeugen, dass deine Nähe für alle gut ist, auch für uns«, sagt Kalina bestimmt.

Ihr Akzent ist nicht zu leugnen. Ich betrachte sie und fühle plötzlich unendliche Dankbarkeit in meinem Herzen. Ja, mein Sohn hat die richtige Frau bekommen. Es ist kaum zu glauben, dass Kalina voriges Jahr noch wie eine Sklavin unter einem brutalen Zuhälter arbeiten musste. Im Nachhinein gesehen war es ein Glücksfall, dass Raphael mit seiner Versicherungsanstalt am bulgarischen Ballermann Urlaub gemacht und sich in die Prostituierte verliebt hat. Mir sind durch seine Verstrickungen in den Versicherungsskandal zwar etliche graue Haare gewachsen, aber bei meinem Silberton im Schopf ist das einerlei. Kalina breitet die Arme aus, um Mariella wieder an sich zu nehmen. Eine mütterliche Milde umspielt ihr Lächeln. Sie war eigentlich immer viel zu feinfühlig für die Arbeit als Prostituierte, und nun, da sie als Mutter und Ehefrau endlich Frieden gefunden hat, blüht sie richtig auf.

»Du wirst das machen, davon bin ich überzeugt. Nächsten Sommer werdet ihr bauen«, sage ich zwinkernd und gebe ihr vorsichtig das schlafende Kind. Mariella grummelt zuerst leise und schläft dann ruhig weiter.

»Was tuschelt ihr da?«, fragt Raphael, der gerade zur Tür hereinkommt.

Kalina und ich sehen ihn mit Unschuldsmiene an.

»Donald ist abfahrbereit. Willst du nicht doch lieber, dass ich dich bringe? Du magst Autofahren doch nicht besonders.«

»Ich schaff das. Sorgt ihr mal lieber gut für mein Häuschen

und heizt regelmäßig den Kachelofen ein«, sage ich verschwörerisch in Kalinas Richtung.

Die wohlige Wärme des Kachelofens hat schon so manche harte Überzeugung dahinschmelzen lassen, vielleicht tut sie auch in Raphaels Fall das Ihrige zum Erfolg. In Gedanken sehe ich schon das neue Haus neben meinem, ich höre das helle Kinderlachen und rieche den köstlichen Duft, wenn ich für die ganze Familie groß aufkoche. Warum sollte die Zukunft nicht ein wenig so sein wie die Vergangenheit? Früher wohnten die Menschen auch näher beisammen. Und ich hege keine Zweifel, dass ich mich gegebenenfalls auch in Zurückhaltung üben kann. Die Jungen haben andere Ansichten, und ich werde sie respektieren.

Ich stehe auf und nehme den Autoschlüssel an mich.

»Bis in einer Woche, Mama. Wenn du etwas brauchst, dann ruf an. Dein Handy hast du eingepackt, oder?«, fragt Raphael.

Ich nicke und verschränke die Arme vor der Brust. »Hab ich. Aber auch nur, weil du und Sepp so darauf besteht. Du weißt, dass ich nichts von den Strahlenungetümen halte.«

»Ja, Mama. Ist auch nur für den Notfall. Zu Hause brauchst du es nicht einschalten.«

»So weit kommt's noch, dass ich daheim mit diesem Ding hantieren würde.«

Raphael lacht. »Eine schöne Zeit, und grüß mir Klara.«

Ich entspanne mich und lächle. »Mach ich, mein Junge. Bis dann«, sage ich und gehe hinaus, wo mein altes Auto auf mich wartet.

Donalds Motor rattert, als ich ihn anlasse. Doch er springt wie jedes Mal zuverlässig beim ersten Mal an. So ist das mit den alten Dingen. Handy hin oder her. Die neue Technik muss erst beweisen, dass sie nach Jahrzehnten oder gar nach einem halben Jahrhundert noch immer so einwandfrei funktioniert wie mein treuer Wagen.

Ich fahre los und lasse das Moor hinter mir. Es ist kaum zu glauben, aber die paar Kilometer nach Maria Schmolln tragen dazu bei, dass ich mich wie in der Ferne fühle.

Der kleine Wallfahrtsort liegt mitten im Kobernaußerwald. Nur durch eine unsäglich kurvenreiche Straße ist er erreichbar. Donald schlängelt sich gekonnt über die Serpentinenfahrbahn. Ich lenke angestrengt und bin ganz aufs Fahren konzentriert. Links und rechts Bäume und Wald, nur einmal taucht auf der linken Seite eine Schottergrube auf, wo der gelbe Sand und die großen Schottersteine abgebaut werden. Ich lege den zweiten Gang ein und krieche weiter. Obwohl die Straße breit ausgebaut ist, strengt mich die Fahrt an.

Ich bin so vertieft, dass mich die Ortseinfahrt überrascht. Nur mit Mühe schaffe ich die Linkskurve und fahre in den Ort. Ein schmaler Torbogen, durch den ich lenken muss, und dann die gewaltige Kirche, der Dorfplatz und dahinter das Kloster mit dem Altenheim und dem Kräutergarten. Ich bin angekommen.

Erleichtert parke ich Donald bei der Kirche. Kaum zu glauben, dass hier einst nur eine kleine Holzkapelle stand, in dem das bekannte Marienbild verehrt wurde. Irgendwann Anfang des 17. Jahrhunderts hatte ein einfacher Bauer dieses Bild an einen Baum gehängt, um seinem verschollenen Sohn zu gedenken. Die Menschen, die damals vorbeikamen, beteten für den Jungen, und innerhalb weniger Jahrzehnte wurde die erste Kapelle gebaut. Jetzt aber, mehr als dreihundert Jahre später, ragt ein richtiger Kirchturm in die Höhe.

Ich blicke nach oben. Es läuten schon die Glocken. Der Ort ist wie ausgestorben. Kein Mensch befindet sich auf dem Dorfplatz. Ja, es ist erst Vormittag, aber dass solche Totenstille herrscht, ist irgendwie seltsam. Die Glocke ermahnt mich mit lautem Bimbam zur Eile. Jetzt aber fix. Ich möchte mich nicht Klaras liebevoll heiterem Spott und Hohn ausliefern, wenn ich wie damals in der Schule fünf Minuten zu spät zur Tür hereinstürme. Auch wenn ich mich um Pünktlichkeit bemühe, spielt mir die Zeit ab und an einen Streich, und ich komme ins Hetzen.

Ich steige aus. Es ist viel kälter hier als zu Hause. Die paar Höhenmeter Unterschied bewirken, dass ich den Schnee schon so deutlich riechen kann, als würde ihn Frau Holle die nächsten

Stunden auf die Reise zur Erde schicken. Sogar die Wolken scheinen hier ganz andere zu sein als zu Hause. Höher, bauschiger und voller hängen sie am Himmel. Ich schlinge den Mantel enger um meinen Körper. Schnellen Schrittes marschiere ich zur Kirche.

Im ersten Moment ist es dunkel im Inneren. Weihrauchduft vertreibt den Schneegeruch. Ich atme tief ein und fühle mich auf einmal nur noch halb so fremd. Hell und freundlich ist es im Bauch des Gebäudes. Ich sehe mich um.

Eine Kirche kann abweisend oder einladend sein. Hier spüre ich, dass ich willkommen bin. Auf Zehenspitzen schleiche ich mich nach vorn.

Blutbrunnen

Das Wundermittel Weihrauch
Weihrauch wirkt stark entzündungshemmend, zum Beispiel bei Gelenkentzündungen, chronischen Darmentzündungen und Rheuma. Gute Weihrauchpräparate (Kapseln) sind hochdosiert und müssen nur einmal täglich eingenommen werden. Man sollte diese aber nur in Absprache mit einem Arzt verwenden.

Die Kirchenbänke sind bis auf die vordersten Reihen alle leer. Es ist so still wie eben auf dem Dorfplatz. Bei der Andacht sind die Menschen jedenfalls nicht. Mehrere Nonnen und einige alte Frauen sitzen ruhig vor dem Altar. Ich erkenne Klara schon von Weitem. Ihre Körperhaltung hat sich seit der Schulzeit nicht geändert. Rank und schlank wie eine Fünfzehnjährige sitzt sie in der Bank. Die Schultern entspannt, den Kopf hocherhoben. Irgendwie schafft sie es, dass man den Eindruck gewinnt, sie könnte jederzeit aufspringen und einen Schabernack beginnen.

Als würde sie merken, dass ich da bin, dreht sie sich um. Ihre Augen leuchten vergnügt, und sie bedeutet mir, neben ihr Platz zu nehmen.

»Pünktlich auf die Minute«, flüstert sie und drückt meine Hand. »Schön, dass du da bist.«

»Ich freu mich auch. Wir haben uns so lange nicht mehr gesehen«, antworte ich.

»Heute wirst du gleich die Andacht des Jahres erleben. Die Jungen führen die Regie«, tuschelt Klara geheimnisvoll.

»Pssst. Schwester Klara. Ruhe«, zischt die rundliche Nonne vor uns.

»Ja, Mutter Oberin«, sagt Klara, macht aber zeitgleich Anstalten, aufzustehen. Mit einem Nicken zeigt sie mir, dass wir ein paar Reihen nach hinten wandern sollen.

Ich willige ein, und wir ziehen drei Sitzbänke zurück. Die Oberin schüttelt griesgrämig den Kopf.

»Crescentia ist die Oberschwester und gehört leider zur strengen Sorte. Aber ihre Einstellung passt zum derzeitigen Wandel in der Gemeinde.«

Ich sehe Klara fragend an, aber sie verzieht nur bedauernd die Lippen.

Die Andacht beginnt. Zuerst kommt ein bestimmt achtzigjähriger Priester aus der Sakristei. Ihn kenne ich noch von meinem letzten Besuch bei Klara. Pater Sebastian ist so trocken wie Reisig, und nur in den seltenen Momenten, in denen er zu tief ins Bierglas hineinschaut, kommt ein winziger Spritzer ebenso trockener Humor zum Vorschein. Meistens aber blickt er mit einer Ernsthaftigkeit ins Leben, die ich überhaupt nicht mit Klara in Verbindung bringen kann. Dennoch schätzt meine Freundin den Priester als gerechten und sachlichen Menschen, der es bei Problemen in der Gemeinde versteht, mit Scharfsinn durchzugreifen.

Nach Pater Sebastian tritt ein junger, gut aussehender Priester heraus. Ihm folgen etwa zwanzig weiß gekleidete Jungen und Mädchen, alle im Alter zwischen fünfzehn und fünfundzwanzig.

»Das ist unser neuer Priester, Pater Boris. Er hat das Charisma eines Heiligen, aber seine Zunge ist manchmal mehr die des Teufels«, wispert Klara.

Ich sehe nach vorn.

Pater Sebastian spricht die Begrüßungsworte und sagt mit bitterem Zug um den Mund: »Heute gestalten Pater Boris und seine Jünger und Jüngerinnen wahren Blutes diese Andacht. Der Herr sei mit euch.«

»Und mit deinem Geiste«, antworte ich automatisch mit all den anderen.

Der mürrische Pater Sebastian geht zur Seite und übergibt Pater Boris das Mikrofon. Der öffnet den Mund und beginnt zu singen. Die Stimmung verändert sich schlagartig. Ein Knistern erfüllt die Luft, die Weißgekleideten stimmen in den Gesang mit ein, sodass die ganze Kirche binnen Sekunden von der breiten Melodie des Kanons erfüllt ist. Das Licht wird gedimmt, bis nur noch der Altarraum im zarten Halbdunkel liegt. Zwei der Jüngerinnen schwenken einen Weihrauchkessel. Der intensive Geruch des Baumharzes schwebt in Rauchschwaden über die Bänke.

Ich weiß nicht, wieso, aber ich bekomme erst mit, dass nun vom Eingang her Leute mit Kerzen in den Händen in die Kirche strömen, als bereits die ersten vor dem Altar ihre Lichter abstellen. Es sind wieder vorwiegend junge Besucher. Erstaunt sehe ich Klara an.

Diese nickt. »Boris hat eine beachtliche Fangemeinde. Und er versteht es, seine Feiern in Szene zu setzen«, flüstert sie. Doch auch in ihren Augen schimmert der gleiche Glanz wie in denen der Jünger.

Wahrscheinlich ist es bei mir nicht anders. Die Musik, die Stimmung, das Kerzenlicht ... All das berührt mich. Bald schon ist die Kirche gut gefüllt. Der Gesang schwillt noch einmal an, bevor er verstummt. Dann beginnt Pater Boris mit dem Gebet. Seine Stimme ist so klar und durchdringend, dass sie mich in ihren Bann schlägt. Die Zeit vergeht, und der Priester spricht mit voller Begeisterung.

Klara stupst mich an. »Hörst du?«, fragt sie.

Zuerst verstehe ich nicht ganz, was sie meint, aber dann.

Verwundert schüttle ich den Kopf. Ich habe den Punkt in Boris' Ansprache wohl überhört, wo er von der allgemeinen Liebe Jesu abgekommen ist und angefangen hat, über die heutige Zeit zu schimpfen.

»Und die Unkeuschheit ist inmitten unter uns. Männer, die bei Männern liegen, und Frauen unseres Ortes, die sich Männern hingeben, ohne den Bund der Ehe geschlossen zu haben. Solch ein Volk ist nicht länger Gottes Volk. Jene, die Gräueltaten tun, wollüstig und unkeusch leben, sind verdammt. Doch noch ist es nicht zu spät. Wir sind hier, um euch zu warnen. Das Ende naht. Kehrt um. Werdet wahre Jünger! Werdet wahre Jüngerinnen! Dann ist Gottes Segen mit euch.«

Achtsam verfolge ich den Rest der Andacht. Das ganze Drumherum hat mich geblendet. Ich habe mich verzaubern lassen, aber jetzt erkenne ich, dass da vorn ein gefährlicher Mann steht. Oder ein Mann voller Komplexe, der sich durch seine alten Anschauungen selbst rechtfertigen will.

Was würde Pater Boris wohl sagen, wenn er wüsste, wer ich

bin? Eine in wilder Ehe lebende Kräuterhexe, die mit einem Puffvater liiert ist. Mein Leben ist ein schwereres Geschütz als die Geschichte seiner leichten Mädchen. Wahrscheinlich würde er in Ohnmacht fallen oder nach dem Gespräch gleich ein Bad in Weihwasser nehmen müssen.

Während die Gemeinde wieder in den mystischen Gesang abtaucht, versinke ich in der Phantasie, wie es wäre, den Pater ein klein wenig zu schockieren. Ich bin eine gottesfürchtige Frau, aber ich glaube auch daran, dass unser Herrgott weit gnädiger ist als manche Mitglieder seines Bodenpersonals.

Klara lächelt mich von der Seite an. Meine Schulfreundin ist viel zu klug, um sich von der Predigt des Priesters einlullen zu lassen. Außerdem kenne ich Klara. Sie hat ihr Amt nicht aus Liebe zu alten Traditionen, sondern aus Liebe zu den Menschen und zu Gott gewählt. Klara ist ehrlich berufen. Ihr ist es ein Anliegen, den Menschen gut zuzureden und sie nicht in Angst und Schrecken vor einem unbarmherzigen Gott zu versetzen.

In diesem Belang sind Klara und ich uns sehr ähnlich. Herz und Hirn braucht die Welt.

Die Andacht ist zu Ende. Sie hat weit länger gedauert, als ich es angenommen hatte. Ein Blick auf die Armbanduhr verrät mir, dass fast zwei Stunden vergangen sind. Pater Boris macht Pater Sebastian Platz, der sich formlos bedankt und gelangweilt die Gottesdienstordnung der nächsten Woche herunterleiert. Pater Boris und seine Jüngerinnen und Jünger schweben in die Sakristei.

Ich setze mich wieder hin und warte mit Klara, bis sich die Kirche langsam leert. Crescentia, die Mutter Oberin, stampft schwerfällig an uns vorbei. Bei jedem Schritt keucht sie. Sie schaut zu Klara.

»Ich hoffe, dass dich dein Gast nicht von deinen Pflichten ablenken wird«, sagt sie.

»Keineswegs. Meine Freundin ist selbst kräuterkundig und wird mir sowohl im Garten als auch im Heim eine große Hilfe sein. Außerdem hätte ich zur Not noch etwa vierzehn Wochen Resturlaub.«

Crescentias Augenbrauen schnalzen erschrocken hoch. »Bitte nicht, Schwester. Die derzeitige Grippewelle hat so viele Altenpflegerinnen erwischt. Wenn du auch noch ausfällst, dann … Wir sind doch nur noch so wenige.«

»Keine Sorge, Mutter. Ich wollte nur eine Möglichkeit aufzeigen.«

Crescentia nickt und kämpft sich weiter in Richtung Ausgang.

»Sie hat es nicht leicht. Seitdem der Orden offiziell abgezogen wurde und nur noch vier von uns Franziskanern hiergeblieben sind, um die Stellung zu halten, das Heim zu führen und die Gebäude zu bewirtschaften, hat Crescentia dreißig Kilo zugelegt. Jeder kämpft auf seine Weise mit den Veränderungen«, erklärt Klara geduldig.

Doch meine Aufmerksamkeit ist auf etwas anderes gerichtet. »Was ist das für ein Tumult draußen?«

Klara zuckt die Schultern. »Da hilft nur nachsehen«, sagt sie und steht mit einer Geschwindigkeit auf, die meine alten Knochen nicht mehr hergeben. Das Klosterleben tut ihr gut und hält sie fit, während es Crescentia schwer auf den Rippen lastet.

So flink ich kann, erhebe ich mich und folge meiner Freundin. Kälte schlägt mir entgegen. Es hat tatsächlich etwas geschneit, und der weiße Staub bedeckt zart die Straßen und Dächer. Die Menschen stehen wie erstarrt umher. Einige schreien. Meine Augen brennen durch den eisigen Wind.

»Oh nein, oh nein …«

Eine der Jüngerinnen stürzt mir direkt in die Arme. Ich fange sie auf. Sie dreht sich zur Seite und erbricht sich in den sauberen Neuschnee.

»Was ist, Kindchen?«, frage ich besorgt. Aber sie reißt sich nur los und stürzt davon.

»Hast du gesehen, was passiert ist?«, frage ich Klara, die neben mir steht. Sie schüttelt den Kopf. Ich nehme ihre Hand und dränge mich durch die Menschenmenge. Das Durchkommen wird immer schwieriger. Der Schnee ist zwischen den Leuten schon geschmolzen, und die Pflastersteine liegen rutschig unter meinen Füßen. Doch ich gebe nicht auf. Plötzlich stehe ich in vorderster Reihe. Der Würgereiz schnürt mir die Kehle zu. Schweißtropfen verdichten sich zu einem Rinnsal in meinem Nacken. Weg hier! Der Fluchtinstinkt ist so stark, dass ich ihm kaum widerstehen kann.

Ich blinzle. Vor mir stehen ein stämmiger Mann und Pater Boris. Sie bemühen sich, die Leute zurückzudrängen. Sie breiten die Arme aus und versuchen, das Grauen zu verdecken. Doch es reicht ein Blick darauf, und dieses Bild brennt sich einem ins Gehirn, für alle Zeit. Ich umklammere Klaras eiskalte Hand. Sie zittert. Ich ebenfalls.

»Die Polizei ist gleich da! Jetzt kommts schon, Leut! Hörts auf euren Bürgermeister und gehts zurück!«, schreit der Stämmige und tritt einen weiteren Schritt nach vorn.

Ich sehe Weiß, Rot, Schwarz und viel Haut.

Wie eine Puppe liegt sie da. Eingeklemmt zwischen Wasserhahn und Steinbecken. Ihre schwarzen langen Haare glänzen, die Augen sind weit aufgerissen, als könnte sie es selbst nicht glauben, was mit ihr geschehen ist. An ihre nackte Brust gedrückt trägt sie ein Kind – eine Babypuppe.

Ihr Bauch ist rot. Rot vom Blut. Rot von der Raserei, die auf ihrer bleichen Haut getobt und ihr das Innerste nach außen gekehrt hat.

Galle kommt mir hoch. Ich schaue weg. Dieser Anblick ist selbst mir zu viel. Und doch … ich muss wieder hinsehen.

Der Pilgerbrunnen. Erst vor wenigen Jahren hat man das neue Denkmal aufgestellt. Modern und schlicht, mit einer Glasscheibe als Hintergrund und der Madonnenfigur als Blickfang. Die Muttergottes mit dem Jesuskind. Die Tote mit dem Baby. Und anklagend in roten Lettern auf dem klaren Glas des Brunnens: »Hure – Kindsmörderin«.

Ich schwitze und friere gleichzeitig. Ich habe zwar die übel zugerichtete Leiche direkt vor Augen, und doch kommt es mir so unwirklich vor, als wäre es eine Fotomontage oder eine schlechte Malerei.

»D… d…« Klara krallt sich an mir fest. »Milena«, keucht sie.

Ich sehe meine Freundin an und spüre, dass sie die Tote gut gekannt hat. Klaras Gesicht verliert die Farbe. Ich greife ihr unter die Arme und stütze sie. »Ruhig atmen«, flüstere ich ihr zu. Sie schlägt die Lider nieder und atmet schwer. Jeder Muskel ist angespannt. Ich halte sie, bis sie es wieder selbst kann.

Dann richtet Klara sich wieder auf. »Das ist Milena. Sie hat bei mir gearbeitet«, sagt sie heiser. Tränen laufen ihr über die Wangen.

Endlich kommt die Polizei. Das zuckende Blaulicht zerschneidet die Luft. Klara und ich drängen uns aneinander.

Polizisten stürmen aus den Autos und drängen die Menschen von dem Blutbrunnen zurück. In Windeseile bauen sie einen Sichtschutz auf, um den Gaffern Herr zu werden. Zuerst murren die Menschen vor Unmut, aber dann beruhigt sich die Menge, und Stille kehrt ein.

»Kennt jemand die Identität der Toten?«, fragt ein Polizist und mustert die Menschen.

Einige heben sofort die Hände. Klara aber steht unter Schock. Sie zittert und starrt ausdruckslos nach vorn. Der Polizist geht durch die Reihe und nimmt die Daten der Neugierigen auf, bevor er sie wegschickt. Schließlich steht er vor uns. »Kannten Sie die Tote?«, will er wissen.

Ich schüttle den Kopf.

Klara erwacht aus ihrer Erstarrung. »Bitte … ich … Milena hat bei mir im Altenheim gearbeitet«, sagt sie heiser. Sie sieht den Polizisten so flehend an, als könnte er irgendetwas an der Situation ändern.

»Wir kommen später auf Sie zu, Schwester …?« Die Stimme des Polizisten hat sich verändert. Er hat erkannt, wie sehr meine Freundin leidet.

»Klara«, antwortet sie und senkt den Blick.

»Darf ich bitte Ihren vollen Namen erfahren und wie ich Sie erreichen kann? Wir haben bestimmt noch Fragen an Sie, wenn die erste Untersuchung vorüber ist.«

»Mein Name ist Klara Geist, ich bin die stellvertretende Leiterin des Altenheims und eine der wenigen Nonnen, die noch übrig sind«, sagt Klara und gibt monoton ihre Daten zu Protokoll. Der Polizist bedankt sich und wendet sich den Nächsten zu.

Ich ziehe an Klaras Hand. Sie ist kalt und fühlt sich so leblos an wie ein toter Fisch. »Komm, lass uns nach Hause gehen«, sage ich.

Klara fasst sich etwas und nickt. »Ja, daheim ist es besser«, antwortet sie.

Ich denke an mein kleines Haus, an Raphael, Kalina und Mariella. Wie gern wäre ich jetzt dort, oder besser noch in Sepps Armen. Doch Sepp ist in Wien, meine Kinder kommen allein zurecht, und hier werde ich gebraucht.

Klara lässt mich auf dem Weg zum Kloster nicht los. »Ich bin froh, dass du da bist«, sagt sie.

Ich nicke stumm.

Beelzebub und Muttergottes

Gehirnnahrung gegen Demenz
Soja und Rotklee enthalten pflanzliche Östrogene, die gerade bei Frauen in und nach den Wechseljahren eine Rolle spielen und dem Körper bei der Hormonumstellung helfen. Sie beeinflussen die Merkfähigkeit positiv. Ginseng wird nachgesagt, die Geistesleistung zu erhöhen. Grüner Tee löst Ablagerungen. Ginkgo ist ein wunderbares Naturheilmittel gegen Vergesslichkeit.

Klara wohnt nicht mehr in dem ehemaligen Kloster, sondern direkt im neu errichteten Altenheim. Auf meine Frage, ob es sie nicht stört, dauernd für die Bewohner erreichbar zu sein, zuckt sie nur die Schultern.

»Es hat auch seine guten Seiten, für die Arbeit nicht aus dem Haus zu müssen. Außerdem mache ich es gern, und wenn ich meine Ruhe brauche, gehe ich in den Klostergarten«, erklärt sie mir monoton und führt mich durch die kleine Wohnung.

Klara steht noch immer neben sich. Ich kann es in ihren Augen sehen, dass sie mit den Gedanken bei der toten Frau ist. Schweigend zeigt sie mir ihre vielleicht fünfzig Quadratmeter, die sie ihr Zuhause nennt. Eine winzige, funktionale Küchenzeile, eine Sitzbank mit Esstisch und ein Sofasessel vor dem Fernseher, dann ein Bad mit Dusche und WC und die zwei wohl kleinsten Schlafzimmer der Welt.

Klara zeigt mir meines. Es riecht intensiv nach Ringelblume, Kamille und Lavendel. Ich schaue mich um, ob irgendwo ein getrocknetes Kräuterbüschel hängt, sehe aber nur eine Bettcouch und einen schmalen, hohen Schrank. Außerdem ist an der Wand ein hochgeklappter Tisch montiert, ein zusammengefalteter Stuhl lehnt daneben.

Wenn ich mich nicht täusche, dann hat Klara sämtliche Möbel von IKEA geholt. Auf jeden Fall ist ihr kleines Reich ganz anders eingerichtet als der Rest des Heims. Während sonst der gelbliche Farbton von Vollholzmöbeln im Haus dominiert, glänzen bei Klara glatte Fronten in Weiß und Grau. Selbst die paar Bilder an den Wänden sind modern. Kein Schnickschnack, keine unnötigen Dekorationsartikel. Es ist ganz anders als bei mir daheim, wo sich Altes und Neues, Kitsch und Kram zu einem gemütlichen Sammelsurium verbinden.

»Ich hoffe, du kannst hier schlafen. Es ist nicht besonders groß, und normalerweise verwende ich dieses Zimmer für meine Kräuter und Salben, aber es müsste reichen.«

»Wo hast du deine Heilmittel jetzt?«, frage ich und bin froh, dass Klara endlich wieder spricht.

»Im alten Kloster … Warum nur? Wer hat ein Interesse daran, Milena so etwas Grauenhaftes anzutun? Sie war so ein liebes Mädchen, immer freundlich und um unsere Bewohner ehrlich bemüht. Weißt du, es gibt viele, die einfach nur ihre Arbeit machen, aber Milena war mit dem Herzen dabei. Sie mochte die Menschen, ihre Geschichten und ihre Eigenheiten. Warum nur?« Klara beginnt zu weinen.

Ich schließe sie in die Arme und drücke sie an mich. Es gibt keine Antwort auf die Frage nach dem Warum. Bei Mord hört jede Vernunft auf, und dass diese junge Frau ermordet wurde, ist offensichtlich.

Bilder aus dem Fernsehen tauchen vor meinem inneren Auge auf. Ich höre ihre Schreie, rieche den metallischen Geruch des Blutes. Das war kein normaler Mord, wie er aus Eifersucht oder im Streit passiert, nein … Der Mörder hat eine Botschaft hinterlassen. Er wollte, dass Milena so gefunden wird. Von ihm zurechtgelegt und unter dem Bild der Gottesmutter mit dem Kind aufgebahrt.

»Ich frage mich, warum der Mörder sie so präsentiert hat. Hast du es auch gelesen? Die Beschimpfungen?«

Klara antwortet mir nicht. Sie löst sich aus meiner Umarmung und geht wortlos hinaus in die Wohnküche.

»Bist du noch so eine Kaffeeliebhaberin wie früher?«, will sie wissen und holt nebenbei schon eine ähnliche Kapselmaschine aus dem Küchenschrank, wie ich sie habe.

»Seiner Liebe wird man nicht untreu. Jedenfalls ich nicht«, bekenne ich und setze mich auf die Bank.

Klara füllt Wasser in den Tank und spült die Maschine zuerst durch. Dann macht sie zwei Tassen und stellt sie gemeinsam mit Milch und Zucker auf den Tisch.

Ich trinke ihn schwarz. Klara kippt sich einen Schuss Milch hinein und löst sich den Schleier.

»Dich stört es nicht, wenn ich mich frei mache, oder?«

Ich schüttle den Kopf. Normalerweise trägt Klara immer die ganze Nonnentracht, aber im Augenblick ist selbst mir meine Kleidung zu eng.

Sie nimmt den Schleier ab und schüttelt den Kopf. Ihre Haare sind kurz und beinahe schneeweiß. Müde fährt sie sich mit den Fingern über den Kopf.

»Wir haben schon seit Jahren weltliche Pflegekräfte im Heim. Nonnen gibt es nicht mehr viele, und in der letzten Zeit wurde es sogar schwierig, überhaupt Pflegerinnen oder Krankenschwestern zu finden. Die Alten werden immer mehr, und die Jungen gehen lieber anderen Berufen nach. Auf jeden Fall war ich sehr froh, dass sich Milena vor einem Jahr beworben hat. Sie ist … ähm, war Tschechin und hatte die gesamte Ausbildung zur Krankenschwester bereits absolviert. Außerdem sprach sie fließend Deutsch. Sie war wirklich ein Segen.«

Ich höre das Aber so deutlich in Klaras Worten, dass ich nur warten muss. Vorsichtig nippe ich an dem heißen Kaffee und schlürfe ein paar Schlucke.

Klara trinkt auch und sieht dann nachdenklich aus dem Fenster. Der Schnee ist bereits wieder geschmolzen, und der Wald liegt dunkel und anklagend hinter den Glasscheiben.

»Es gab zuerst Bedenken. Bis Milena in unser Team kam, waren nur Einheimische und Leute aus der Umgebung angestellt. Im Nachhinein glaube ich, dass die ersten Wochen für sie nicht einfach waren. Aber schließlich hat sie mit ihrer freundlichen Wesensart fast alle für sich eingenommen.«

»Fast?«, hake ich nach.

»Na ja, es gibt immer welche, denen das Vergessen schwerfällt. Aber generell würde ich sagen, Milena wurde voll akzeptiert. Sie war ein Teil unseres Dorfes, und die Menschen mochten sie. Ich weiß nicht, wer ihr das angetan hat.«

Ich sitze schweigend da, aber es hilft nichts. Klara lässt kein Wort mehr über ihre Lippen. Stattdessen trinkt sie ihren Kaffee und denkt nach. Sepp hätte schon längst weitergeplaudert, allein um die Stille zu vertreiben, die jetzt dicht wie Nebel im Raum hängt. Aber Klara ist nicht Sepp. Sie ist eine Frau und steht mir in nichts nach. Wahrscheinlich ist sie sogar stärker als ich, und wenn sie nichts mehr erzählen will, dann wird sie das auch nicht tun.

»Ich verstehe, wenn du lieber nach Hause willst«, sagt sie schließlich, doch in ihrem Gesicht zeichnet sich die Hoffnung ab, dass ich bleibe.

»Nein, nein. Wir sind Freundinnen, und vielleicht brauchst selbst du einmal noch jemand anderen an deiner Seite als nur den Herrgott.«

Klara lächelt und nickt. »Dann wollen wir dein Gepäck holen, und du berichtest mir endlich Genaueres über deinen Sepp, deinen Sohn und deine neu erworbene Schwiegertochter. Ich habe ja so einige Gerüchte gehört, aber viel lieber erfahre ich es Aug in Aug von dir.«

Ich kichere. »Aber nicht dass du mir deine Unschuld verlierst. Mein Sepp und auch mein Raphael haben es nicht mit der Unschuld, und so eine Nonne wie du sollte sich von unkeuschen Geschichten fernhalten. Frag Pater Boris.«

»So eine Nonne, wie ich es bin, muss sich in der Welt auskennen, sonst ist sie nichts anderes als ein staubiges Requisit in der Kirche. Und davon gibt es schon genug.«

Ich klopfe mir auf die Oberschenkel und stehe auf. »Dann gehen wir und entladen Donald«, sage ich.

Klara legt sich den Schleier wieder an, und wir marschieren zurück zum Dorfplatz.

Die Polizei ist noch da und hat den größten Teil des Platzes abgesperrt und mit Sichtschutzplanen den Brunnen abgeschirmt. Zum Glück kommen wir aber zu meinem Auto. Ich habe nicht viel Gepäck dabei. Nur einen kleinen Rollkoffer und eine Reisetasche.

Klara schultert die Tasche, und ich ziehe den Koffer. Wir

weichen den Leuten aus, die noch immer in kleinen Gruppen beisammenstehen und darauf warten, dass die nächste Katastrophe hereinbricht.

Der Mensch ist ein seltsames Tier. Kein anderes Wesen empfindet solche Neugierde und eine derartig anormale Befriedigung, wenn sich etwas Schlimmes ereignet hat, wie der Mensch. Ich kann über dieses Verhalten nur den Kopf schütteln, und auch Klara meidet die Gaffer und marschiert besonders zielstrebig vom Dorfplatz weg.

»Wenn die Polizei mit ihrer Arbeit fertig ist, zeige ich dir den Klostergarten. Du wirst ihn lieben«, verspricht Klara und legt noch einen Schritt zu.

Es dauert nicht lange, schon schwirrt ein Fernsehhubschrauber über den Ort. Das Geratter der Rotorblätter ist nicht zu überhören, und auch im Altenheim hat sich die Nachricht von der toten Pflegerin herumgesprochen. Obwohl Klara eigentlich heute freihätte, entscheidet sie sich, mit den Bewohnern zu sprechen.

»Crescentia hat nicht das nötige Feingefühl, und die anderen Pflegerinnen sind viel zu leicht beeinflussbar. Kommst du mit?«, fragt sie mich.

»Kann ich vorher noch rasch telefonieren? Wenn Sepp aus den Nachrichten erfährt, was hier los ist, steht er im nächsten Moment besorgt vor der Haustür und holt mich ab. Dann ist seine Showkarriere so schnell vorbei, wie sie angefangen hat. Und meine Kinder möchte ich eigentlich auch kurz anrufen.«

»Aber sicher, dann genehmige ich mir noch einen zweiten Kaffee, bevor es Mittagessen gibt«, sagt Klara und beginnt, an der Maschine zu hantieren.

Ich gehe in mein kleines Zimmer, hole das Handy aus der Reisetasche und schalte es ein. Es surrt und vibriert. Das Display zeigt drei Anrufe in Abwesenheit. Einmal mein Haustelefon und zweimal die Gitti. Wahrscheinlich weiß sie schon wieder mehr als ich.

Ich seufze und wähle zuerst Sepps Nummer. Es läutet nicht einmal richtig, schon ist er am Apparat.

»Stimmt es, dass ein Ritualmörder in der Schmolln sein Unwesen treibt? Gitti hat …«

»… bestimmt übertrieben. Keine Sorge, Sepp, es geht mir gut. Von einem Ritualmörder weiß ich nichts, sondern nur von einer Frauenleiche, die heute Vormittag entdeckt wurde.« Ich höre an seinem Atem, wie er mit sich hadert.

Dann säuselt er leise: »Es ist wirklich alles in Ordnung bei dir? Soll ich kommen und dich abholen? Die Dreharbeiten beginnen erst morgen. Du könntest mich noch immer begleiten …«

»Alles ist gut. Die Polizei ist im Ort und macht ihre Arbeit, und ich werde mir ein paar ruhige Tage bei meiner Freundin gönnen. Du kannst ganz unbesorgt sein. Sollte ich dich brauchen, gebe ich Bescheid. Das verspreche ich dir.«

Es dauert eine halbe Ewigkeit, bis er antwortet: »Wie du meinst. Aber ich mache mir trotzdem Sorgen, egal, was du sagst. Ich hoffe wirklich, dass du dich meldest, wenn was ist.«

»Bestimmt. Wie ist es in Wien?«, lenke ich ab.

»Neblig, aber wärmer als daheim. Das Hotel ist schön, und in einer Stunde treffe ich mich mit den Fernsehleuten. Dann besprechen wir, wie und was genau gedreht wird. Ich bin ziemlich aufgeregt. Im Moment frage ich mich, ob es nicht klüger gewesen wäre, einfach Nein zu sagen. Gitti und ihr Fernsehfreund haben mich ganz schön bearbeitet …«

»Wahrscheinlich wird es eine lustige Erfahrung. Außerdem hast du nichts zu verlieren.«

»Wie meinst du das?«

»Na ja. Immerhin hast du eine anständige Witwe so verdorben, dass sie in wilder Ehe lebt und auf das Gerede pfeift, und dann hast du auch noch den ehrbaren Sohn dieser besagten Witwe ins Rotlichtgeschäft hineingezogen. Da ist ein kleiner Fernsehauftritt nur noch ein i-Tüpfelchen.«

»Ach Rosi. Du weißt doch, wie es heißt: Ist der Ruf erst ruiniert, lebt es sich ganz ungeniert. Pass auf dich auf. Ich vermisse dich jetzt schon schrecklich.«

»Ich dich auch.«

Dann lege ich auf und rufe als Nächstes bei mir zu Hause an.

Daniela geht ans Telefon. »Mama. Bin ich froh, von dir zu hören. Kurt ist auf dem Weg in die Schmolln.«

»Ja, ich habe schon vermutet, dass die Kripo eingeschaltet wird.«

Seit dem Sommer ist meine Tochter Daniela fix mit Kurt, unserem Dorfpolizisten, liiert. Und Kurt hat nach dem Moormord und der ganzen Angelegenheit mit Raphaels Ex-Chef einen richtigen Karrieresprung hingelegt. Er ist jetzt bei der Kripo und für Tötungsdelikte zuständig.

»Gitti hat uns erzählt, dass eine Frau von oben bis unten aufgeschlitzt auf dem Altar gefunden wurde. In einer Wallfahrtskirche, so ein Gräuel.«

»So ein Blödsinn. Woher hat Gitti den Unfug?«

»Es ist kein Unfug, gib mir den Hörer«, meckert Gitti, die anscheinend direkt neben dem Telefon mitgehört hat. Ich höre die leisen Geräusche des Gerangels um das Telefon, und dann ist Gitti am Apparat. Vor meinem inneren Auge sehe ich, wie ihre blausilbernen Korkenzieherlocken auf und ab hüpfen und sie energisch mit dem Kopf nickt, als sie den Hörer endlich in ihrer Gewalt hat.

»Meine Informationen sind alle wahr. Die Krämer-Traudi hat mich angerufen. Du weißt doch, dass sie die Cousine von meinem Alfons ist. Auf jeden Fall wollte sie eine Kerze für die Verstorbenen in der Kirche anzünden und hat die Niedergemetzelte mit eigenen Augen gesehen.«

»Du glaubst aber auch alles, Gitti. Erstens hätte deine Traudi keine Kerze anzünden können, weil eine Andacht in der Kirche stattgefunden hat. Zweitens war ich bei dieser Andacht, und drittens habe ich die Tote tatsächlich gesehen, und zwar nicht auf dem Altar, sondern draußen vor der Kirche.«

Gitti hat es die Sprache verschlagen. Aber ihr Schweigen dauert nur Sekunden, dann ist sie wieder ganz die Alte. »Tz, tz, tz«, zischt sie ins Telefon. »Dann hat sich die Traudi aber ziemlich wichtiggemacht. Was ist wirklich geschehen? Erzähl.«

»Nicht jetzt. Ich will mit Klara zu den Heimbewohnern. Vielleicht schaffe ich es am Abend noch mal, mich zu melden.

Eigentlich wollte ich nur kurz Bescheid geben, damit ihr euch keine Sorgen macht. Sagst du bitte allen, dass es mir gut geht, ja?«

»Mach ich. Und du meldest dich. Oh … jetzt sind gleich Nachrichten im Fernsehen. Bestimmt bringen sie einen Sonderbeitrag …«

Gitti hat so abrupt aufgelegt, dass ich gar keine Möglichkeit mehr habe, nach Kalina und Mariella zu fragen.

Die Kirchenglocken läuten die Mittagsstunde. Ich gehe hinaus zu Klara. Sie sitzt vor der unangetasteten Tasse Kaffee und starrt ins Leere. Als sie mich bemerkt, setzt sie schnell ein Lächeln auf.

»Wollen wir mit den Alten Mittag essen? Dann kann ich mit ihnen sprechen, und gleichzeitig sparen wir uns das Kochen«, schlägt Klara vor.

Ich habe nichts dagegen, und so gehen wir in den Speiseraum, wo sich schon einige Bewohner eingefunden haben.

Eine Frau kommt gleich auf Klara zu und nimmt ihre Hände. »Ist es wahr? Er greift wieder um sich? Bin ich die Nächste? Ich will nicht, dass mich der Beelzebub erwischt. Milena, arme Milena. Er hat sie. Er wird uns alle kriegen. Uns alle!«, schreit die Frau.

Mir läuft ein Schauer den Rücken hinab, und ich bewundere Klara, die ganz ruhig über die zerzausten Haare der Alten streicht. »Es wird nichts passieren. Der Beelzebub kann dir nichts tun, Ludmilla. Und auch die Milena hat er nicht. Sie wurde von einem ganz gewöhnlichen Menschen ermordet. Du brauchst keine Angst haben.«

»Siehst du, Milli, die Schwester sagt es auch. Hör jetzt auf mit deinen Schauermärchen. Den Beelzebub gibt es nicht. Er ist nur da bei dir drin«, sagt ein vielleicht Siebzigjähriger und deutet sich an die Stirn. Dann nimmt er die alte Frau bei der Hand und begleitet sie zum Tisch.

»Du! Du! Die Kinder? Und die ganzen unschuldigen Kinder? Der Beelzebub holt alle Engelmacherinnen!«, schreit die Alte und sieht sich hektisch um. Der Mann aber hält sie fester und redet auf sie ein. Wimmernd setzt sich die Frau.

Mir ist mulmig zumute. Klara aber nimmt die Sache gelassen hin.

»Der Georg ist Ludmillas jüngerer Bruder. Er hat sich nach dem frühen Tod ihrer Eltern um sie gekümmert. Damals war Milli achtzehn Jahre alt, aber als beide Eltern bei einem Unfall ums Leben gekommen sind, wurde sie verrückt vor Kummer.« Klara tätschelt meine Hand und lächelt.

»Georg, gerade einmal dreizehn, musste viel zu rasch erwachsen werden. Doch er hat es weit gebracht im Leben. Er war einmal Anwalt, ist aber schon seit Jahren im Ruhestand. Vor sechs Monaten hat er sein Haus verkauft und ist mit Milli ins Heim übergesiedelt, obwohl er eigentlich noch gut allein zurechtkommt. Aber er wollte, dass seine Schwester auf der normalen Station sein kann. Eigentlich ist sie bei uns ja falsch. Ihre Verwirrtheit nimmt täglich zu.«

»Falsch?«

»Ja, sie müsste in ein anderes Heim. Wir haben zwar auch eine Abteilung für Menschen, die mehr Aufmerksamkeit brauchen, aber wirklich gut ausgestattet sind wir nicht. Ludmilla kommen in letzter Zeit die Schauergeschichten ihrer Kindheit in die Quere. Sie malt überall den Teufel an die Wand, und wenn es ganz arg kommt, zerstört sie auch das eine oder andere Möbelstück in ihrer Verwirrung. Wahnvorstellungen hat sie schon, seit sie eine junge Frau war. Georg und seine andere Schwester haben sich stets gut um sie gekümmert, aber dann wurde es schließlich unerträglich, und er ist mit ihr zu uns gezogen. Jetzt ist die Sache natürlich dramatischer geworden. Milenas Tod macht ja sogar mir Angst.«

Ich nicke und sehe mich um. Der Speisesaal ist nicht besonders groß und freundlich eingerichtet. Langsam füllen sich die Tische mit Bewohnern. Einige kommen mit dem Rollator, andere ohne jede Hilfe, und wieder andere werden mit dem Rollstuhl hereingefahren. Eine Pflegerin mit roten Augen winkt Klara zu sich. Sie ist Anfang zwanzig und sieht trotz ihrer Pflegerinnentracht eher aus wie ein junges Mädchen als eine erwachsene Frau. Vielleicht liegt dies an ihren kurzen blonden

Haaren und der knabenhaften Figur, die durch die Uniform noch verstärkt wird, oder es sind ihre scheuen Augen, die sie so jugendlich erscheinen lassen. Auf mich macht sie jedenfalls einen sehr verlorenen Eindruck, und ich habe sogleich das Bedürfnis, sie zu trösten.

»Setzen wir uns am besten gleich dorthin«, sagt Klara. Ich nicke erleichtert und folge meiner Freundin. Wahrscheinlich ergeht es Klara ähnlich, und sie hat Mitleid mit der jungen Frau.

»Stimmt es, was Schwester Crescentia gesagt hat? Man hat Milena ganz übel zugerichtet?«, fragt die Pflegerin leise und schnieft laut. In ihrem Blick liegt etwas, das ich nicht deuten kann. Aber es spiegelt sich nicht nur Trauer in ihren Augen.

»Wir werden später bestimmt mehr von der Polizei erfahren, Vroni. Am besten ist, du behältst Milena als die in Erinnerung, die sie bei uns war. Lebenslustig, froh und gutherzig.«

»Ich kann es gar nicht glauben«, sagt nun eine rundliche Frau, die bereits über ihrer Suppe sitzt. Sie lässt den Löffel sinken, und Tränen füllen ihre Augen.

Die Beklemmung schnürt mir den Brustkorb zu. Ich fasse mir ans Herz.

Klara aber nickt ruhig und stellt sich aufrecht hin. Sie erhebt die Stimme: »Meine lieben Freunde und Freundinnen, meine Mitarbeiter und Mitarbeiterinnen, ja, es ist wahr. Ich habe es mit eigenen Augen gesehen. Unsere geschätzte und geliebte Milena ist nicht mehr unter uns. Ich möchte euch bitten, von Spekulationen und Gerüchten abzusehen und an Milena im besten Sinne zu denken. Mag ihr Tod auch schrecklich gewesen sein, sie ist jetzt bei Gott. Wollen wir alle eine Minute schweigen und leise ein Vaterunser für sie beten. Mögen Maria und die Heiligen uns helfen, diese Zeit der Trauer zu überstehen.«

Es wird leise im Saal. Diejenigen, die bereits zu essen begonnen hatten, unterbrechen ihre Mahlzeit. Die Stille ist bedrückend und legt sich schwer um mein Herz. Ich sehe in die Gesichter der Menschen und kann ihren Schmerz nachfühlen.

Die Leute hier sind es gewohnt, Abschied zu nehmen. Aber bei einer jungen, hübschen und lebenslustigen Frau ist es eine ganz andere Situation, als wenn ein Heimbewohner an Altersschwäche stirbt.

Kurt, der Profi

> Danielas einfache Kochtipps zur Gewichtsreduktion
> *Die Faustregel beim Essen: Eine Handfläche Fleisch und zwei Handflächen Beilagen (Gemüse, Getreide, Kartoffeln) kommen auf den Teller. Sahnesoßen werden auch prima, wenn man zwei Drittel der Sahne durch Sauerrahm (saure Sahne maximal 10 Prozent Fett) ersetzt. Beschichtete Pfannen vermeiden unnötiges Fett.*
> *Beim Kuchen- und Tortenbacken auf ein Drittel Zucker verzichten.*

Ich will mich gerade setzen und mit dem Essen beginnen, als die Tür des Speisesaals aufgerissen wird. Geschirr fällt klirrend zu Boden, und die Erbsensuppe spritzt über das Parkett. Vroni, der das Tablett entglitten ist, macht sich gleich daran, die Sauerei zu beseitigen. Es ist ein Szenario wie in einem Film.

Ich springe auf und schüttle den Kopf. »Also, das muss doch wirklich nicht sein!«, sage ich streng zu Kurt und den anderen Polizisten. »Wir sind doch nicht bei James Bond, oder? Hier sind lauter alte Menschen, und ihr stürmt herein, als ob ihr vom FBI wärt.«

»Entschuldige, Rosi«, sagt Kurt und wird rot.

Auch wenn er jetzt bei der Kripo arbeitet, bleibt er für mich der Junge, den ich schon seit dem Sandkastenalter kenne. Außerdem ist er der feste Freund von meiner Tochter und der beste Freund meines Sohnes. Jetzt steht er vor uns und tätschelt seinen etwas geschrumpften Bauch. Seit er unter Danielas Fittichen steht und sich nicht mehr nur von Leberkässemmeln und Frankfurter Würsteln ernährt, hat Kurt bestimmt zehn Kilo abgenommen. Der Gewichtsverlust steht ihm. Meine Tochter tut ihm gut.

»So schnell sehen wir uns wieder, Rosi«, sagt er und lächelt. »Kollegen, das hier übernehme ich«, erklärt er den zwei Polizisten und der Polizistin hinter ihm.

Die Polizistin tritt nach vorn und zischt ihm etwas ins Ohr.

»Na gut, Andrea, du kannst ja bleiben. Aber ihr anderen geht bitte. Wir müssen hier wirklich nicht auf Actionfilm machen. Simon, Bertl – nehmt euch den Nächsten auf der Liste vor.«

Die beiden Polizisten machen kehrt und laufen geradewegs Schwester Crescentia in die Arme.

»Haben Sie die Klara gefunden, ja?«, fragt sie und sieht zufrieden in die Runde.

»Ja, danke, Schwester. Haben Sie auch ein paar Minuten für uns? Sie kannten die Verstorbene doch ebenfalls.«

Crescentia nickt und stampft hinaus. Die beiden Polizisten folgen ihr.

»Wo können wir uns in Ruhe unterhalten, Frau Geist?«, will Kurt als Nächstes wissen.

»Schwester Klara, bitte. In meiner Wohnung sind wir ungestört. Rosi, du entschuldigst mich?«, fragt sie in meine Richtung.

»Natürlich«, sage ich, aber fühle mich unwohl bei dem Gedanken, unter lauter Fremden zu essen. Ich bin weder menschenscheu noch schüchtern, sondern eher offen, aber unter diesen Umständen hätte ich lieber ein bekanntes Gesicht bei mir. Doch es hilft nichts.

Kurt legt einen Moment seine Hand auf meine Schulter und legt den Kopf schief. »Langsam glaube ich, du übst eine Anziehungskraft auf Probleme aus. Vielleicht hab ich nachher ein bisschen Zeit. Ein Kaffee wäre nicht schlecht«, meint er und rückt sich im nächsten Moment die Polizeikappe zurecht.

Dann bleibe ich allein zurück. Vroni stellt mir eine neue Suppe und eine Portion Schnitzel mit Reis auf den Tisch. Die Sauerei mit dem heruntergefallenen Tablett hat sie schon beseitigt und Nachschub geholt. Ziemlich erschöpft setzt sie sich zu mir.

»Ich darf doch, oder?«, fragt sie und nimmt sich auch eine Suppe vom Servierwagen. »Wissen Sie, ich möchte heute nicht allein essen.«

»Rosi. Ich bin die Rosi«, sage ich und nicke ihr zu.

Sie lächelt matt. »Wird die Polizei auch mit mir reden wollen wegen der Milena? Stimmt es, dass sie eine Puppe im Arm hatte? Ach Gott, was, wenn dieses Monster es auf alle abgesehen hat? Ich … ich …«

»Ganz ruhig, Kindchen. Wir wissen doch nichts, und die

Polizei nimmt sich der Sache an. Kurt ist ein fähiger Ermittler. Ich kenne ihn gut.«

»Wird er mich ausfragen? Ich möchte nichts sagen. Jetzt, wo Milena tot ist. Man muss doch nicht jeden Fehler nach oben kehren, oder?«

»Welchen Fehler?«, hake ich nach.

»Ach, es war kein wirklicher Fehler. Es ging um Leben und Tod.«

»Der Beelzebub hat sie geholt. Er ist schon da. Hier, ja, ja, ja. Er wird dich auch holen. Ich seh es in deinen Augen. Dich und all die unkeusche Brut. Ihr seid sein!«, lacht plötzlich von hinten Milli. Dann hustet sie und ringt um Luft. Ihr Bruder springt auf und schlägt ihr zwischen die Schulterblätter. Milli keucht und spuckt in hohem Bogen ein Stück Schnitzel auf den Tisch.

Ich presse die Lippen aufeinander. Mein ungutes Gefühl, unter Fremden zu essen, ist wohl doch nicht grundlos.

»Das kommt davon, wenn man solchen Unfug erzählt. Reiß dich zusammen, Milli. Dein Hirngespinst sollst du für dich behalten. Komm, wir gehen aufs Zimmer«, schimpft Georg. Mühsam zieht er seine Schwester hoch.

»Soll ich euch helfen?«, frage ich und stehe auf.

Ich nehme sanft Millis Hand und lächle sie an. Mir tut die Alte leid. Wer kann schon mit Sicherheit wissen, ob er nicht selbst einmal so sein wird wie sie. »Kommen Sie, Milli«, sage ich.

Sie lächelt zurück. »Du bist keine von denen. Das seh ich. Dich wird er verschonen. Der Beelz. Ja, du hast Glück. Ich auch. Mich wird er auch nicht holen. Wir sind Schwestern. Hihi.«

Milli kichert und folgt mir, ohne Umstände zu machen. Ich begleite sie und Georg zum Zimmer.

Er öffnet die Tür. »Danke, Rosi. Schwester Klara hat nicht gelogen. Sie sind wirklich eine gute Seele. Und entschuldigen Sie meine Schwester. Ihr fällt es zunehmend schwerer, die Wirklichkeit von der Phantasie zu unterscheiden. Es ist mir sehr unangenehm, dass –«

»Schon in Ordnung«, beschwichtige ich ihn. Er schließt die

Tür auf, und ich erhasche einen Blick ins Innere. Überall sind kleine Porzellan-Engelfiguren aufgebaut, und auch an den Wänden hängen Bilder von pausbackigen, mit Flügeln bespickten Kindern. Doch bei dem Wandbild sind die Augen rot überkritzelt, und jemand hat den Engelchen Hörner auf den Kopf gemalt.

Neugierig trete ich einen Schritt näher, doch Georg stellt sich mir in den Weg und drängt seine Schwester hinein.

»Danke, Rosi«, sagt er streng und zieht die Tür hinter sich ins Schloss.

Schade. Ich hätte gern mehr über Millis Beelzebub erfahren.

Zurück im Speisesaal sehe ich Kurt an meinem Tisch sitzen. Er unterhält sich mit Vroni. Die junge Pflegerin wirft mir einen scheuen Blick zu. Ich nicke leicht und sehe mich um. Von Klara keine Spur. Die meisten der anderen Bewohner haben sich auf ihre Zimmer zurückgezogen, und Kurt scheint mit Vroni mehr ein lockeres Pläuschchen als ein Verhör zu führen. Also gehe ich hin.

»Ja, da stimme ich Ihnen zu. Aber Vorschrift ist Vorschrift. Wir müssen die nächsten Tage mit allen sprechen, die Kontakt zur Verstorbenen hatten, und da gehören eben auch die Bewohner dazu«, erklärt Kurt.

Mir gefällt es nicht, dass er so nah bei Vroni sitzt und sie anlächelt. Sogar seine Kappe hat er abgelegt und macht ganz auf netter Kerl. Es mag vielleicht seine Taktik sein, aus ihr etwas herauszukitzeln, aber Kurt ist mein Schwiegersohn, auch wenn er Dani noch nicht um ihre Hand gebeten hat.

»Khm, khm«, hüstle ich.

Kurt blickt auf und bedeutet mir, Platz zu nehmen.

Ich setze mich hin. Mein Schnitzel ist inzwischen kalt, und ich schiebe den Teller weg. Eigentlich habe ich sowieso keinen Hunger.

»Wann haben Sie das letzte Mal mit Milena gesprochen, Vroni? Sie war doch Ihre Arbeitskollegin.«

»Ja, das war sie. Aber es ist eine Weile her, dass ich mit ihr geredet habe. Zuerst hatte sie Urlaub, und dann hat Milena die

Grippe erwischt. Sie ist die letzten vier, fünf Wochen nicht bei der Arbeit gewesen.«

Kurt nickt und notiert sich etwas. Dann lächelt er Vroni an. »Gibt es jemanden, mit dem wir unbedingt sprechen sollten? Hier im Heim oder im Ort?«, fragt Kurt unschuldig.

Vroni rutscht unruhig auf dem Stuhl hin und her. »Hm. Nein. Ich glaube nicht. Milena war eigentlich beliebt. Auch innerhalb unseres Kreises.«

»Eures Kreises?«, fragt Kurt.

Vroni beginnt, an ihrer Halskette zu nesteln, und starrt auf den schweren Kreuzanhänger, der daran baumelt.

Irgendwo habe ich solche Kreuze schon gesehen. Ein Bild setzt sich in meinem Kopf zusammen. Doch bevor es ganz vollständig ist, erzählt Vroni mit leiser Stimme weiter: »Ja. Eigentlich hätte ich Milena ja auch gern dabeigehabt. Sie war irgendwie meine Freundin. Aber … na ja. Es kann nicht jeder ein wahrer Jünger werden, sagt Pater Boris.«

Obwohl ich verständnisvoll nicke, zieht sich mein Magen zusammen. Die Gute sagt mir zu oft »eigentlich« und »irgendwie«.

Vroni lächelt unschuldig. »Sie wollte nicht wahrhaft bereuen und hat nicht verstanden, dass sie nur ein kleiner Mensch ist und die tief greifenden Entscheidungen in Gottes Hand liegen. Vergebung ist uns gewiss, wenn wir wahrhaft zu unseren Sünden stehen, sie bekennen und uns dem Herrn anvertrauen. Pater Boris hilft uns dabei, rein und unschuldig zu werden. Aber Milena wollte das irgendwie nicht einsehen.«

»Das klingt in meinen Ohren aber ziemlich nach Sekte. Kam ja schon öfter vor, dass junge, attraktive Frauen einem Guru verfallen sind und irgendwelchen fundamentalistischen Ideen nachgeeifert haben«, bemerkt Kurt kühl.

Vroni verschränkt die Arme vor der Brust und faucht ihn an: »Das sagen Sie nur, weil Sie keine Ahnung haben, Herr Inspektor. Sind wir dann fertig? Ich bin eigentlich zum Arbeiten hier.«

»Ja, ich denke, wir können Schluss machen. Wenn Ihnen

doch noch ein Verdächtiger einfällt, dann melden Sie sich bitte.« Er drückt ihr seine Visitenkarte in die Hand, und Vroni rauscht ohne ein weiteres Wort davon.

Der Speisesaal ist leer, und ich ergreife die Gelegenheit. »Das war aber schon ungeschickt von dir, Junge. Kein Wunder, dass sie nicht mehr mit dir sprechen wollte. Zuerst machst du ihr schöne Augen, und dann beleidigst du ihren heiligen Boris.«

Kurt lehnt sich lässig zurück und setzt sich die Kappe wieder auf. »Muss sie auch nicht. Alles Weitere übernimmt draußen Andrea. Eine verärgerte Frau plaudert sich viel leichter ihren Kummer von der Seele als eine zufriedene, und meine Kollegin kann sehr gut zuhören. Andrea ist die verständnisvollste Polizistin in der Truppe. Nur schade, dass man sich als Mann die Zähne an ihr ausbeißt.«

»Kurt! Du denkst schon daran, dass Daniela meine Tochter ist und ich es nicht gern höre, wenn du von anderen Frauen schwärmst?«

Kurt lacht und lehnt sich vor. »Vielleicht will ich dich ja auch ein wenig aufbringen, Rosi. Hast du ein Geheimnis, dass du mir erzählen möchtest? Aber jetzt im Ernst. Andrea interessiert sich nicht fürs männliche Geschlecht, dafür aber für jede Art von Tratsch und Gerüchten. Und bisher habe ich den Namen Boris zu oft gehört. Dieser Mann verbirgt ein Geheimnis.«

»Du«, schimpfe ich spaßeshalber und boxe ihm leicht an den Oberarm.

Er zwinkert mir zu. »Weißt du, Rosi, nicht jeder hat das Glück, so zu sein wie du. Dir erzählen die Leute einfach frei von der Leber weg, was sie wissen. Wir Bullen müssen da mit Tricks arbeiten.«

Etwas entspannter lehne ich mich zurück. »Was kannst du mir über den Mord erzählen?«

»Nichts, Rosi. Überlass die Ermittlungen der Polizei. Wir machen das.« Kurt lässt sich auch zurücksinken und sieht mich fragend an. »Willst du wirklich hierbleiben, Rosi? Mir ist nicht wohl bei dem Gedanken. Viel lieber wüsste ich dich daheim.«

»Aha, und warum? Glaubst du, dass es der Mörder auch auf

mich abgesehen haben könnte? Ich denke nicht, dass eine dreiundsechzigjährige, faltige Witwe in sein Beuteschema passt.«

»Das nicht, aber vielleicht jemand, der einen liederlichen Lebenswandel führt«, höre ich Klaras Stimme hinter mir. Dann sagt sie zu Kurt: »Herr Inspektor, ich habe über Ihre Frage nachgedacht und bin zu dem Entschluss gekommen, Ihnen von Milenas Geheimnis zu erzählen, bevor es jemand anderes tut und vielleicht Lügen verbreitet.«

»Das freut mich, Schwester. Rosi, gehst du bitte?«, fragt Kurt.

Ich verenge die Augen zu Schlitzen und schüttle den Kopf. So weit käme es noch, dass mich der Rotzjunge von einem Schwiegersohn vertreibt, nachdem er mich bei dem Gespräch mit Vroni schon so ausgetrickst hat.

»Also, wegen mir kann Rosi bleiben. Dann muss ich die Geschichte wenigstens nicht zweimal erzählen«, sagt Klara und fällt damit das Urteil.

Kurt seufzt und hebt die Schultern. »Na meinetwegen. Aber Rosi, du schweigst, ja?«

»Wie ein Grab«, sage ich zufrieden.

Todesurteil

Veilchensalbe nach Hildegard von Bingen
20 ml Veilchensaft • 20 g Ziegenfett • 10 ml Olivenöl • 5 Tropfen Rosenöl
Alle Zutaten (außer dem Rosenöl) in einem Wasserbad langsam erwärmen, bis die Salbe kocht. Dann den wässrigen Teil abschöpfen und die Masse abkühlen lassen. Zum Schluss die fünf Tropfen echtes Rosenöl einrühren.

Wir gehen in Klaras Wohnung. Kurt setzt sich auf die Bank und nimmt so viel Platz ein, dass ich mich wie in einer etwas zu groß geratenen Puppenküche fühle. Ich setze mich auf den Stuhl. Klara stellt einen Krug Wasser und drei Gläser auf den Tisch und zwängt sich neben Kurt auf die Bank. Ein Glück, dass sie so schlank ist. Kurt schenkt sich als Erster ein.

»Schwester Klara, eines würde mich interessieren. Warum haben Sie Ihre Meinung geändert und wollen nun doch aussagen?«, fragt er und trinkt einen Schluck.

»Ich bin Schwester Crescentia und Ihren beiden Kollegen über den Weg gelaufen, und da wurde mir klar, dass die Oberschwester bereits Milenas Schmerz breitgetreten hat.«

»Ihren Schmerz?«, frage ich.

»Ja. Milena musste eine Abtreibung vornehmen lassen. Vor knappen zwei Monaten.« Klara schweigt einen Moment. Sie faltet die Hände, fast so, als würde sie beten.

Dann fährt sie mit kräftiger Stimme fort: »Ich kann mir gut vorstellen, dass Crescentia den Eingriff als Sünde dargestellt hat, nur weil Milena nie verraten hat, wer der Vater ist. Aber Milena war keine leichtfertige junge Frau. Sie hat nicht gehurt, wie manche im Dorf behaupten. Nein. Außerdem hätte sie sich nichts mehr gewünscht, als das Kind behalten zu können.«

»Aber warum hat sie dann abgetrieben?«

»Man hat Gebärmutterhalskrebs bei ihr diagnostiziert. Sie musste sich entscheiden. Entweder ihr Leben oder das des Kindes.«

»Aber das ist ja schrecklich«, entfährt es mir.

Klara seufzt betroffen. »Ja, die Arme hat sich so gefreut und mir gleich nach dem positiven Test erzählt, dass sie ein Baby bekommt. Ich hab sie dann zum Arzt geschickt. Sie musste mir ja eine Bestätigung bringen, damit ich sie vor zu schwerer Arbeit schützen konnte. Und dann das. Milena war am Boden zerstört. Sie hat wirklich um die Entscheidung gerungen. Schlussendlich war ich es, die ihr zum Abbruch geraten hat.«

Klaras Lippe zittert. Tränen laufen ihr über die Wangen, und sie zieht sich ein Taschentuch aus der Rocktasche. Verzweiflung steht ihr ins Gesicht geschrieben und gräbt sich in tiefen Furchen in ihre Stirn.

»Ich dachte, sie ist noch so jung. Noch keine dreißig war sie. Da könnte sie später wieder … und dann das. Wer hätte damit gerechnet, dass man sie …« Klara weint.

Ich rücke an sie heran und lege meinen Arm um ihre Schultern. Meine Freundin bebt vor Kummer.

»Im Moment zweifle ich an Gottes Gerechtigkeit«, bekennt sie und versinkt in meinen Armen.

Jetzt erst begreife ich, warum der Mord Klara so tief getroffen hat. Sie gibt sich selbst eine Mitschuld an Milenas Tod.

»Scht, scht«, beruhige ich sie, »du konntest es nicht wissen und hast ihr in dem Moment das Richtige geraten.«

Klara löst sich aus meiner Umarmung und schnäuzt sich. Dann sagt sie mit gefestigter Stimme: »Aber der Mörder hat Hure und Kindsmörderin auf den Brunnen geschmiert. Ich habe es selbst gesehen. Wenn das keine Anspielung auf die Abtreibung ist, dann weiß ich auch nicht.«

»Das mag schon sein«, mischt sich Kurt ein, »aber bewiesen ist nichts. Wenn die Abtreibung allerdings der Grund für den Mord war, dann muss ich in Erfahrung bringen, wer im Dorf von Milenas Schwangerschaftsabbruch wusste.«

»Jeder wusste davon. Dafür hat Pater Boris gesorgt. Er hat sie an den Pranger gestellt für ihre sogenannte Tat. In seinen Augen hat sie das Kind ermordet und sich in Gottes Plan eingemischt.«

Kurt nickt. »So ähnlich hat sich doch auch Vroni geäußert. Ich denke, es wird Zeit, diesen seltsamen Gebetskreis genauer unter die Lupe zu nehmen.«

Dann beugt sich Kurt nach vorn und fragt streng: »Gibt es noch etwas, das Sie mir erzählen möchten, Schwester Klara?«

Klara hustet und wird rot. »Nichts von Relevanz. Ich bitte Sie nur darum, stets daran zu denken, dass Milena ihre Gründe hatte, den Vater geheim zu halten. Die Leute werden bestimmt versuchen, ihren Ruf in den Dreck zu ziehen. Aber Milena war eine ehrliche junge Frau und hat ihre Vergangenheit hinter sich gelassen. Sie war ein guter Mensch.«

Kurt brummelt etwas Unverständliches und wendet sich mir zu. »Ach Rosi, und du hältst dich bitte aus der Sache raus. Ich kenn dich. Vielleicht solltest du überlegen, deinen Besuch hier um ein paar Monate zu verschieben? Daheim würden Sepp und ich dich am liebsten sehen …«

Ich verschränke die Arme und ziehe die Augenbrauen hoch. »Und ich würde dich gern auf den Knien vor meiner Daniela sehen. Es ist was anderes, wenn eine alte Frau wie ich in wilder Ehe lebt. Aber bei euch! Außerdem möchte ich gern mehr Enkelkinder. Also …«

Kurt knurrt. »Gut, dann lass ich dich dein Leben führen und du mich meines. Ich bin noch nicht bereit fürs Fangeisen.«

»Und ich nicht dazu, in meinem Häuschen zu versumpfen, während Sepp sich in Wien herumtreibt, meine Kinder sich vor der Verantwortung drücken und du einen Mord aufklärst. Eine Dame wie ich braucht etwas Aufregung im Leben.«

Kurt lacht. »Rosi, Rosi. Dir ist nicht zu helfen«, sagt er und klopft sich auf den Bauch. Dann steht er auf und verabschiedet sich.

Im nächsten Moment sind Klara und ich allein, und die plötzliche Stille drückt mindestens so stark auf mein Herz wie die bereits einsetzende Dämmerung. Im Wald kommt der Abend noch früher übers Land und zieht das Dorf in einen Zustand des Dämmerschlafes. Ich mag es, wenn der Winter mit seiner Gemütlichkeit und der vielen Zeit einkehrt, aber hier fühle ich momentan nur Dunkelheit und Frost.

»Jetzt habe ich dir den Klostergarten gar nicht gezeigt«, bricht Klara endlich das Schweigen.

»Das hat auch noch bis morgen Zeit. Sag mal, wolltest du mir eigentlich von der Abtreibung erzählen?«

Klara sieht mich an, und ihre Augen haben mit einem Mal die Frische und Fröhlichkeit verloren. Zögernd schüttelt sie den Kopf. »Am liebsten hätte ich gar nichts gesagt. Aber wenn die Polizei die Geschichte nur von der anderen Seite erzählt bekommt, dann glauben sie schlussendlich wirklich, dass Milena eine unbedachte junge Frau war.«

»Du weißt, wer der Vater des Kindes ist, stimmt's?«

Klara strafft die Schultern. »Ich weiß, dass es nichts zur Sache tut und dass es besser wäre, wenn jeder vor seiner eigenen Tür kehren würde, anstatt andere Menschen mit Dreck zu beschmutzen.«

Klaras Wut ebbt ebenso schnell wieder ab, wie sie angeschwollen ist. »Willst du mir vielleicht in der Kräuterküche helfen?«, fragt sie dann, als wenn nichts gewesen wäre.

Ich schlucke meine Bedenken hinunter, aber der üble Nachgeschmack bleibt. Ob sich Klara wirklich sicher sein kann, dass die Vaterschaft nichts mit dem Todesfall zu tun hat? Irgendwo habe ich einmal gelesen, dass die meisten Morde innerhalb der Familie beziehungsweise zwischen Menschen, die sich nahestehen, geschehen. Wer stünde einer jungen Frau näher als ein Liebhaber, der sich um sein Kind betrogen fühlt? Doch es hat keinen Sinn, Klara weiter zu befragen. Wahrscheinlich würde ich damit ihr Schweigen nur verfestigen.

»Komm, ich zeig dir, wo ich meine ganzen Tinkturen, Kräuter und Tiegelchen hingebracht habe. Zieh dir deinen Mantel an, wir gehen raus in die Nacht«, sagt Klara voll Begeisterung.

Bei dem Gedanken, in die Kälte zu müssen, während die Schatten schon über dem Dorf liegen und der Nebel vom Himmel fällt, läuft mir ein kalter Schauer den Rücken hinab. Bequem bin ich geworden. Und daran trägt nicht zuletzt mein lieber Sepp Mitschuld. So ein Mann im Haus ist vor allen Dingen praktisch. Natürlich habe ich mich erst umstellen und an seine Dauergesellschaft gewöhnen müssen, aber die Vorteile haben klar überwogen. Sepp macht es nichts aus, spätnachts in den Holzschuppen zu gehen und Scheite für den Kamin zu holen oder die Hühner in den Stall zu sperren. Nein, es stört ihn kein bisschen. Vielmehr ist es so, dass er nach einem kurzen Kaltluftschock zufriedener und erfrischter wieder nach drinnen kommt.

Wenn ich bei Kälte und Nässe hinausmuss, dann bringe ich nur zwei Eiszapfen mit hinein, die ich ohne Fußbad nicht mehr warm bekomme. Ich lächle bei dem Gedanken an Sepp. Einmal meinte er schulterzuckend, dass er viel lieber rausgeht und kurz kühle Abendluft schnuppert, als die ganze Nacht meine kalten Zehen an seinen Beinen zu spüren. Ein Stich fährt mir durchs Herz. Ich vermisse Sepp, nicht nur seiner warmen Füße wegen.

Es hat wieder begonnen zu schneien. Dicke, flauschige Flocken fallen vom nachtschwarzen Himmel. Ich schlinge die Arme um mich und folge Klara. Wir gehen zum alten Kloster. Klara holt einen großen Schlüsselbund aus ihrem Mantel und öffnet die Tür. Im Inneren ist es nur etwas wärmer als draußen. Der Gang erhellt sich, und die Tür fällt hinter uns zu. Klara dreht sich um und schließt wieder ab.

»Seit einigen Jahren gibt es Pilgerzimmer hier für diejenigen, die den Marienwanderweg gehen«, erklärt Klara.

»Ja, der Weg führt auch fast an meiner Haustür vorbei. Manchmal begegne ich kleinen Truppen, die zur schwarzen Maria nach Altötting wollen.«

Klara nickt. »Im Winter sind es aber nur wenige, die durchs Land ziehen. Ich hab es mir erlaubt, meine Küche in einem der Räume einzurichten. Wahrscheinlich kann ich das Zimmer den ganzen Winter nutzen, und über die kalte Jahreszeit schwinden dann auch meine Vorräte. Im Frühjahr haben meine Sachen wieder in deiner Kammer Platz.«

Klara geht voran. Es riecht stark nach Lavendel und Veilchen. »Der Klostergarten ist gleich dahinten. Morgen zeige ich ihn dir«, verspricht Klara und legt ihren Mantel ab. Sie wirft ihn einfach auf das Doppelbett.

Der ganze Raum ist voller Kräuterbüschel, die Klara mit

Hilfe von Wäscheleinen zum Trocknen aufgehängt hat. Auf einem kleinen Tisch hat sie zwei Kochplatten abgestellt. Ein großer Topf steht darauf, dazu bereit, eine ordentliche Portion Salbe zu kochen. Ich reibe mir die Hände warm und sehe mich weiter um. Am Boden stehen sieben riesige Flaschen. In klarer Flüssigkeit schwimmen Kräuter und Beeren.

»Meine Schnapssammlung«, lacht Klara. »Wenn dir kalt ist, empfehle ich dir einen Schluck von dem. Mir heizt er ziemlich ein.« Sie zeigt auf eine der Flaschen.

Ich schüttle den Kopf. Erstaunt stelle ich fest, dass Klara auch ziemlich giftige Pflanzen in ihrem Sortiment hat.

Sie bemerkt meinen Blick und meint beruhigend: »Wie Paracelsus schon sagte: Die Dosis macht das Gift. Schon die Hebammen im Mittelalter haben mit Mutterkorn gearbeitet, und Belladonna wie auch Digitalis sind wichtige Heilpflanzen.«

»Ich lasse dennoch lieber die Finger von Tollkirschen und dem Fingerhut. Das ist mir zu riskant, und ich bin weder Ärztin noch Apothekerin«, sage ich.

»Ist auch klüger. Ich bin ausgebildete Krankenschwester, stelle aber auch nur homöopathische Dosen her. Was hältst du davon, wenn wir eine Veilchensalbe kochen? Heute ist mir nach einem lieblichen Duft.«

Ich stimme zu, und Klara holt ein kleines Fläschchen Veilchensaft aus der Kommode. Wir bringen ihn im Wasserbad vorsichtig mit dem Fett und dem Olivenöl zum Sieden. Bald schon riecht es wie in einer Parfümerie, und ich habe das Gefühl, dass mich die Dämpfe schwindlig machen. So entgeht mir, dass plötzlich Pater Sebastian im Zimmer steht. Ich drehe mich erschrocken um, als hinter mir seine Stimme erklingt.

»Habe ich es mir doch gedacht, dass Sie diesen guten Geruch verbreiten. Guten Abend, meine Damen. Ich störe Sie doch nicht, oder?«, fragt er und schlurft schwer bepackt mit einer Einkaufstüte in den Raum.

»Aber nein. Kommen Sie herein. Wie geht es Ihnen nach dem Schock heute?«, fragt Klara und drückt mir den Kochlöffel in die Hand.

Ich rühre weiter vorsichtig die heiße Salbe. In einigen Minuten kann ich den wässrigen Anteil abgießen und dann das Rosenöl beigeben, bevor ich die Salbe abfülle.

Sebastian seufzt und fasst sich an die Brust. Schwerfällig sinkt er auf einen Stuhl und legt seine Tüte ab. »Wenn es Ihnen beiden recht ist, dann bleibe ich ein wenig hier. Die Pfarrköchin hat sich spontan freigenommen und ist zu ihrer Schwester ins Mühlviertel gefahren. Ich kann ihre Reaktion gut verstehen. So etwas Schreckliches. Wenn ich der Situation entfliehen kh… kh…« Er hustet und atmet schwer.

»Nehmen Sie Ihre Herztropfen, Herr Pfarrer?«, will Klara besorgt wissen. Sie kniet nun vor ihm in der Hocke und hält seine Hand.

»Ich bräuchte ein neues Fläschchen. In den letzten Tagen hab ich etwas mehr von den Tropfen genommen«, antwortet er. Klara schnalzt tadelnd mit der Zunge.

Ich nehme den Topf von der Platte und beginne, die Salben in die Glastiegel zu füllen.

Klara sieht mich an und sagt dann mit strenger Stimme: »Sie können auch meine Freundin fragen, Sebastian, aber sie wird Ihnen die gleiche Antwort geben wie ich. Mit Digitalis ist nicht zu spaßen. Meine Fingerhuttropfen sind bei richtiger Dosierung ebenso hilfreich wie bei falscher gefährlich.«

Pater Sebastian verzieht nur kurz die Mundwinkel und setzt eine Unschuldsmiene auf. Klara seufzt und holt eine der Schnapsflaschen. Sie misst genau die Menge ab und verdünnt den Auszug mit klarem Schnaps. Als das Fläschchen fertig ist, greift Sebastian danach, aber Klara zieht es ihm vor den Fingern weg.

»Zehn Tropfen täglich, nicht mehr! Verstanden?«, fragt sie streng.

Der Priester nickt, aber ich befürchte, er meint seine Zustimmung nicht ganz ernst.

»Stellen Sie auch solche Zaubermittel her, Frau Rosi?«, fragt er in meine Richtung.

Ich drehe gerade die Schraubverschlüsse auf die Salbentiegel.

»Nein. Ich verstehe mich auf Teemischungen, Salben und aufs Kreuzeinrichten.«

»Gut zu wissen. Wenn es mich wieder einmal zwickt, dann komm ich zu Ihnen. Obwohl, ein Tee wäre jetzt auch nicht schlecht«, sagt der Pater und lächelt.

»Ich hab Rosis Nerventeemischung zufällig da, und ehrlich gesagt würde eine kleine Stärkung im Moment niemandem schaden.«

»Ein Glück, dass ich zufällig etwas Brot, Käse, Schmalz und Speck eingepackt habe«, antwortet Pater Sebastian und kramt einen Laib Brot aus der Tasche.

»So ein Zufall. Genau wie beim letzten Mal, Herr Pfarrer. Liegt es daran, dass Ihre Köchin heute gar nicht da ist? Soll ich an ihrer Stelle auf die salz- und fettarme Ernährung schauen? Ich glaube, ich hab in der Kommode noch etwas Knäckebrot und Sojaaufstrich«, sagt Klara und lächelt verschmitzt.

»Gott bewahre. Nach dem grausamen Ereignis heute Vormittag benötige ich etwas Handfestes. Ich frage mich, wie lange das Verhör von Boris noch dauert.« Seine Stimme klingt seltsam angespannt.

Ich horche auf. Ein paar Handgriffe, und die Kochplatten sind ebenso vom Tisch verschwunden wie die Salbentiegel und Duftwasserfläschchen. Ich schiebe den Stuhl zurecht und setze mich Sebastian gegenüber. »Sie sind ja schon lange Pfarrer hier und verfügen über eine ordentliche Menschenkenntnis«, beginne ich und warte einen Moment. Pater Sebastians Augen leuchten bei dem kleinen Kompliment. »Und Pater Boris ist erst seit Kurzem hier …«, fahre ich fort.

»Ja. Er hatte in Windeseile eine gewaltige Anhängerschaft und eine ebenso starke Gegnerschaft. Aber auch wenn ich seine Ansichten nicht in allen Belangen teile, kann ich nichts Negatives über ihn als Priester sagen. Er glaubt an das, was er sagt. Und neue Hunde bellen laut, heißt es. Boris muss erst den richtigen Tonfall finden.«

»Mmh. Und den hat er bei Milena nicht getroffen, oder?«, hake ich nach.

Klara kommt mit einer frisch gebrühten Kanne Tee und stellt sie ab. Ihr Blick streift mich, und ich fühle, dass es ihr nicht recht ist, wenn ich Sebastian ausfrage. Doch ich wäre nicht Rosi, wenn ich stillhalten würde.

Sebastian schenkt sich ein und schnuppert an dem aufsteigenden Dampf. Vorsichtig nimmt er einen Schluck. »Sagen wir es so, eine Tasse Nerventee hin und wieder wäre kein Schaden für ihn gewesen. Ich weiß auch nicht, warum ihn Milenas Abtreibung so betroffen gemacht hat. Er hat gegen das arme Ding gewettert, als wäre sie der Antichrist persönlich. Und das nur, weil sie vor vielen Jahren einmal ihr Geld mit den Bedürfnissen der Männer verdient hat.« Er pustet nachdenklich den Dampf von der Tasse. »Da musste ich doch einschreiten und ihm vorübergehend das Rederecht in meiner Kirche entziehen! Dass dann ausgerechnet heute, an seiner ersten Andacht nach fast drei Wochen Predigtpause, Milena ermordet wird …«

Er stellt die Tasse ab und greift sich erneut an den Brustkorb. »Wissen Sie, Rosi, mein Herz ist nicht mehr das beste, und die tote junge Frau macht mir ziemlich zu schaffen. Aber Boris von vornherein als Mörder zu bezichtigen, wie es der Bürgermeister getan hat, nein, das geht zu weit. Ich glaube eher, dass sich einer seiner übereifrigen Anhänger an Milena vergriffen hat. Boris ist in seinen Ansichten konservativ, aber mehr auch nicht. Außerdem ist er Priester.«

Pater Sebastian zieht die Augenbrauen hoch und sieht mich an, als wäre das Priesteramt an sich schon die Garantie für eine saubere Weste.

»Es haben sich schon etliche Pfarrer weitaus Schlimmeres zuschulden kommen lassen, wenn man der Presse glaubt. Ich sage nur Missbrauchsskandal«, antworte ich.

Pater Sebastian seufzt. »Da haben Sie leider recht, Rosi«, sagt er und schneidet sich eine ansehnliche Scheibe Brot vom Laib. Genüsslich schmiert er sich eine mindestens ebenso dicke Schicht Schmalz darauf.

Diese Kost muss ihm so zu Herzen gehen wie der Mord, denke ich und schüttle über seine Unvernunft den Kopf. Sebastian beißt aber selig in das Brot und scheint so gar nicht mehr an sein schwaches Herz oder die verordnete Schonkost zu denken. Jeder hat seine Schwachstelle, auch ich, und bei mir heißt sie Neugierde. Wie gern würde ich mehr über diesen Boris und seine Jüngerschaft erfahren, und überhaupt … Der ganze Ort ist geheimnisvoll. Egal, mit wem ich bisher geredet habe, ich hatte bei jedem das Gefühl, dass er mir nicht die volle Wahrheit erzählt.

Selbst Klara. Meine Freundin nimmt nur wenig Käse und eine dünne Scheibe Brot zu sich und kaut langsam. Ich aber lange lieber ordentlich zu. Mir fehlt das Mittagessen im Bauch, und wenn ich jetzt auch noch zögerlich esse, dann liege ich später mit knurrendem Magen im Bett, kann nicht denken und schon gar nicht einschlafen. Das Brot schmeckt gut und riecht stark nach den Gewürzen. Mit jedem Bissen entspanne ich mich etwas mehr, und ich fasse den Entschluss, meiner Neugierde nachzugeben … wenn auch nicht jetzt. Der Zeitpunkt wird kommen, und dann werden die Geheimnisse gelüftet. Ich bin doch die Kräuterrosi, und die Menschen wollen bei mir ihr Gewissen erleichtern.

Vorgeschichte mit Nachwehen

Was hilft bei Rauchentwöhnung?
Wichtigste Voraussetzung: Man muss aufhören wollen!
Inhalationen mit Kamillentee lösen den Schleim von den Bronchien, und man kann wieder durchatmen. Tief einatmen, wenn das Verlangen nach einer Zigarette kommt – das bringt Sauerstoff in den Körper. Tomaten, Auberginen und Karfiol enthalten natürliches Nikotin.
Ein Hobby ist eine gesunde Alternative – am besten ein Ausdauersport, der belohnt den Körper doppelt: mit Sauerstoff und Glückshormonen.
Akupunktur und Hypnose haben schon so manchen Rauchern geholfen, endlich Abstand zum Glimmstängel zu gewinnen.

Ich liege im Bett und starre an die Decke. Obwohl ich satt bin und dank Wärmeflasche auch warme Füße habe, will sich der Schlaf nicht einstellen.

Ob ich etwas lesen soll? Daniela hat mir einen ihrer Frauenromane in die Reisetasche gelegt, mit dem Versprechen, dass ich mich dabei herrlich amüsieren werde. Ich setze mich auf und ziehe die Tasche unter dem Bett hervor. Doch statt des Buches erwische ich mein Handy. Es blinkt wie wild, und irgendwie bin ich erleichtert, dass ich angerufen wurde.

Sepps Nummer und mein Festnetz sind auf dem Display zu sehen. Auch eine SMS finde ich, natürlich von Gitti. »Meld dich. Ich muss reden«, schreibt sie. Ich schaue auf die Uhr. Kurz vor zehn. Bei mir zu Hause rufe ich um diese Zeit nicht mehr an. Wahrscheinlich schläft Mariella schon, und ich will sie nicht wecken. Sepp geht bestimmt nicht vor Mitternacht ins Bett. Ich wähle zuerst Gittis Nummer.

Es läutet dreimal, dann ist sie dran. »Entschuldige. Ich war im Bad. Wie geht's dir?« Gitti klingt gar nicht glücklich.

»Ganz in Ordnung. Und dir?«, frage ich.

»Du musst mit deiner Schwiegertochter reden. Sie hat mich vor die Tür gesetzt. Stell dir vor. Mich!«

»Aha«, sage ich und denke darüber nach, was der Grund dafür sein könnte. Normalerweise ist Kalina eine Seele von Mensch und nicht leicht aus der Ruhe zu bringen.

»Und das nur, weil ich zur Traudi am Telefon gesagt habe, dass ich auch nicht so eine im Ort haben möchte, aber sie deshalb bestimmt nicht den Tod verdient hat.«

»So eine?«, hake ich nach.

»Jaaaa«, seufzt Gitti, »ich meine, es ist ja in Ordnung, wenn Frauen ihr Geld mit der Liebe verdienen. Du weißt ja, dass ich ein offener Mensch bin und auch nichts gegen deinen Sepp oder den Raphael mit seinen Geschäften habe. Aber das ist was anderes. Bei euch ist es ein ehrliches Gewerbe.«

»Aber?«, frage ich.

»Na ja, diese Milena soll sich an ihren Patienten im Heim bereichert haben. Das geht ja wohl wirklich nicht. Armen, impotenten Rentnern das Geld aus der Tasche zu ziehen und dann auch noch das Kind abzutreiben, weil auch ein alter Gaul manchmal über den Zaun hüpfen kann. Die armen Kerle.«

»Das hat dir die Traudi erzählt?« Mir stirbt fast die Stimme ab bei diesen Gerüchten.

»Ja, das ganze Dorf spricht davon. Eine ältere Dame im Heim soll sogar verrückt geworden sein, weil die Milena erst ihren Mann und, als dieser dann verstarb, ihren Bruder … na ja, du weißt schon.«

»Und all das hast du so bestimmt auch Kalina erklärt, stimmt's?«, frage ich stirnrunzelnd.

»Natürlich«, bestätigt Gitti.

Ich seufze. »Gitti, tut mir leid, aber ich verstehe Kalina. Es ist besser, du bleibst fürs Erste meinem Häuschen fern, und vielleicht passt du auch etwas besser auf, was du zu wem sagst.«

Gitti schweigt. Ich kann ihre Wut durch den Telefonhörer hindurch spüren. Es ist ein Wunder, dass die Sprechmuschel nicht in Rauch und Flammen aufgeht.

»Ja aber –«, setzt Gitti an, doch ich unterbreche sie.

»Kein Aber. Ich kenn dich, Gitti. Du hast ein gutes Herz und bist immer zur Stelle, wenn ich dich brauche. In gewissen Dingen neigst du jedoch zur Überreaktion. Du glaubst alles, was man dir sagt, und verbreitest es mit einer Inbrunst weiter, dass man glauben könnte, du hättest es selbst erlebt. Aber es sind Gerüchte, meine Liebe. Ich werde morgen früh einen Abstecher in den Laden machen und der Traudi einen Besuch abstatten. Allerdings bin ich mir jetzt schon sicher, dass sie dir einen gehörigen Bären aufgebunden hat.«

Es knistert in der Leitung, und ich höre Gittis Atemzüge zwischen dem Knacken. »Meinst du wirklich? Aber wieso sollte Traudi das tun?«

Ich atme lautstark aus. »Einfach so, meine Liebe. Einfach, weil in dem Kuhdorf etwas Schreckliches passiert ist und gewisse Leute gern ein Schäufelchen drauflegen.«

»Mmh. Vielleicht hast du recht, Rosi. Soll ich mich bei Kalina entschuldigen? In ihren Augen bin ich jetzt wahrscheinlich gefühlskalt und eine Tratschtante.«

»Bist du auch. Die Tratschtante, meine ich.«

»Pffft«, zischt sie durch den Hörer, und ich kann gedanklich vor mir sehen, wie sie die Augen verdreht und den Kopf schüttelt, dass die Locken nur so springen.

»Ich geh der Sache nach und informiere dich, meine Liebe«, sage ich dann, weil ich weiß, wie wichtig es ihr ist, immer auf neuestem Stand zu sein.

»Gut. Danke. Bis bald und pass auf dich auf«, sagt sie.

Mir wird schwer ums Herz. Gitti ist meine Freundin, und es tut mir leid, dass sie sich so in den Schlamassel geredet hat. Andererseits bin ich auch froh darüber. Jetzt weiß ich, dass es im Ort gewaltig gärt und dass Geschichten über Milena im Umlauf sind, von denen wohl weder Klara noch Sebastian oder gar die Polizei etwas ahnen. Obwohl … vielleicht hat Kalina schon mit Daniela über Gittis unmögliches Benehmen gesprochen, und somit wäre auch Kurt informiert. Ich betrachte das Handy in meiner Hand. Es fühlt sich heiß an, und ich brauche einen Moment, um mich zu sammeln und den nächsten Anruf zu tätigen. Sepp wartet bestimmt schon sehnsüchtig darauf, von mir zu hören.

Ich wähle, und eine fremde Stimme ist am Apparat.

»Hallo? Hier Sepps Anschluss«, flötet ein Mädchen in den Hörer.

»Äh«, stottere ich verdattert. Aus dem Hintergrund schallen verschiedenste Stimmen und Gelächter.

»Hallo? Wer ist dran?«, fragt die Stimme weiter.

»Hier ist Rosi. Kann ich Sepp sprechen?«

»Sorry. Aber das geht grad gar nicht. Wir sind mitten im Dreh, und Sepp ist voll beschäftigt. Kann ich etwas ausrichten?«

»Nein danke. Wer sind Sie überhaupt?«

»Oh, hab ich vergessen zu sagen. Ich bin Vanessa und Assistentin. Ähm, na ja, eigentlich Praktikantin. Sie sind bestimmt Sepps Frau, mmh? Er ist sooo cool, zwar etwas alt, aber er hat es voll drauf. Wenn er ein bisschen knackiger wäre, dann –«

»Ich rufe später wieder an«, sage ich schnell und drücke die rote Taste. Mein Magen zieht sich krampfartig zusammen, und ich halte unwillkürlich die Luft an. Die Enttäuschung schlingt sich wie ein festes Seil um meinen Bauch und drückt mich, dass mir fast die Tränen kommen. Wann habe ich mich selbst so an Sepp gebunden, dass es mir nun unsägliche Schmerzen bereitet, dieses junge Ding am Telefon zu hören und nicht ihn? Warum amüsiert er sich im Moment am Set, während ich sorgengeplagt in einer winzigen Kammer sitze und jemanden zum Reden brauche?

Ich muss das Gehirnkino unterbrechen, bevor mich die Bilder verrückt machen. Eigentlich bin ich selbst schuld an dem Dilemma. Mehr als einmal hat Sepp mich drangsaliert, ihn zu begleiten, und ich habe immer abgelehnt. Er macht dort seine Arbeit, und ich sollte hier meine tun. Aber was ist meine Aufgabe in diesem Nest? Ich habe keine Patienten, keine Hilfesuchenden, und ich sollte mich auch beim Herumschnüffeln zurückhalten, oder?

Als ob du das könntest, meine Rosi. Dann wärst du nicht mehr du selbst.

Horsts Stimme klingt so vertraut wie eh und je, und ich fühle mich gleich etwas besser. Entschlossen schalte ich das Telefon aus. Wenn Sepp jetzt nicht zu sprechen ist, dann bin ich es später nicht mehr. Ich muss dringend schlafen.

Ich schüttle mir das Kopfkissen auf und lege mich hin. Die Müdigkeit zieht mich in die schwarze Tiefe, und ich gleite über die Traumwellen.

Mein Kind. Mein Kind. Sie streckt mir das Baby entgegen. Es ist wunderschön und lacht. Die Freude kitzelt mich in der Brust. Ich nehme das Kleine. Es streckt die Hand nach mir aus.

Ich lache. Der Arm fällt ab. »Was?«, frage ich und will das Kind der Mutter zurückgeben, doch sie ist nicht mehr da. Stattdessen steht ein kleiner Sarg auf dem Waldboden. Der zweite Arm fällt ab, dann ein Bein. Ich schreie, lasse das Kind fallen. Der Sarg verschwindet. Das weiche Moos verschluckt ihn und das Kind. Die schwarzen Bäume sind über mir, sie wollen auch mich verschlingen. Alles dreht sich. Dann eine Stimme. Hysterisches Gekicher. »Jetzt hat er dich, der Beelzebub.«

Ich fahre erschrocken hoch. Das Nachthemd klebt an meinem Körper wie ein nasser Lappen. Ich atme tief ein und muss gleich darauf husten. Der Alptraum schwebt über mir und schnürt mir die Kehle zu. Die kleine Kammer ist mir viel zu eng. Ich raffe mich auf und schlurfe zum Fenster. Die kalte Waldluft tut gut, und langsam beruhigt sich meine Lunge wieder. Nur der Hals kratzt nach dem Hustenanfall. Hoffentlich hat Klara einen guten Hustensaft parat, ansonsten muss ich mir wohl selbst einen zubereiten. Während ich darüber nachdenke, setzt sich ein neuer Gedanke durch. Ich werde auf jeden Fall selbst das Säftchen machen, und dazu muss ich in den Laden.

Ich ziehe ein paarmal tief die Luft in die Lunge und schließe dann das Fenster. Es ist noch immer düster draußen, obwohl der weiße Schnee das wenige Licht reflektiert. Doch die Wolken am Himmel verdunkeln den Morgen, und der Sonnenaufgang kann nicht durchdringen.

Klara sitzt bereits völlig bekleidet am Küchentisch und trinkt Kaffee. Sie hebt den Blick und lächelt milde. »Guten Morgen. Ich hoffe, ich hab dich nicht geweckt.«

»Nein, keine Sorge.«

Ich fühle mich seltsam, neben ihr Platz zu nehmen. Doch ich hatte noch keine Zeit, mich anzuziehen. Ich schlinge den Morgenmantel enger um meinen Körper und binde den Gürtel.

»Ich habe heute Frühdienst. Wenn du möchtest, kannst du mich begleiten. Durch Milenas … na ja, es mag makaber klingen, aber ich muss baldmöglichst Ersatz für sie finden. Ich werde heute einige Zeit im Büro verbringen und eine Stellenanzeige schalten. Vielleicht kann auch das Kloster kurzfristig jemanden schicken.«

»Schon in Ordnung, ich werde einkaufen gehen und mir etwas Hustensaft ansetzen. Seit heute früh tut mir der Hals weh, und es kitzelt in der Lunge.«

»Ich hätte auch welchen fertig, dann brauchst du nicht extra in den Laden«, meint Klara.

Ich schüttle den Kopf. Schwarzen Rettich und Kandiszucker für meinen schnellen Hustenkiller kaufen ist der geringere Grund, warum ich in das Geschäft möchte, aber das braucht Klara nicht wissen.

Sie murmelt zustimmend und steht dann auf. »Ich bin um dreizehn Uhr fertig. Dann können wir gemeinsam essen und im Anschluss durch den Klostergarten spazieren. Der Schnee verdeckt zwar das meiste, aber du bekommst dennoch eine Ahnung, wo ich was anbaue.«

Zweifelnd sieht sie mich an und legt den Kopf schief. »Kommst du auch wirklich zurecht, Rosi? Ich würde es verstehen, wenn du in Anbetracht der Lage lieber daheim wärst. Obwohl ich sehr froh bin, dass du hier bist.«

Das komische Gefühl beschleicht mich, dass Klaras Beteuerung nicht ganz stimmt. Will sie mich loswerden?

Als hätte sie feine Antennen für meinen Verdacht, nimmt sie meine Hand und meint lächelnd: »Ich mache mir nur Sorgen, weil ich jetzt weniger Zeit für dich habe als geplant. Es ist so schön, dich endlich hier zu haben, und ich hätte gern viel mit dir unternommen, und jetzt hat mich die Arbeit überrumpelt. Ich muss leider wirklich ins Büro und –«

»Schon in Ordnung. Ich bin erwachsen. Erledige du deine Aufgaben, und dann werden wir uns einen schönen Nachmittag machen.«

Klara nickt zufrieden. »Bis später, und bedien dich ruhig«, sagt sie und lässt mich in der kleinen Küche allein.

Ich schmiere mir eine Marmeladensemmel und mache mir

einen Kaffee. Es ist sinnlos, zu früh in den Laden zu gehen, wenn die Leute entweder noch nicht ausgeschlafen oder im Morgenstress sind. Gemütlich esse ich mein Brot und überlege, ob ich es noch mal bei Sepp probieren soll. Jetzt, eine Runde Schlaf und einen Alptraum später, kommt mir meine Reaktion auf die Assistentin kindisch und überzogen vor. Aber das Herz hat wenig Verstand, und ich bin auch nur ein Mensch. Es ist auch irgendwie lustig, dass ich in meinem Alter noch zur Eifersucht fähig bin. Lautes Hahnengeschrei weckt mich aus meinen Gedanken. Den Anruf verschiebe ich. Wahrscheinlich liegt Sepp noch im Bett. Das Rotlichtmilieu ist ein spätes Gewerbe, und er ist bestimmt erst vor wenigen Stunden ins Bett gekommen.

Ich räume das Geschirr in die Spülmaschine und mache mich auf ins Bad. Die Kälte sitzt mir in den Knochen, und meine Bewegungen sind abgehackter und langsamer als sonst, doch nach einer heißen Dusche und ordentlich rosa gerubbelter Haut geht es schon etwas leichter. So kann ich der Traudi ordentlich auf den Zahn fühlen. Mal sehen, ob sie den ganzen Blödsinn selbst erfunden hat oder ob es noch andere gibt, die in der Gerüchteküche ein Holzscheit nach dem anderen nachlegen.

Zum Glück habe ich meine warmen Stiefel mit. Die Straße ist rutschig, und der Schnee hat schon diese eklig graubraune Farbe vom Frühverkehr. Ich stapfe durch den Matsch. Einige haben den Straßenrand, die Einfahrten und Gehwege schon geräumt, andere hoffen augenscheinlich darauf, dass die Sonne dem Schnee noch einmal den Garaus macht. Wenn ich nach oben zum Himmel blicke, befürchte ich aber, dass sie enttäuscht werden. Die Wolken ballen sich und hängen schneeschwer über uns, bereit dazu, eine neue Schicht der weißen Pracht auszuschütten.

Es sind heute weitaus weniger Menschen auf der Straße als gestern Nachmittag. Die Polizei hat das Feld geräumt und der Schnee die Markierungen zugedeckt. Ein Absperrband ist das letzte Überbleibsel des gestrigen Horrors. Ich stecke die Hände tiefer in die Manteltaschen. Mit der roten Wollmütze, dem Schal und dem schwarzen Mantel sehe ich sicher aus, als würde ich aus dem schlimmsten Hochwinter kommen, aber wenn die Lunge und der Hals schon angeschlagen sind, riskiere ich lieber nichts und mumme mich bis über beide Ohren ein.

Das kleine Geschäft liegt gegenüber der Kirche und verkauft nicht nur die üblichen Lebensmittel und Gemischtwaren, sondern auch geschnitzte Kreuze, Rosenkränze und allerlei andere Dinge, die von den Pilgern verlangt werden. Das Geschäft ist auch sonntags geöffnet und bietet ein viel größeres Sortiment als unser kleiner Laden. Warme Luft schlägt mir entgegen und raubt mir im ersten Moment den Atem. Rasch nehme ich die Mütze ab und öffne den Mantel etwas.

Den Rettich und den Kandiszucker habe ich schnell gefunden, nur Traudi ist nirgends zu sehen. Schließlich frage ich einfach die Feinkostverkäuferin. Zu Beginn blinzelt sie mich verwundert an, weil ich weder die beliebte Leberkässemmel noch Aufschnitt oder Käse bestelle, aber dann grinst sie breit und legt eine gewaltige Zahnlücke frei.

»Die Traudi ist hinten. Chefin müsst man sein, dann kann man sich die Pausen legen, wie's einem recht kommt. Soll I s' holen? Oder gehen S' selbst zruck? Is glei dort drüben!«

Sie deutet nach hinten, und ich setze mich schmunzelnd in Bewegung. Wie es scheint, macht die Feinkostverkäuferin auch gern auf ihre Art und Weise Pause. Kaum dass ich mich umgedreht habe, zieht sie ihre Handschuhe wieder aus und widmet sich genüsslich ihrer ganz persönlichen Leberkässemmel.

Es ist so neblig wie im tiefsten Moor. Nur dass der Dunst im kleinen Aufenthaltsraum auch noch stinkt und Gift für meine Bronchien ist. Meine Augen brennen, und die Lunge sticht durch den Nikotingehalt im Zimmer. So viel zum Nichtraucherschutzgesetz. Vor einer Riesentasse Kaffee, einem proppenvollen Aschenbecher und mit qualmender Zigarette im Mund sitzt laut telefonierend die Traudi am Tisch.

»Ich muss aufhören. Da ist jemand. Bis später«, krächzt sie ins Handy und legt auf. »Ja?«, fragt sie in meine Richtung.

Ich huste und komme näher. »Hallo, ich bin die Rosi, die –«

»Ah, Gittis Rosi. Komm nur rein. Willst du auch eine Zigarette?«, fragt sie und hält mir die Schachtel entgegen.

Ich hebe abwehrend die Hand. Die Konzentration an Schadstoffen in dem Aufenthaltsraum würde jedes Auto die Zulassung kosten. Es könnte sogar sein, dass es gesünder wäre, wenn ich mir tatsächlich eine Zigarette anzünde und durch den Filter atme.

»Schön, dich kennenzulernen. Gitti erzählt so viel von dir.«

Sie schüttelt den Kopf, aber ihre Augen leuchten vor Begeisterung und Unglauben. »Du bist eine echte Berühmtheit und dein Sepp auch. Ich freu mich schon, wenn die Sendung endlich läuft.«

»Ja, ich bin auch neugierig«, sage ich und setze mich zu ihr an den Tisch. Den Rettich und den Zucker leg ich ab.

Traudi zeigt auf den Rettich. »Das Zeug mag ich nur zum Schweinsbraten. Alfons kann ihn immer essen, und die Gitti reibt ihm auch dauernd einen. Versteh's einer.« Sie drückt die Zigarette aus, hustet laut und zündet sich gleich die nächste an.

Ich mustere sie und muss zugeben, dass ich mir Alfons' Cousine immer anders vorgestellt habe. Auf den paar Familienfotos, die in Gittis Haus stehen, habe ich immer nur eine pummelige und gemütlich wirkende Frau gesehen. Sie hatte große Ähnlichkeit mit Gittis Mann, der auch lieber entspannt auf dem Sofa lungert und Fernsehen guckt, anstatt sich zu bewegen. Diese rauchende Traudi vor mir passt überhaupt nicht ins Bild. Sie wirkt hager, geradezu ausgezehrt und auf beängstigende Weise sogar beim Rauchen hyperaktiv. Man sagt dem Tabak ja eigentlich nach, dass er die Nerven beruhigen soll.

»Auf Alfons' Fotos habe ich dich ganz anders in Erinnerung«, rutscht mir heraus.

»Ah ja. Das war vor meiner Weight-Watchers-Zeit. Seit ich dreißig Kilo abgenommen habe, bin ich ein ganz anderer Mensch. Nicht wiederzuerkennen. Das meinte auch mein Exmann, der Depp. Manchmal frag ich mich, ob er bloß meine Speckrollen geliebt hat.« Sie nimmt einen tiefen Zug von ihrer Zigarette und bläst den Rauch zur Seite.

Vielleicht ist die Liebe von Traudis Exmann auch einfach

verraucht. Mich würde sie mit dieser Qualmerei in Windeseile loswerden. Ich habe nichts gegen Raucher, aber wenn jemand derartige Exzesse lebt, dann stimmt etwas nicht. Außerdem lässt es sich meiner Meinung nach mit ein paar Kilos mehr auf den Rippen besser leben als mit Staub in der Lunge.

»Aber gut. Lassen wir das Thema Mann. Ich weiß genau, warum du hier bist, Rosi.« Sie beugt sich vor und spitzt die Lippen.

»Ja?«, frage ich verwundert.

Traudi nickt ernst. »Die Gitti hat mir genug von dir erzählt, um zu wissen, dass du hinter Informationen her bist. Du hast bei der Aufklärung des Moormordes mitgearbeitet, und jetzt willst du beim Klosterhurenmord ebenfalls den Mörder finden.«

Klosterhurenmord? Wie um Gottes willen kommt sie auf diesen Namen? Ich lehne mich zurück und lege abwartend den Kopf schief.

»Na gut. Ich sag es dir. Diese Milena war nicht mehr als ein kleines tschechisches Flittchen, und weil es sich in Österreich leichter Geld verdienen lässt, hat sie sich im Altenheim eingenistet. Was gibt es Dümmeres als einen geilen alten Sack? Wenn ein Mann die Gelegenheit bekommt, ein Mädel flachzulegen, dann macht er das auch. Und wenn ein Flittchen damit ein gutes Zubrot verdienen kann, dann wird sie es auch tun.«

Ich schüttle entsetzt den Kopf. Wie kann eine Frau Mitte fünfzig so abscheulich reden? Normalerweise höre ich eine solche Sprache nur bei Jugendlichen.

Aber Traudi ist sich keines Fehlers bewusst und fährt selbstsicher fort: »Milena ist in Tschechien auf den Straßenstrich gegangen. Dafür gibt's Beweise. Ich habe Fotos gesehen, von damals. Sie hat keinen Hehl aus ihrer Vergangenheit gemacht, das verwegene Stück. Aber wozu auch, wenn man mit dem Geschäft hier einfach weitermacht. In einem Wallfahrtsort. Maria und Josef! Stell dir das vor.«

Sie lehnt sich noch weiter vor und nimmt meine Hand. Ich starre nur auf ihre nikotingelben Nägel und schlucke meine Antwort hinunter.

»Einmal Hure, immer Hure, sage ich. Ein Glück, dass Pater Boris ihre Machenschaften aufgedeckt hat.«

»Pater Boris?«, frage ich.

Sie macht die wohl fünfte Zigarette aus, um sich gleich die nächste in den Mundwinkel zu stopfen.

»Ja. Er ist ein Segen für diesen geheiligten Ort. Ohne ihn hätten wir wohl nie erfahren, wie diese Milena ihre Brötchen verdient. Und dann auch noch das Kind töten. Pfui Teufel. Was kann das arme Würmchen dafür, dass es ein Kind der Sünde war? Pater Boris hat in seiner Predigt deutlich gemacht, dass bei Gott jedes Kind wertvoll ist. Hurenkind hin oder her.«

Jetzt platzt mir endgültig der Kragen. Ich denke an meine Kalina und meinen Raphael. Selbst wenn ein wahrer Kern in den Gerüchten steckt, dulde ich es nicht, wie sie über die Tote spricht. Meine Schwiegertochter hat auch ihre Vergangenheit, mein Sohn betreibt einen Puff, und mein Liebster ist ein ehemaliger Puffvater. Denkt denn diese Traudi noch weniger nach, wenn sie den Mund aufmacht, als Gitti?

»Jetzt hör aber mal!«, sage ich streng. »Du erzählst mir hier die wüstesten Geschichten und verleumdest eine Tote ohne irgendeinen Beweis. Soweit mir im Altenheim erzählt wurde, war diese Abtreibung medizinisch notwendig.«

»Pah«, antwortet Traudi, »die Information hast du wahrscheinlich von Millis wahnsinnigem Bruder. Du musst aber eins wissen, bevor du mich als Lügnerin hinstellst und dem Georg glaubst. Er war ihr bester Kunde. Hier schau.«

Sie zieht ein Handy aus der Hosentasche und tippt auf das Display. »Ein Foto sagt mehr aus als tausend Worte. Und dieses Bild hab ich direkt von einem der Jünger per WhatsApp bekommen.«

»Whatswas?«, frage ich verwirrt.

»Das ist ein Programm, um zu reden und Fotos auszutauschen. Aber jetzt schau doch.«

Sie hält mir das Handy vor die Nase. Ich erkenne den alten Mann aus dem Heim. Georg sitzt auf einem Stuhl, der Kopf hängt nach hinten, und sein Gesicht wirkt seltsam verzückt.

Die Hose ist offen und hängt in den Kniekehlen. Doch viel interessanter ist die Person, die vor ihm hockt, als würde sie ihm …

»Ach du meine Güte«, entfährt es mir.

»Tja. Das nenn ich Altersversorgung, mmh? Bei dieser Krankenschwester wäre ich auch gern Patient.«

Ich nehme das Handy in die Hand und betrachte das Bild genauer. »Und das ist sicher Milena? Man sieht sie nur von hinten. Außerdem, vielleicht tut sie auch etwas ganz anderes. Manchmal wirkt etwas übler, als es ist.«

Traudi nimmt mir das Telefon ab und macht das Bild größer. »Das ist Milena. Außer du kennst noch jemanden, der im Nacken einen Leberfleck in Form eines umgekehrten Hufeisens hat. Und dass sie Georg einen bläst, seh ich in seinem Gesicht. Mein Fred hat auch immer so dämlich –«

»Halt, das will ich nicht wissen«, sage ich schnell, obwohl es bereits zu spät ist. In meinem geistigen Kino läuft der Film schon ab, und mir wird schlecht bei dem Gedanken. Ich reiße mich zusammen und sage bestimmt: »Entschuldige, Traudi, es mag auf den ersten Blick so aussehen, wie du es erzählst, aber wenn ich eines in meinem Leben gelernt habe, dann ist es das: Es ist niemals so einfach, wie es scheint. Und bevor du Milenas Ruf in den Dreck ziehst, würde ich mich an deiner Stelle absichern, ob deine Version der Geschichte wirklich stimmt. Sonst stehst am Ende du als Lügnerin da.«

Traudi lacht. »Ach was. Dieses Foto ist per WhatsApp durch den ganzen Ort gewandert. Ich glaube, dass alle, außer vielleicht die Polizei, von Milenas Nebenjob wussten. Und die Bullen werden es auch noch früh genug herausfinden, dass da am Brunnen nicht die heilige Jungfrau Maria lag, sondern ein Flittchen.«

»Willst du damit andeuten, dass Milena den Tod verdient hat?«

»Hat das kleine Würmchen in ihrem Bauch es verdient, zerstückelt zu werden?«

Ich springe auf und nehme meinen Einkauf. »Ehrlich, ich bin schockiert, Traudi. Wie kann eine erwachsene Frau nur so denken? Niemand hat es verdient, ermordet zu werden. Niemand.«

Traudi zuckt gelangweilt die Schultern. »Wenn du meinst. Ich glaube jedenfalls, was ich sehe, und dieses Foto«, sie hält mir das Handy nochmals entgegen, »spricht Bände. Ganz unschuldig an ihrem Ende war Milena nicht. Sie hatte es faustdick hinter den Ohren.«

»Ich geh jetzt. Danke für deine Zeit, und wie auf den Packungen geschrieben steht – Rauchen kann tödlich sein«, sage ich.

»Das Leben endet immer tödlich. Bis bald, Rosi. Du wirst schon noch draufkommen, dass ich die Wahrheit gesagt habe.«

Ich stürme aus der stickigen Kammer. An der Fleischtheke steht noch immer die Verkäuferin. »Na, die Chefin gefunden?«, fragt sie und fischt sich eine Wurstscheibe aus der Auslage.

»Ja, aber es ist mörderisch da drin«, sage ich.

»Stimmt. Die Traudi qualmt wie ein Schlot. Sie sagt zu mir immer, ich sollte auch lieber zum Glimmstängel greifen anstatt zur Wurst. Aber seit ich schwanger bin, hab ich so eine Lust. Ich könnte die ganze Zeit naschen. In den Raum bringen mich jedenfalls keine zehn Pferde mehr.«

»Der Aufschnitt ist bestimmt gesünder als der Rauch. Alles Gute für das Kleine«, wünsche ich ihr und flüchte vor zur Kasse.

Nachdem ich bezahlt habe, gehe ich nach draußen. Es hat wieder angefangen zu schneien, aber der Duft nach frischem Schnee ist wie Balsam. Immer dichter wird das Schneegestöber. Ich huste einige Male laut und ziehe dann die Luft in meine Bronchien. Es ist eine Wohltat, und ich spüre richtig, wie sich die kleinen Lungenbläschen gierig ausweiten, um etwas Sauerstoff abzubekommen.

Eine Frau meines Alters spielt nicht mehr unnötig mit ihrer Gesundheit. Wenn es nicht so wichtig gewesen wäre, mit Traudi zu sprechen, dann hätte mich nichts und niemand dazu bewegen können, in diese Räucherkammer zu gehen.

Traudi. Puh. Beim Gedanken an sie schüttle ich nur noch den Kopf. Ich habe schon viele Menschen kennengelernt, gute und schlechte, nette und unfreundliche, dumme und gescheite … Aber so ein Exemplar wie Traudi ist mir selten begegnet. Wenn ich bedenke, dass Gittis Mann der Cousin dieser Frau ist, dann muss ich eingestehen, dass Gitti Glück mit ihrem Alfons hat. Alfons ist mürrisch und faul, aber er ist nicht boshaft.

Ich hoffe ehrlich, dass meine Freundin auf mich hört und Abstand von Traudis Tratsch nimmt. Ich muss auf jeden Fall mit Gitti telefonieren und auch mit Kurt. Traudi ist es wert, dass ihr die Polizei genauer auf den Zahn fühlt.

Ich gehe vorsichtig durch den immer glatter werdenden Matsch. Der Weg zum Altenheim kommt mir kürzer vor als sonst, aber wahrscheinlich ist das so, weil mich die letzte halbe Stunde so beschäftigt. Ob ich mit Georg reden soll?

Der alte Herr ist bestimmt im Heim.

Betrunkene und Kinder

Rosis wirksamer Hustensaft, der Kindern wie Erwachsenen schmeckt
Zutaten: 1 große Knolle schwarzer Rettich • Kandiszucker
Man nehme einen schwarzen Rettich und schneide ihn in zwei Hälften. Die obere sollte kleiner sein und als Deckel benutzt werden. Dann die untere, größere Hälfte mit einem Messer etwas aushöhlen. Einen Teelöffel Kandiszucker hineingeben und mit dem Deckel verschließen.
Nach zwei bis drei Stunden hat sich der Zucker verflüssigt und sich mit den Säften des Rettichs zu einem braunen, süß-scharfen Hustensaft vermischt. Die ätherischen Öle des Rettichs wirken auf die Bronchien schleimlösend und hustenreizstillend. 3–5 EL täglich kann man ohne Bedenken nehmen. Die Knolle kann öfter verwendet werden, bis sie keinen Saft mehr abgibt.

Die Nässe kriecht mir in die Poren, und ich schüttle den Schnee aus dem Mantel und den Stiefeln. Zuallererst ziehe ich mir die feuchten Sachen aus und wechsle auch den Pullover. Er stinkt einfach zu sehr nach Rauch. Am liebsten würde ich mir auch gleich die Haare waschen, aber bei einer aufkeimenden Erkältung ist das keine gute Idee.

Deshalb bereite ich mir lieber meinen Hustensaft zu. Der einzige Nachteil des selbst gemachten Säftchens ist, dass es etwas dauert, bis ich den ersten Löffel nehmen kann. Als kleinen Vorgeschmack stecke ich mir ein Stück Kandiszucker in den Mund. Es ist schön, wie Gott für uns vorgesorgt hat: Zwei einfache Dinge, richtig zusammengefügt, lassen ein Heilmittel entstehen, das die kleinen Wehwehchen beseitigt.

Wenn nur alles so einfach wäre. Ich setze den Deckel auf die Rettichknolle zurück und gehe in meine Kammer. Das Handy liegt noch immer ausgeschaltet neben dem Bett. Ich mache es an, und sogleich vibriert, klingelt und surrt das Teil, als möchte es sich in meine Hand bohren und mich dafür bestrafen, dass ich es nicht vorher eingeschaltet habe. Doch diese Dauererreichbarkeit ist ungesund und vor allem unnötig.

Ich habe keine Gelegenheit, nachzusehen, wer mich angerufen hat, schon klingelt es wieder. Ich geh ran.

»Hallo, Rosi, es tut mir leid, dass ich gestern nicht –«

»Schon gut«, unterbreche ich Sepp. Ich atme tief durch und verscheuche den letzten Rest Eifersucht aus meinem Herzen.

»Wie geht es dir? Ist das Starleben anstrengend?«, frage ich.

»Ganz in Ordnung. Es macht irgendwie Spaß, ist aber hauptsächlich hektisch. Und dieses dauernde Abgetupft- und Gepudertwerden ist widerlich. Wie ihr Frauen die Schminkerei ertragt, ist mir ein Rätsel. Mein Gesicht fühlt sich jedenfalls an, als hätte ich eine Schicht Gips auf der Haut, die sich in kleinen Plättchen löst. Aber ich hab auch eine gute Nachricht. Ein Puffbetreiber ist abgesprungen. Es werden jetzt nur zwei Probefolgen gedreht und auf Sendung geschickt. Wenn es sehr gut läuft, machen wir im Frühjahr fünf weitere Folgen. Auf jeden Fall werden wir eher fertig, und ich bin früher zu Hause.«

»Schön«, antworte ich.

Ein paar Sekunden höre ich nur seine Atemzüge, und die Sehnsucht windet sich um meine Brust wie eine Würgeschlange.

»Dein Schweigen klingt traurig«, sagt er dann, und mir wird wieder bewusst, warum ich Sepp liebe. Er hat einen feinen Spürsinn für einen Mann, und unsere Verbindung ist auf seltsame Weise so tief, dass wir uns oft ohne Worte verstehen.

»Die tote Frau«, beginne ich und erzähle ihm, was bisher vorgefallen ist. »Ich sehe, wie gemein und kleinkariert manche Menschen sind, und muss –«

»An Kalina denken, stimmt's?«, nimmt er mir das Wort aus dem Mund.

Ich seufze. »Dieser Mord geht mir stärker an die Substanz, als ich dachte. Und ich habe das eigenartige Gefühl, dass viel mehr hinter der ganzen Sache steckt, als es auf den ersten Blick scheint.«

»Rosi«, sagt Sepp streng, »ich mach mir Sorgen, dass du dich in Dinge einmischst, die gefährlich sein könnten. Vielleicht –«

»Nein. Ich bleibe hier. Du kennst mich und meine Neugierde. Zu Hause würde mir schnell die Decke auf den Kopf fallen, und ich müsste mich erst recht wieder ins Auto setzen. Jetzt bin ich schon mal in der Schmolln und bleibe da. Nenn es

Fügung, wenn du willst. Mein Platz ist gerade hier. Ich werde jetzt gleich mit Kurt reden und ihm auch alles erzählen.«

Sepp stöhnt, und ich kann seine Sorge nachvollziehen. Ich an seiner Stelle würde mir auch wünschen, dass mein geliebter Mensch sich nicht in Angelegenheiten stürzt, die gefährlich werden könnten. Und es gibt nichts Gefährlicheres als ein brodelndes Nest. Der wahre Terror liegt im Alltag verborgen, in den Gerüchten, in Nachbarschaftsstreitigkeiten, im Neid und in der unbändigen Kraft der Dörfler, wenn es darum geht, jemand Unerwünschtem das Leben zur Hölle zu machen. Eines ist mir seit dem Gespräch mit Traudi klar. Diese arme Milena hatte schon zu Lebzeiten zu kämpfen.

Ich telefoniere mit Kurt und berichte ihm von den bösen Gerüchten. Er verspricht, sich der Sache anzunehmen.

Die Uhr zeigt mir, dass der Vormittag beinahe vorüber ist. Wenn ich mit Georg noch reden will, dann wird es höchste Zeit, bevor sich die Bewohner zum Mittagessen versammeln und keine Möglichkeit zum Gespräch unter vier Augen besteht. Ob Georg bei Milli ist? Erschrocken stelle ich fest, dass ich keine Ahnung habe, welches Zimmer Georg eigentlich hat. Ich kenne nur das seiner Schwester. Einen Moment lang überlege ich, ob ich mich in die Engelhölle der Verwirrten begeben will, aber dann reiße ich mich zusammen. Härter als die Räucherkammer kann die Engelhölle auch nicht sein, und dort bekomme ich wenigstens keinen Lungenkrebs.

Die Zimmertür steht sperrangelweit offen. Klara rennt mich beinahe um. Hektisch läuft sie an mir vorbei.

»Der Rettungswagen muss gleich da sein«, ruft sie und dreht sich kurz um. »Rosi, geh rein und hilf Vroni, bitte.«

Gleichzeitig stürmt Georg auf mich zu. »Was ist mit meiner Schwester?«, will er wissen, aber Klara ist bereits um die Ecke gebogen.

Ich zucke die Schultern und gehe auf Millis Zimmer zu. Ein Blick ins Innere reicht. Eilig gehe ich Vroni zur Hand, die verzweifelt auf die klaffende Wunde am Arm drückt. Milli liegt am Boden. Ein dunkelbrauner Stuhl mit kaputtem Bein liegt umgekippt vor der Wand und ein zersplitterter Bilderrahmen direkt daneben.

Milli jammert und verdreht die Augen. Während Vroni die Blutung an dem zerschnittenen Arm zu stillen versucht, presse ich eine der bereitliegenden Wundauflagen auf die Platzwunde an Millis Stirn.

Georg steht bewegungslos in der Tür. Immer wieder murmelt er: »Nein, lieber Gott. Nein.«

Milli greift nach meiner Hand. »Die Engerl. Die Engerl müssen dort hängen, sonst kommt er und holt mich. Er weiß es. Ich hab es niemandem gesagt, aber er weiß es. Da ist eeeeerrrrr!«

Sie starrt zur Tür, dann flattern ihre Lider, und sie verliert das Bewusstsein.

»Ich wollte doch nur Nägel holen«, stammelt Georg hinter mir und hält verzweifelt eine kleine Kartonschachtel hoch.

»Die Milli gehört einfach intensiver bewacht«, schimpft Vroni und drückt eine neue Kompresse auf die Wunde.

Klara drängt Georg zur Seite, und ein Arzt kommt mit zwei Sanitätern samt Trage in das kleine Zimmer. Es ist auf einmal schrecklich eng in dem Raum. An den Wänden hängen überall Engelbilder, auf den Kommoden wachen kleine Porzellanfiguren, die mich allesamt aus leeren Pupillen anstarren. Mir ist schwindlig, aber ich reiße mich zusammen, schließe die Augen und atme tief durch.

Der Arzt übernimmt und untersucht Milli. »Bewusstlos«, sagt er und tastet den Puls. Dann sieht er nach dem Arm und dem Kopf. »Wahrscheinlich gebrochen. Ich nehm sie mit ins Krankenhaus. Jemand sollte die nötigsten Sachen zusammenpacken und dann nachkommen.«

Georg erwacht aus seiner Erstarrung. »Ich mach das.«

Der Arzt legt einen Druckverband an, und die Sanitäterin verbindet die Platzwunde. Dann wird eine Infusion angehängt und die bewusstlose Milli auf die Trage geschnallt.

Sie blinzelt und schlägt kurz die Augen auf. »Die Engel. Die Kinder«, krächzt sie und verliert erneut die Besinnung. Ich hocke noch neben Vroni am Boden, während Klara Milli nach draußen begleitet.

Ein steinharter Knoten sitzt in meiner Kehle. Ich muss mich räuspern.

Vroni zieht sich die blutigen Handschuhe aus und streichelt mir den Rücken. »Na, Frau Rosi. Da möchte man doch lieber im Sumpf sein als hier. So ein Chaos.«

Dann steht sie auf und stellt sich vor Georg. Sie erhebt den Zeigefinger. »Die Milli gehört nicht hierher. Sie muss weg. Kein Mensch kann eine Verwirrte schützen, die sich mit Hilfe von Stühlen fast zu Tode stürzt, nur um ein bescheuertes Bild aufzuhängen. Ich bin nicht die Milena. Nur dass du's weißt!«

Wütend stampft sie hinaus und lässt mich mit Georg zurück. Dieser lässt nun die Schultern hängen und schlägt traurig die Lider nieder. »Ich wollte doch nur das Beste für meine Schwester. Dass sie so lange wie möglich normal leben kann. Ich hab sie nur ein paar Minuten allein gelassen. Dieses Bild! Das Bild ist schuld und die Wände, in denen kein Nagel richtig hält. So ein Mist!«

Ich ziehe mich stöhnend an der Wand hoch. Für eine Frau meines Alters ist es nicht mehr so einfach, vom Boden hochzukommen.

»Sollen wir gemeinsam die Scherben wegräumen oder erst eine Tasche für Milli packen?«, frage ich, um ihn von seinen Selbstvorwürfen abzulenken.

Georg wirkt einen Moment ratlos und macht dann eine abwehrende Handbewegung. »Das ist überhaupt nicht nötig. Das Bild hat Zeit, die Scherben auch. Milli kommt nicht so schnell zurück, und wer weiß, ob man sie überhaupt wieder in dieses Stockwerk ziehen lässt.«

Ich betrachte das Bild im zersplitterten Rahmen. Es muss das gleiche sein, dass ich voriges Mal rot beschmiert gesehen habe. Anscheinend ist es hinter Glas, damit man es abwischen kann.

»Was hat es mit dem Bild auf sich?«, frage ich.

Georg seufzt. »Der linke Engel sieht aus wie Millis verstorbene Tochter. Die Kleine wurde gerade drei Wochen alt, dann hat sie der Herrgott zu sich geholt. Milli gibt sich bis heute die Schuld daran, dass das Kind von uns gegangen ist. Dabei haben ihr alle versichert, die Kleine sei am plötzlichen Kindstod gestorben. Aber Milli … na ja. Sie kann nicht loslassen. Vielleicht auch, weil sie danach nie mehr schwanger wurde.«

»Und der Beelzebub?«, hake ich nach.

Georg schüttelt traurig den Kopf. »Da kommt ihr der alte Katechismus-Unterricht unseres Pfarrers in Erinnerung. Er konnte wirklich drastisch von der Hölle, dem Fegefeuer und dem Teufel erzählen. Milli glaubt, der Beelzebub holt alle Frauen, die nicht gut genug auf das neue Leben achtgegeben haben. So wie die Milena oder auch wie sie.«

»Milli wusste von der Abtreibung?«

»Das war mein Fehler. Ich war der Meinung, meine Schwester schläft, als ich mit Milena darüber gesprochen habe.« Georg fährt sich durch die wenigen Haare.

Ich habe selten so viel Schmerz in einem Gesicht gesehen wie bei diesem Mann. Ich kann nicht anders. Mein Herz drängt mich dazu, und ich gehe zu ihm und lege ihm tröstend den Arm um die Schultern.

Er wischt sich die Tränen aus den Augenwinkeln und ringt sich ein gequältes Lächeln ab.

»Sie und Milena standen sich sehr nah?«, frage ich behutsam.

Er nickt und seufzt dann. »Sie hat mein Geheimnis für sich behalten und ich ihres. Es mag für die Mehrheit der Menschen seltsam klingen, aber wahre Freundschaft kennt kein Alter, kein Geschlecht und keine Nationen. Bei Milena war ich mir sicher, dass sie schweigen würde. Können Sie auch die wirklich wichtigen Dinge für sich behalten, Rosi?«

Jetzt nicke ich, und Georgs Lächeln bekommt daraufhin einen herzlichen Schimmer.

»Gut. Das dachte ich mir. Ich muss jetzt die Tasche für Milli packen und ins Krankenhaus. Vielleicht möchten Sie heute Abend auf einen späten Kaffee zu mir ins Zimmer schauen? Dann haben wir Zeit.«

Einen kurzen Moment kommen Zweifel in mir auf, ob Georg

mehr von mir will als nur ein Gespräch. Aber dann wische ich sie zur Seite. Das ist es bestimmt nicht. Nein. So weit kenne ich die Menschen, dass ich unterscheiden kann, ob jemand etwas im Schilde führt oder nicht. Aber vielleicht ist doch etwas an Traudis Geschichte dran, und Georg führte ein intimes Verhältnis mit seiner Pflegerin.

Ich mustere Georg. Er sieht hilflos, traurig und verzweifelt aus. Doch der Schein kann auch trügen. Wenn ich mehr wissen will, muss ich wohl mit ihm reden. Die Neugierde siegt, und ich sage zu. Wir verabreden uns, und ich lasse Georg in Ruhe die Tasche packen.

Klara hat noch keine Zeit für mich. Sie entschuldigt sich tausendmal und verspricht, so schnell wie möglich Schluss zu machen. Ich nehme mir eine Portion des Mittagessens mit ins Zimmer und lasse mir Zeit. Nach der ganzen Aufregung ist wenigstens mein Hustensaft fertig, und ich nehme nach dem Essen einen großen Löffel. Der süß-scharfe Geschmack klebt an meiner Zunge, und ich brauche dringend einen Kaffee.

Schwarz und heiß steht nun die Tasse vor mir, und ich starre in den duftenden Sud, als läge darin die Antwort. Mein Gehirn arbeitet auf Hochtouren, aber es sind einfach zu viele unbekannte Faktoren mit im Spiel. Dieser Wallfahrtsort ist ein mit Geheimnissen und Gerüchten durchwachsenes Nest, und ich kann mir nicht sicher sein, wer die Wahrheit sagt. Ich hasse es, keinen Durchblick zu haben, und so greife ich auf einen alten Trick zurück, den ich schon als Schülerin angewandt habe.

Auf einem Blatt Papier zeichne ich zwei Spalten. Die eine Seite fülle ich mit Dingen, die ich mit Sicherheit weiß, die andere mit den Fragen und Unklarheiten. Das Lesen der beschriebenen Zettel ist ernüchternd. Ich nehme einen Schluck Kaffee und sehe erneut auf meine Notizen. Die Seite mit den Fakten ist bis auf wenige Worte leer, während die andere fast überquillt.

Dann sticht mir ein Name ins Auge. Boris. Immer wieder kommt der Pater vor. Vielleicht ist die Polizei schon mit dem

Verhör fertig, und ich kann ein paar Sätze mit ihm wechseln. Es würde mich brennend interessieren, wieso der Kerl es so sehr auf die armen Sünder abgesehen hat. Warum hetzt er eine ganze Gemeinde gegen eine einfache Frau auf? Religiöse Werte sind ja recht und schön, aber selbst Jesus hat der Ehebrecherin vergeben und gesagt, dass nur jener den ersten Stein werfen soll, der ohne Sünde ist. Dass ausgerechnet Pater Boris schuldlos wie ein Neugeborenes sein soll, würde mich wundern. Meiner Erfahrung nach haben die boshaftesten Hetzer oft den meisten Dreck am Stecken.

Das Nachdenken verursacht Kopfschmerzen, und ich mache mir noch schnell einen Espresso mit einem Schuss Zitronensaft. Hoffentlich löst sich das Brummen im Schädel bald in Erkenntnis auf.

Kurzerhand marschiere ich los. Die frische Luft tut meinem Kopf gut. Da es aufgehört hat zu schneien, erreiche ich die Kirche in wenigen Minuten.

Ich weiß nicht, wieso, aber mein Gefühl hat mich nicht zum Pfarrheim, sondern hierher geleitet, und wie so oft hatte mein Bauch recht.

»Jetzt reiß dich zusammen!«, tönt es aus der Sakristei.

Sebastian stürmt heraus, das Gesicht bedenklich rot. So eine Aufregung ist das reinste Gift für sein schwaches Herz.

Er sieht mich und ringt um Fassung. »Guten Tag, Rosi. Kann ich helfen?«, fragt er, und in seiner Stimme klingt noch immer unterschwelliger Zorn.

»Ich wollte eigentlich mit Pater Boris reden«, gestehe ich.

Der alte Pfarrer seufzt und zeigt auf die Tür hinter ihm. »Ich bezweifle, dass er einen klaren Satz von sich geben kann. Der Saufbold. Aber vielleicht hört er ja auf Sie, Frau Rosi. In seiner Situation zur Flasche greifen … Jetzt geht der ganze Zirkus von vorn los.« Mit einem Mal sieht Sebastian eher besorgt als wütend aus.

Ich lege den Kopf schief und sehe ihm direkt in die Augen.

»Er war seit Jahren trocken.«

»Alkoholiker?«, frage ich nach.

Sebastian nickt und legt den Zeigefinger auf die Lippen. »Es weiß so gut wie niemand davon. Ich, die Schwester Oberin und vielleicht zwei seiner engsten Jüngerinnen.«

»Ich schweige«, verspreche ich.

Pater Sebastian nickt und wendet sich zum Gehen. »Viel Erfolg«, wünscht er und verschwindet.

Ich weiß gar nicht wirklich, wobei er mir eigentlich Erfolg wünscht.

Vorsichtig öffne ich die Tür zur Sakristei.

Es dauert, bis Boris registriert, dass ich im Raum bin.

Träge hebt er den Kopf vom Tisch und öffnet in Zeitlupentempo die Augen. »Jaaa?«, lallt er.

Ich trete näher und rücke mir einen Stuhl an das kleine Tischchen. »Pater Boris«, sage ich und schiebe die Weinflaschen zur Seite. Es sind drei, wobei die letzte noch halb voll ist. Bester Messwein.

Boris bemerkt trotz seines Rausches meinen Blick und meint: »Ausch ein Gläschhhhhn?«

Ich schüttle den Kopf.

Boris beginnt aus heiterem Himmel zu weinen. »I … I wollt nimmmaaaa sauffnnn«, heult er und greift tollpatschig nach der Flasche.

Ich bin nicht schnell genug, schon rinnt der gute Wein über die Tischplatte und tropft auf den Boden. Boris steht auf und wackelt zum Kasten. Er nimmt eine neue Flasche heraus.

»Pater Boris. Ich glaube, Sie haben genug getrunken.«

»Nieee«, sagt er und öffnet den Korken. »Im Häfn gibt's dann eeh nix. Oiso«, er nimmt einen großen Schluck. Die rote Flüssigkeit läuft ihm das Kinn hinab. Er wankt auf mich zu, verfehlt den Stuhl und hockt hysterisch lachend am Boden.

»Wieso glauben Sie, dass Sie ins Gefängnis müssen? Haben Sie Milena umgebracht?«

Er lacht noch lauter, dann kommen ihm wieder die Tränen. »Die Lenaaaaa. Mörderin«, schluchzt er und beginnt die Weinflasche zu streicheln, als wäre sie eine Puppe. »I war's net. Mei Lena. Mei Lena. Mei …« Dicke Tränen laufen ihm über die aufgedunsenen Wangen.

Ich stehe auf und gehe neben ihm in die Knie. Kinder und Betrunkene sagen die Wahrheit, heißt es. Sanft lege ich meine Hand auf seine.

»Die Milena war ihre Lena? Sie haben sie geliebt?«, rate ich ins Blaue hinein.

Er sieht mich an und nickt. »Aber sie mi net. Mörderin. Nutte!«, schreit er wütend. Der Schaum spritzt aus seinem Mund, und seine Augen treten hervor.

Ich zucke zurück, versuche aber, mir nicht anmerken zu lassen, dass er mir Angst macht.

Die Tür wird aufgerissen, und Kurt stürmt mit drei weiteren Polizisten herein. Verdutzt hält er einen Moment inne und starrt mich an. Dann hat er seine Fassung wiedererlangt und räuspert sich.

»Ich nehme Sie wegen dringendem Tatverdacht fest, Pater Boris. Sie werden beschuldigt, die Krankenpflegerin Milena Vesely ermordet zu haben.«

Er nickt seinen beiden Kollegen zu, worauf diese den sturzbetrunkenen Boris hochziehen und ihm Handschellen anlegen. Teilnahmslos lässt Boris es über sich ergehen. Die Polizisten schleppen ihn hinaus, und er dreht sich nicht einmal mehr um.

Hat er tatsächlich geahnt, dass die Polizei ihn abholt und festnimmt? Hat er sich deshalb noch einmal richtig volllaufen lassen? Ich versuche, hochzukommen, doch meine Knie wollen nicht. Kurt, der noch im Raum geblieben ist, reicht mir die Hand und hilft mir.

»Tz, tz, tz, Rosi. Hab ich dich nicht gebeten, deine Nase aus den Ermittlungen zu halten? Was hast du hier zu suchen? Sag mal, bist du von allen guten Geistern verlassen, dich einfach allein auf Mördersuche zu begeben? Wenn das Sepp erfährt.«

Ich straffe meine Schultern und blicke Kurt fest in die Augen. »Es wird doch wohl erlaubt sein, an einem Wallfahrtsort die Kirche und den Priester aufzusuchen und um eine Aussprache zu bitten. Was kann ich dafür, dass der Pfarrer besoffen in der Sakristei liegt, statt im Beichtstuhl zu sitzen?«

»Du behauptest allen Ernstes, dass du beichten wolltest?«, fragt Kurt fassungslos.

»Beweis das Gegenteil, Herr Polizist«, antworte ich und tippe ihm an die Brust.

»Rosi!«, brummt er und schüttelt den Kopf. »Dass Alter zum Starrsinn führt, wusste ich, aber zur Dummheit … Du sollst auf dich achtgeben und dich nicht unnötig in Gefahr stürzen.«

Die Zurechtweisung trifft mich ins Herz. Ich weiß, dass Kurt sich Sorgen macht, und auch der Rest meiner Familie will mich in Sicherheit wissen.

Also lächle ich milde und meine versöhnlich: »Ich pass auf mich auf, Kurt. Ehrlich. Kannst du mir bitte sagen, warum Pater Boris festgenommen wurde. Ist er der Mörder? Wenn ja, dann brauch ich jetzt keine Angst mehr haben und nicht mehr herumschnüffeln, oder?«

Kurt seufzt und nimmt seine Kappe ab, um sich am Kopf zu kratzen. Ich kenne ihn und seine Gesten und weiß, dass ich ihn weich bekommen habe.

Langsam setzt er sich die Kappe wieder auf und verzieht den Mund. »Wir haben eindeutige Fotos auf seinem Laptop gefunden. Der gute Pater war geradezu von Milena besessen. Er hat eine richtige Sammlung von dubiosen Bildern. Milena unter der Dusche, in der Umkleide, verschwitzt beim Joggen. Wenn du mich fragst, ist Boris ein Stalker, dem schließlich die Sicherungen durchgebrannt sind.«

Mir ist mulmig zumute, und ich fasse mir an die Brust. Wie es aussieht, war ich zehn Minuten mit einem Mörder im gleichen Raum.

»Entschuldige, Rosi. Die Arbeit ruft. Wir telefonieren«, sagt Kurt und geht.

Ich bleibe allein in der Sakristei zurück und fühle mich plötzlich schrecklich beengt.

Der Hurenmörder

Rosis Kopfweh-Espresso
Ein starker Espresso mit einem Schuss Zitronensaft und einem Löffelchen Zucker wirkt Wunder bei Kopfschmerzen.

»Rosi.« Klara fällt mir um den Hals und drückt mich an sich. »Du warst dabei, als sie ihn festgenommen haben. Meine Güte. Und alles nur, weil ich keine Zeit für dich hatte. Es tut mir so leid.«

Ich tätschle meiner Freundin beruhigend den Rücken. »Schon gut, meine Liebe. Es ist nichts passiert. Boris ist auf der Polizeiwache, und außerdem wäre er viel zu betrunken gewesen, um mir ernsthaft etwas anzutun.«

»Trotzdem. Ich habe jetzt den ganzen Abend Zeit für dich. Schön, oder?« Klara zwinkert mir zu.

Ich spüre, wie mir das Blut ins Gesicht schießt. »Ähm. Das ist mir jetzt wirklich unangenehm, aber ich habe Georg versprochen, heute Abend mit ihm Millis Zimmer aufzuräumen. Der Unfall macht ihm sehr zu schaffen, und er möchte alles sauber wissen, wenn seine Schwester wiederkommt.«

Einen Moment lang zeichnen sich Zweifel in Klaras Augen ab, aber dann knurrt sie verständnisvoll: »Aber natürlich. Wenn ihr wollt, dann kann ich mithelfen.«

Ich nehme ihre Hand und sage liebevoll: »Aber nein, das ist nicht nötig. Du hattest so viel Arbeit und Sorge. Ruh dich heute Abend aus, und morgen machen wir uns einen wirklich entspannten Tag. Jetzt, wo der Mörder wohl gefasst ist, können wir aufatmen.«

Klara nickt versonnen und blickt ins Leere. »Ja«, sagt sie dann und lächelt. »Wahrscheinlich hast du recht. Obwohl ich Boris so etwas nie zugetraut hätte. Aber lassen wir das. Du isst doch mit mir zu Abend, oder?«

Ich stimme zu, und obwohl ich noch keinen wirklichen Hunger verspüre, weiß ich, dass er kommen wird, sobald das Essen auf dem Tisch steht.

Klara kocht Spaghetti mit Tomatensoße, und ich reibe den Parmesan. Es ist lustig, wie sehr sich die Essgewohnheiten in den letzten Jahrzehnten geändert haben. Auch bei mir zu Hause stehen neben den traditionellen Braten, Schnitzeln und Mehlspeisen immer öfter Spaghetti oder Pizza auf dem Speiseplan. Angefangen hat dieser Wandel mit meinen Kindern. Es ist ohnehin so, dass Kinder das Leben gehörig umkrempeln und für Veränderung sorgen. Meine Enkelin hat mich auch wieder verändert. Während ich als Mutter noch eher streng war, neige ich jetzt zur Milde und nehme die Kleine lieber einmal zu oft auf den Arm, als sie ein unnötiges Mal weinen zu lassen.

Ob Milena eine gute Mutter gewesen wäre? Mir tut es im Herzen weh, zu wissen, welch harte Entscheidung die junge Frau hatte treffen müssen, um dann erst recht zu sterben. Gleichzeitig wächst die Wut in mir. Wenn Boris tatsächlich der Mörder ist, dann wünsche ich ihm eine sehr lange Haftstrafe. Nicht nur, weil er Priester ist, sondern auch, weil er liebestrunken hinter der jungen Frau her war, sie bespitzelt und fotografiert hat, während er gleichzeitig ihr Ansehen in den Dreck gezogen hat.

»Ich denke, das ist genug Käse«, reißt mich Klara aus meinen Überlegungen.

Ich stelle die Schüssel auf den Tisch. Klara holt eine Flasche Wein aus dem Schrank. Das Essen ist fertig. »Magst du?«, fragt sie und schenkt mir schon ein Glas ein.

Ich nehme einen Schluck des starken Rotweins und spüre, wie meine Kehle warm wird.

»Eigentlich sollte ich wegen des Hustens nichts trinken, aber es ist schon besser«, sage ich. Der Rettichsaft hat schon gewirkt, und so kann ich mir wohl ein Achterl genehmigen.

»Ich glaube, dein Husten wird jetzt ganz fix verschwinden, wo Boris hinter Schloss und Riegel sitzt. Husten hat oft mit Angst zu tun. Man sagt nicht umsonst, es bleibt einem vor Schreck die Luft weg. Die Erlebnisse der letzten Tage waren wirklich schrecklich«, sinniert Klara und rollt sich eine Gabel Spaghetti auf.

»Mmh«, brumme ich und beginne auch zu essen. Wir schweigen eine ganze Weile, und nur das Ticken der Uhr stört die absolute Stille. Dann läuten die Kirchenglocken. Ihre schweren Klänge hallen bis in die kleine Küche.

»Nachrichten«, sagt Klara und schaltet den Fernseher ein.

»Killer-Priester festgenommen. Ist der Klosterhurenmord aufgeklärt?«, lautet die dicke Überschrift vor dem friedlichen Bild der verschneiten Pfarrkirche.

»Die Medien sind jedenfalls schon informiert«, sagt Klara traurig. »Das wirft ein schlechtes Bild auf unsere Pfarrei und die Kirche insgesamt. Nach den Missbrauchsskandalen der letzten Jahre haben wir nun auch noch mörderische Priester. Das bedeutet wieder massenweise Kirchenaustritte.«

Ich weiß nicht, was ich antworten soll. Natürlich ist es beängstigend, dass immer mehr Menschen der Kirche den Rücken kehren, aber bei negativen Beispielen wie Pater Boris ist es auch kein Wunder. Ich bete täglich und glaube fest an den Herrgott, an seinem Bodenpersonal hege ich aber so manchen Zweifel. Im Neuen Testament lese ich von einem menschenfreundlichen Gott, und von der Kanzel höre ich so manche Hetzpredigt. Selbst wenn Pater Boris nicht der Mörder sein sollte, dann müsste man ihm das Recht zu predigen entziehen. Er hat selbst seine Sünden begangen, ist Alkoholiker und hat Milena gestalkt und dennoch gegen die Verfehlungen der jungen Frau gehetzt.

Obwohl der Nachrichtensprecher auf sachliche Berichterstattung achtet, hört es sich so an, als wären alle Zweifel geklärt und der Mörder gefasst. Kurze Interviews werden gezeigt, und zu meinem Erschrecken grinst mir Traudi mit Zigarette im Mundwinkel entgegen.

»Ich hab's schon immer geahnt, dass etwas mit dem Kerl nicht stimmt. So ein fanatischer Pfarrer. Pft. Obwohl, das Opfer hatte es auch faustdick hinter den Ohren. Ich find, es ist um keinen der beiden schade. Weder um den Boris noch um die Milena. Ohne sie ist es gleich besser im Dorf, wobei sterben hätt sie nicht müssen«, sagt sie und bläst eine dicke Rauchwolke mitten in die Kamera.

Danach melden sich auch noch andere Bürger zu Wort, die

allesamt entsetzt sind, dass ein so guter Mensch wie Pater Boris zu einem Mord fähig sein soll.

»Wir berichten weiter, sobald es Neuigkeiten aus Maria Schmolln gibt«, verspricht der Nachrichtensprecher und leitet ohne lange Umschweife zum nächsten Thema über.

»Ich muss mit Crescentia und Sebastian reden. Wir müssen unbedingt die Lage entschärfen und die Wogen kleinhalten, sonst verlieren wir nicht nur Boris' Befürworter, sondern auch seine Gegner in der Pfarrei. Solchen Leuten wie der Traudi gehört der Mund verboten.« Klara steht schwungvoll auf und schaut mich dann besorgt an.

»Ich bin in einer halben Stunde ohnehin mit Georg verabredet. Versucht euer Bestes«, sage ich und sehe dabei zu, wie meine Freundin aus der kleinen Wohnung rauscht.

Georg erwartet mich bereits. Freundlich begrüßt er mich und bringt mich in sein Zimmer. Er hat Lebkuchen und Kekse auf den Tisch gestellt und eine Kanne Filterkaffee.

»Wie geht es Milli?«, frage ich als Erstes.

»Ganz gut. Sie wurde operiert und trägt einen Gips, aber wahrscheinlich kann sie in zehn Tagen entlassen werden.«

»Gut«, sage ich und nehme Platz.

»Kaffee? Nach der Aufregung schadet er bestimmt nicht.«

»Kaffee schadet nie«, antworte ich und nehme dankbar eine Tasse.

»Ich weiß gar nicht, ob meine Geschichte noch etwas zur Sache tut, wenn die Polizei Boris überführt hat. Vielleicht sollte man alte Geschichten ruhen lassen«, wechselt er unerwartet das Thema, während er sich selbst eine Tasse eingießt.

»Das mag stimmen, aber die Leute werden nicht aufhören zu reden. Ich habe mit der Krämerin gesprochen, und sie hat mir ein sehr delikates Foto gezeigt.«

»Traudi, die alte Giftspritze. Sie denkt noch immer, dass ihr Mann sie verlassen hat, weil er auf rundere Frauen steht. Wahrscheinlich ist Traudi die Einzige, die nicht erkennt, dass ihr boshaftes Mundwerk den gütigsten Menschen vertreibt.«

Wut bringt oft auch andere Gefühle zum Vorschein. Ich sehe Angst und Trauer in Georgs Augen. Er seufzt und faltet die Hände. Ich nehme mir in Seelenruhe einen Lebkuchen und warte.

»Dieses dumme Foto ist nur ein Schnappschuss. Milena hat mir bei den Strümpfen geholfen und … ach Gott. Ich weiß, wonach es aussieht, aber es ist nicht so. Selbst wenn ich diese speziellen Dienste in Anspruch genommen hätte, dann niemals von Milena. Ich bin homosexuell, zum Teufel.«

In einer Aussage Gott und den Teufel zu nennen ist schon ein starkes Stück, aber Georgs Offenbarung schlägt alles. Mir bleibt vor Schreck der Keks im Hals stecken, und ich huste.

Georg springt auf und schlägt mir zwischen die Schulterblätter. Das Stückchen Keks löst sich endlich, und ich atme keuchend ein. Georg setzt sich wieder und legt fragend den Kopf schief. »Sehr schockiert?«, fragt er und lächelt auf eine schwer zu beschreibende Weise.

»Überrascht«, gebe ich zu.

»Mmh. Das wären die meisten hier im Ort – und Schlimmeres. Nach den Anfeindungen der letzten Zeit ist es besser, meine Neigung so geheim zu halten wie vor sechzig Jahren. Damals wäre sie ein Grund gewesen, mich aus der Gesellschaft zu verbannen, heute ist sie vielleicht sogar einer, mich zu lynchen. Auf alle Fälle hätte ich meine berufliche Karriere an den Nagel hängen können, wenn das irgendwann einmal bekannt geworden wäre.«

»Und Milena wusste davon?«, hake ich nach.

Georg nickt. »Sie hatte so ein Gespür für diese Dinge. Vielleicht lag es an ihrer Vergangenheit, aber wahrscheinlicher ist, dass sie einfach sensibler war als andere Menschen. Mit ihr konnte ich darüber reden, und sie wusste dafür, dass ihre Geheimnisse bei mir sicher waren.«

»War Boris der Vater von Milenas Kind?«, frage ich frei heraus.

Georg lacht. »Nein. Obwohl er es bestimmt gern gewesen wäre. Er hat ihr hinterherspioniert. Dieses vermaledeite Foto kommt auch aus seinem Fundus. Ich finde es nur beschämend, dass er es weiterverbreitet hat. Das Bild war wie ein Virus. Ich habe Milena angeboten, meine sexuelle Orientierung publik zu machen, um sie zu schützen, aber sie wollte es nicht. Stattdessen hat sie es hingenommen, dass die Leute ›Hure‹ und ›Nutte‹ an ihr Auto geschmiert haben.«

»Warum wollte sie es nicht?«

Georg zuckt die Schultern. »Sie hat immer nur gesagt, dass es bei den sturen Menschen hier nichts helfen und sie ohnehin nicht mehr lange hier sein würde. Sie hätte bald das, wofür sie hergekommen war, und wollte dann zurück nach Hause.«

Ich denke nach und trinke einen weiteren Schluck Kaffee. »Aber wofür war sie denn überhaupt hier?«, frage ich.

Georg macht ein unwissendes Gesicht. »Das hat sie mir nie erzählt. Ich nehme aber an, es war Geld. Sie war sehr sparsam und hat jeden Cent zur Seite gelegt.«

»Mmh«, murmle ich und denke mir insgeheim, dass ich nicht für ein paar Euro an einem Ort bleiben würde, wo mich die Menschen hassen. Milena hätte doch bestimmt woanders Arbeit gefunden. Gute Altenfachpfleger sind rar und werden gern eingestellt. Warum also blieb sie in Maria Schmolln?

»War der Vater des Kindes aus dem Ort?«, will ich wissen.

Georg schüttelt den Kopf. »Nein. Milena war in festen Händen. Sie hatte einen Freund. Einen Tschechen aus ihrem Heimatort, der anscheinend verheiratet ist. Er war der Vater, aber ich kann leider nichts dazu sagen. Milena hat in diesem Bereich geschwiegen wie ein Grab. Sie hatte ein paar Sommerwochen zu Hause verbracht und ist schwanger wiedergekommen. Sie hat sich so auf das Kind gefreut.« Georg schluckt schwer, und sein Kehlkopf hüpft wie ein Gummiball.

»Wusste der werdende Vater von dem Kind?«

»Ich glaube nicht. Die Diagnose Krebs kam ja gleichzeitig mit der Gewissheit, schwanger zu sein.«

Georg nimmt eine weitere Tasse Kaffee und trinkt. Dann starrt er ins Leere, und Tränen füllen seine Augen.

»Jetzt habe ich wieder niemanden, mit dem ich reden kann. Es tat mir so gut, wenigstens mit einer Person über meine Gefühle sprechen zu können. Aber nun. Ich muss mich um meine Schwester kümmern und weiter stark sein. Vielleicht kann ich irgendwann noch einmal frei sein.«

Ich weiß nicht, ob ich mich über seine Selbstsucht ärgern oder ob ich Mitleid mit ihm haben soll. Es mag sein, dass ihm Milenas Gesellschaft gutgetan hat, aber er ist auch ein erwachsener Mann, der zu sich selbst stehen müsste. Er hätte die Tatsachen klarstellen müssen. Andererseits war es bestimmt immer sehr schwer für ihn gewesen, den Schein aufrechtzuerhalten.

Ich entschließe mich, mitfühlend zu sein, und lege meine Hand auf seine.

Er sieht mich an und lächelt gezwungen. »Ich vermisse Milena, als Mensch, nicht nur als Geheimnisträgerin. Hätte ich den Mord verhindern können, wenn ich mich geoutet hätte?«, stellt er nun die gleichen Fragen, die mich beschäftigen.

Ich seufze. »Ich befürchte, das wäre schwierig gewesen. Wenn die Menschen einmal ein Urteil gefällt haben, ist es nicht leicht, sie zum Umdenken zu bewegen. Außerdem glaube ich, dass die Abtreibung eine große Rolle für den Mörder gespielt hat«, sage ich.

»Pater Boris war ganz gegen Abtreibung. Er hat immer gepredigt, dass es in Gottes Hand liegt, zu entscheiden, wer lebt und wer nicht. Aber warum hat Gott uns dann die Möglichkeiten gegeben, einzuschreiten, wenn das Leben einer Frau gefährdet ist?«

»Das weiß ich nicht«, sage ich, doch Georg steht bereits auf und geht zur Kommode. Er holt eine kleine Metallkassette hervor, wie man sie sonst für Geld benutzt.

»Das hat Milena mir ein paar Tage vor ihrem Tod gegeben. Sie hat gemeint, bei ihr sei es nicht länger sicher und ich solle darauf aufpassen.«

»Was ist drin?«, will ich wissen und nehme die kleine rote Schatulle vorsichtig an mich.

Georg verzieht ahnungslos den Mund und setzt sich wieder. »Ich habe mich nicht getraut nachzusehen, weil ich Milenas Vertrauen nicht missbrauchen wollte. Außerdem hat die Kassette ein Schloss. Milena hätte es gemerkt, wenn ich mich daran zu schaffen gemacht hätte. Tja, und nach ihrem Tod kam es mir falsch vor, es zu tun. Ich wollte sie schon der Polizei geben, aber bisher ist niemand bei mir aufgetaucht und hat mich wegen Milena befragt. Aber eines macht mich stutzig …«

»Ja?«

»Milena hat mich schwören lassen, dass diese Kiste niemals in die Hände eines Kirchenmannes oder einer Kirchenfrau gelangen dürfte. Ob sie geahnt hat, dass Boris ihr nach dem Leben getrachtet hat?«

Unendlich schwer, als würden die Schuld und das Leid der ganzen Erde darin sein, liegt die Kassette in meinen Händen.

»Dieser eine Polizist, das ist doch –«

»Mein Schwiegersohn«, beende ich Georgs Satz. »Ja, ich denke, das hier wäre bei ihm richtig und wir würden überdies erfahren, was sich darin befindet.«

»Ist es möglich, Schwester Klara, Sebastian oder Crescentia nicht davon in Kenntnis zu setzen? Ich möchte gern mein Versprechen halten.«

Ich sage ihm zu, die Schatulle auch vor Klara geheim zu halten und stattdessen mit Kurt zu reden.

Georg wirkt erleichtert und erzählt nun von seiner Schwester, seiner Kindheit und wie er sich das erste Mal in einen Mann verliebt hat. Auch wenn ich ihn in gewissen Belangen für feige halte, kann ich ihn zum größten Teil verstehen. Er ist älter als ich und in einer Zeit aufgewachsen, als Homosexualität noch als Krankheit angesehen wurde. Wer weiß, ob ich nicht auch feige geworden wäre, wenn man mir mit Elektroschocks oder gar Gefängnisstrafe gedroht hätte, nur weil ich liebe, wen ich liebe. Ich denke an Sepp und wünsche mir nichts mehr, als ihn an meiner Seite zu haben. Dann verabschiede ich mich von Georg, stecke die Metallkassette in meine Tasche und gehe auf mein Zimmer.

Ausnahmsweise bin ich froh, ein Handy zu besitzen. Zuerst rufe ich Sepp an und erzähle ihm haarklein von den Ereignissen des heutigen Tages. Er ist außer sich vor Sorge und lässt mich zigmal schwören, vorsichtig zu sein. Auch eine gute Nachricht hat er für mich. Sein Dreh wird übermorgen beendet sein, und er wird zu mir kommen. Ich freue mich, weiß aber noch nicht, wie ich Klara beibringen soll, dass Sepp auch vorübergehend bei ihr einziehen wird. Denn ohne die ganzen Hintergründe des Mordes zu kennen, gehe ich hier nicht weg. Sepp lacht, als er von meinem Vorhaben hört.

»Ich hab auch nicht angenommen, dass du, ohne deine Arbeit verrichtet zu haben, mit mir einfach so ins Moor abtauchst. Zur Not quartieren wir uns beim Wirt ein, bis du die Wahrheit ans Licht gezerrt hast, meine Liebe«, sagt er, und mir wird warm ums Herz.

Sepp kann zwar meinen Horst nicht ersetzen, aber er kommt ihm in gewissen Dingen ziemlich nah. Er weiß genauso gut wie mein verstorbener Mann, dass ich nicht loslassen kann, wenn ich mich in etwas verbissen habe.

»Bis übermorgen«, verabschiede ich mich und kann es kaum erwarten, Sepp bei mir zu haben.

Der nächste Anruf gestaltet sich schwieriger. Erstens ist Kurt kaum zu erreichen, und ich muss es geschlagene vier Mal versuchen, bis ich ihn endlich in der Leitung habe, zweitens klingt er genervt und will mich so schnell wie möglich abwürgen, doch das lasse ich mir nicht bieten. Ich bin immerhin die Rosi, und ich kann gut unterscheiden, ob etwas wichtig ist oder nicht. Also weise ich ihn zurecht, und nach meiner Schimpftirade erzähle ich ihm in kurzen Worten von der Kassette.

Jetzt flippt Kurt fast aus. »Und du hast keine Handschuhe getragen, nehme ich an. Was glaubst du eigentlich, wozu die Polizei da ist? Zur Zierde? Wenn ein tatrelevantes Beweisstück auftaucht, dann *hast* du es nicht anzufassen«, meckert er.

»Jetzt mal halblang, mein Junge. Wenn du deinen Job ordentlich gemacht hättest, dann wärst du vielleicht selbst auf die Schatulle gestoßen. Ist aber nicht so. Ich hab sie, und du hast nun genau zwei Möglichkeiten, dich zu entscheiden. Entweder du tust jetzt deine Arbeit und bist nicht nur Zierde, wie du so schön sagtest … dann kommst du her, und wir gucken gemeinsam, was in der Kiste ist, oder ich geh zum nächsten Schmied und lass die Box einfach aufbrechen. Danach setz ich dich natürlich in Kenntnis, was drin war. Vor allem aber erwarte ich, dass du deinen Mund hältst und weder meine Quelle noch mich bloßstellst.«

Stille. Ich kann vor mir sehen, wie Kurt im Kopf bis zehn zählt, bevor er mir antwortet.

»Es ist fast Mitternacht, und ich bin mit dem Verhör von Pater Boris noch nicht fertig. Da der Mörder bei uns in Gewahrsam ist, können wir vielleicht bis morgen früh warten. Ich lass dich um neun Uhr holen, und dann öffnen wir sie gemeinsam. Steck sie in eine saubere Plastiktüte und pass gut darauf auf. Vielleicht finden wir etwas, dass seine Schuld noch zusätzlich untermauert.«

»Mach ich. Der Fall ist also geklärt?«, will ich wissen.

»So gut wie. Boris hat ein Teilgeständnis abgelegt. Er hat Milena verfolgt und war von ihr besessen. Die Abtreibung hat ihn so schockiert, dass er ausgerastet ist. Er hat ihr Auto zerkratzt und mehrmals beschmiert. Ich denke, es ist nur noch eine Frage der Zeit, bis er auch den Mord gesteht.«

Ich atme durch und sehe auf meine Tasche, in der noch immer die Kassette verborgen liegt. »Gut, dann kann Milenas Metallschachtel wohl wirklich noch warten.«

»Bis morgen, Rosi.«

»Bis morgen«, verabschiede ich mich.

In dem Moment, als ich auflege, kommt Klara zurück. Sie klopft an und schaut herein. »Und, alles in Ordnung bei dir? Konntet ihr in Ludmillas Zimmer klar Schiff machen?«

»Nicht ganz. Ich bin doch ziemlich erledigt«, winde ich mich heraus.

Klara nickt und lächelt. »Wir haben auch noch keine wirkliche Vorgehensweise entwickelt. Zusammenhalten. Das ist das Einzige, womit wir dem Sturm trotzen können. Gute Nacht, Rosi«, wünscht sie mir so sanft und liebevoll, dass es mich Kraft kostet, ihr nicht von der Kassette und dem Gespräch mit Georg zu erzählen. Aber es ist besser so.

Ich lege mich zur Ruhe und schließe die Augen. Die Plastiktüte mit der Schatulle steht unter dem Bett, und ich taste die ganze Nacht immer wieder danach, um sicherzugehen, dass sie noch da ist. Ich schaffe es einfach nicht, mich zu entspannen und ins Land der Träume zu gleiten. Die Wirklichkeit ist schauriger als jeder Alptraum.

Du hast Loslassen noch nie wirklich gekonnt, mein Herz. Vielleicht ist es an der Zeit, zu akzeptieren, dass du nicht alles regeln kannst, höre ich Horsts weiche Stimme.

Ich schrecke hoch. Die schlaflose Nacht liegt schwer wie eine mittelalterliche Ritterrüstung auf meinen Knochen. Jede Bewegung tut mir weh. Aber wer stundenlang verkrampft mit nach unten hängendem Arm im Bett liegt und vor sich hin grübelt, braucht sich nicht wundern. Meine Gelenke sind eingerostet und müssen erst langsam wieder in Gang kommen. Ich versuche, mich zu strecken, aber auch das gelingt nicht gleich beim ersten Mal. Dafür hat sich der Hustenreiz gelegt, und ich habe das Gefühl, dass ich eine Bronchitis gerade noch rechtzeitig abwenden konnte. Langsam stehe ich auf und schleiche zum Fenster.

Es ist noch dunkel draußen, und die winterliche Landschaft sieht aus wie ein düsteres Ölgemälde, das der Künstler nur mit Weiß und Schwarz auf die Leinwand gezaubert hat. Ein Blick in die Natur vor dem Altenheim genügt, um zu wissen, warum sich um den Wald und die Hügel mindestens genauso viele Sagen und Geschichten ranken wie um das Moor. Und weniger unheimlich als unser Sumpf ist der dichte Wald auch nicht.

Ich strecke mich Stück für Stück durch, bis auch die Zehen wieder warm sind und das Kribbeln aufgehört hat. Es wird Zeit, mich für den Tag zu richten. Auch wenn es noch still und dunkel scheint, ist der Morgen schon angebrochen, und bald schon wird mich Kurt abholen. Ich muss zumindest eine Kleinigkeit essen und meinen Hustensaft nehmen. Sonst kehrt die Atemnot vielleicht schneller wieder, als mir lieb ist. Außerdem bin ich hungrig und ohne Kaffee im Magen eine wirklich grantige Frau.

Zu meinem Erstaunen schläft Klara noch. Ich höre ihr leises Schnarchen deutlich aus ihrem Schlafzimmer dringen. Besonders vorsichtig bereite ich mir den Kaffee und lege mir Semmeln, Butter und Marmelade auf den Tisch. Die Kapselmaschinen haben nur leider den Nachteil, dass sie viel lauter sind als die alten Filtermaschinen. Sie dröhnen und zischen, während ein Filterkaffee einfach nur leise vor sich hin gluckert. Obwohl ich mich wirklich bemühe, leise zu sein, weckt mein Werken in der Küche Klara auf.

Verschlafen kommt sie aus dem Schlafzimmer. Ohne ihre Nonnenkleidung sieht sie einfach aus wie eine alte, ziemlich dünne und vom Leben gezeichnete Frau. Zu den vielen Lachfalten haben sich die letzten drei Tage auch etliche Sorgenfalten in ihrem Gesicht abgezeichnet.

»Guten Morgen«, sagt sie und setzt sich viel träger als gewohnt auf den Stuhl. »So eine schreckliche Nacht hatte ich schon lange nicht mehr«, flüstert sie.

Ich stelle ihr auch eine Tasse Kaffee hin und nehme neben ihr Platz. »Ich konnte auch nicht wirklich schlafen«, gestehe ich und trinke einen großen Schluck des köstlichen Gebräus.

Der erste Kaffee am Tag ist entweder der scheußlichste oder der beste. Ich habe es bis heute nicht herausgefunden, woran es liegt, dass der Morgenkaffee manchmal wie Moorwasser am Gaumen klebt und ein anderes Mal runtergeht wie Öl. Auf jeden Fall hat diese erste Tasse Einfluss auf den bevorstehenden Tag. Wenn der Kaffee schmeckt, läuft es meistens gut, wenn nicht, dann wird es mühsam.

»Musstest du auch so viel nachdenken?«, fragt Klara und sieht mich mit trüben Augen an.

Ich nicke. Klara seufzt. »Ich spüre eine so deutliche Unruhe in mir wie selten zuvor. Es stimmt etwas nicht, und ich weiß nicht, was es ist. Wenn ich daran denke, dass Pater Boris Milena umgebracht haben soll, dann kommen mir Zweifel. Es ist, als hätte sich ein falsches Puzzleteil ins Bild geschlichen. Das geht mir alles zu fix. Verstehst du, was ich meine?«

Ich brumme zustimmend und schmiere mir nebenbei meine

Semmel. Wenn ich jetzt nicht meinen Mund halte, dann verplappere ich mich vielleicht, und das möchte ich auf keinen Fall.

»Kannst du nicht deinen Schwiegersohn fragen, ob jeder Zweifel ausgeschlossen ist?«, will Klara von mir wissen.

»Doch, das kann ich. Kurt holt mich heute Vormittag ohnehin ab und bringt mich zur Polizeidirektion, dann werde ich sachte nachbohren.«

»Ehrlich? Wieso das denn? Wirst du verhört?«

Ich schüttle den Kopf und überlege mir in Windeseile eine Antwort. »Nein, aber Kurt weiß, wie schrecklich neugierig ich bin. Er will wohl vermeiden, dass ich mich durch den halben Ort frage. Außerdem war ich bei Pater Boris, kurz bevor er festgenommen wurde. Wahrscheinlich brauchen sie noch meine Unterschrift auf dem Protokoll.«

»Ach so«, gibt sich Klara zufrieden und nimmt sich ebenfalls eine Semmel aus dem Korb. Gedankenversunken schneidet sie das Brötchen in zwei Hälften.

»Du bist wohl sehr enttäuscht von deinem Aufenthalt hier, oder? Es tut mir so leid, dass …«, sagt sie leise.

Ich lege meine Hand auf ihre, und sie hält inne.

»Wir sind Freundinnen«, sage ich bestimmt, »und schwierige Zeiten gehören genauso zur Freundschaft wie gute. Ich bin froh, dass ich gerade jetzt bei dir sein darf.«

Klara lächelt mich an, und ich drücke noch sanft ihre Hand, bevor ich ihr erzähle, dass Sepp morgen Abend zu uns stoßen wird. Ihre Augen werden groß, und ich weiß nicht, ob Klara nun erstaunt oder entsetzt ist.

»Dein … dein Sepp will hier schlafen?«, fragt sie schließlich, und es wird mir klar, dass ihr meine Ankündigung einen echten Schock versetzt hat.

»Nicht unbedingt. Wir können auch ins Wirtshaus oder in eines der Pilgerzimmer ziehen.«

Klara schüttelt den Kopf. »Die Leute werden sich das Maul zerreißen, wenn sie erfahren, wer Sepp ist. Das ist eine Katastrophe. Zuerst ein Mord, dann der Priester als Mörder, und jetzt ist auch noch die Freundin der Nonne mit einem Puffvater liiert.« Dann bricht sie aus heiterem Himmel in hysterisches Lachen aus.

»Alles in Ordnung mit dir?«, frage ich vorsichtig nach.

Klara atmet schnappartig ein und meint schließlich: »Aber natürlich. Weißt du, bis vor einer Woche habe ich ernsthaft mit dem Gedanken gespielt, als Missionsschwester nach Afrika zu gehen, weil mir das Leben und Arbeiten hier einfach zu langweilig war. Aber jetzt? Ich wüsste nicht, wo derzeit mehr los wäre als hier. Wenn ich könnte, würde ich den Katastrophenzustand in Maria Schmolln ausrufen.«

»Du findest es also nicht schlimm, wenn Sepp hierherkommt?«

»Doch, aber die Spannung überwiegt. So, ich muss mich zurechtmachen. Fragst du Kurt bitte nach Boris?«

Ich verspreche es ihr und sehe Klara dabei zu, wie sie ein paar Bissen hinunterschlingt und dann ins Bad verschwindet.

Ich bin hin- und hergerissen, was ich von Klara im Moment halten soll. Die Angst und der Stress setzen ihr ordentlich zu, und eine Seite kommt zum Vorschein, die ich in diesem Ausmaß nicht bei meiner Freundin kannte. Sie ist auf seltsame Art verschlossen, obwohl sie sonst ein so offener Mensch ist.

Ich denke noch über Klara nach, als es an der Tür klopft.

Da ich noch immer die eindeutigen Duschgeräusche höre, gehe ich zur Tür und öffne sie. Crescentia steht vor mir, und bei ihrem grantigen Gesichtsausdruck hat sie mehr als einen Kaffee und ein Marmeladesemmerl nötig. Sie sieht aus, als hätte sie vor dem Anklopfen in eine Zitrone gebissen.

»Klara?«, fragt sie und legt die Stirn in Falten.

»Unter der Dusche«, gebe ich ebenso wortkarg zurück.

»Aha«, sagt Crescentia mürrisch und drückt mir einen Zettel in die Hand. »Sie soll dann ins Dienstzimmer kommen. Wir müssen noch an der Presseerklärung feilen.«

»Soll Klara ins Fernsehen?«, frage ich verdutzt.

»Wer sonst. Ich? Oder Sebastian? Klara ist die Frischeste von uns. Die Leute mögen sie.«

Ich falte kopfschüttelnd den Zettel auseinander.

»Diese Erklärung ist noch nicht fertig. Wir müssen noch daran arbeiten und zeigen, dass wir mit Boris nichts zu tun haben. Er hatte seine eigenen Anschauungen. Wir sind die offizielle Kirche.«

»Du lieber Gott«, entkommt es mir bei der Vorstellung, dass alle in der Kirche so griesgrämig wie Crescentia sind.

»Ja, ja. Der Herrgott steh uns allen bei! Klara soll kommen, sobald sie fertig ist«, ermahnt mich die alte Schwester nochmals.

Sie hat wohl nicht verstanden, dass meine Aussage auf sie abgezielt hat. Manchmal ist es ganz gut, dass die Menschen nur das hören, was sie hören wollen. Crescentia macht kehrt und stampft wie ein Elefant davon.

Ich sehe sie um die Ecke biegen, als gleichzeitig eine Polizistin an ihr vorbeihuscht. Es ist Andrea, Kurts Kollegin. Als sie mich sieht, winkt sie gleich und lächelt freundlich.

Ich winke zurück. Ein paar Sekunden später steht sie vor mir und reicht mir die Hand.

»Hallo. Kurt ist beschäftigt. Er hat mich geschickt. Haben Sie schon alles, Rosi?«, fragt sie.

»Ich muss nur noch schnell meiner Freundin eine Nachricht hinterlassen, dann bin ich startklar.«

»Gut. Lassen Sie sich ruhig Zeit. Ich warte derweil im Flur.«

Ich nicke und eile zurück in die Küche. Der Föhn surrt im Badezimmer. Ich schreibe Klara einen kleinen Zettel und lege ihr Crescentias Presseerklärung dazu. Dann hole ich meine Tasche mit der Kassette, schlüpfe in den Mantel und die Stiefel und bin schon bereit zur Abfahrt.

Das Gewicht der Tasche drückt auf meine Schultern. Ich bin froh, wenn ich die Schatulle los und hoffentlich um ein paar Erkenntnisse reicher bin. Auch wenn der Mörder schon hinter Schloss und Riegel sitzt, fühle ich mich verantwortlich, Milenas Geheimnisse aufzuklären. Sie hat ihr Leben lassen müssen, und ich will alle Details kennen, die dazu geführt haben.

Milenas Geheimnis

Kräuterrosis Tipps bei kaltem Wetter und empfindlicher Haut
Kalte Luft draußen und warme drinnen – es gibt kaum etwas Schlimmeres für empfindliche Haut.
Ein Tropfen Honig auf den Lippen macht sie geschmeidig, versorgt sie mit Vitaminen und hilft gegen Austrocknung. Karottensaft vollbringt Wunder. Frisch gepresst auf die betroffenen Hautstellen geben, 10–15 Minuten einwirken lassen und dann mit lauwarmem Wasser abspülen.
Viel trinken! Für eine geschmeidige Haut ist ein ausgeglichener Flüssigkeitshaushalt immens wichtig.

Andrea bemüht sich, mit mir ins Gespräch zu kommen, aber mir fehlt die Lust dazu, über Belanglosigkeiten zu reden. Zu viel ist vorgefallen. Zu sehr setzen mir der Mord und Milenas tragische Geschichte zu. Mir wäre es viel lieber gewesen, wenn Kurt mich abgeholt hätte. Dann wäre die Fahrtzeit nicht umsonst gewesen. Bisher habe ich es immer geschafft, ihm das ein oder andere Detail zu entlocken. Bei Andrea tue ich mich da schwer. Ich kenne sie nicht gut genug und kann nicht einschätzen, ob sie es mir übel nehmen würde, wenn ich nachfrage. Es ist bestimmt besser, auf Kurt zu warten und ihn zu löchern. Ich sehe Andrea an. Sie wirkt entspannt und gleichzeitig auf den Verkehr konzentriert.

»Warum konnte Kurt mich nicht holen? Er wird den Verdächtigen doch mal ein paar Minuten allein lassen können.«

Andrea lacht. »Den Verdächtigen schon, aber Daniela wäre bestimmt sauer geworden, wenn Kurt die erste Ultraschalluntersuchung … Scheiße –«, sagt sie erschrocken und schlägt sich mit der Hand auf den Mund.

Sie verreißt das Lenkrad, und der Wagen ruckt zur Seite. Dann hat sie ihn wieder unter Kontrolle, und mir wird schwindlig vor Augen. Ultraschall? Daniela? Und ich habe nichts bemerkt? Bin ich eine so schlechte Mutter?

»Bitte, verraten Sie Kurt nichts. Ich musste ihm versprechen, es für mich zu behalten.«

»Kurt wird Vater? Meine Tochter ist schwanger und erzählt mir kein Sterbenswörtchen? Ich muss sofort –« Mir bleiben die

Worte im Hals stecken. Stürmisch krame ich das Mobiltelefon hervor.

Andrea setzt kurzerhand den Blinker und fährt rechts ran. Mit einem Griff nimmt sie mir einfach das Handy weg und sieht mich streng an.

»Rosi! Sie dürfen das jetzt nicht tun. Ich verstehe, dass Sie aufgebracht sind, aber Daniela und Kurt wollten die gute Neuigkeit erst verbreiten, wenn die Schwangerschaft etwas weiter fortgeschritten ist und die ersten Bilder vorhanden sind. Das müssen Sie doch verstehen.«

»Ich bin ein wirklich verständnisvoller Mensch, aber eines kapiere ich nicht, und es bricht mir das Herz. Warum wissen Sie Bescheid, Andrea – und ich nicht? *Ich* bin Danis Mutter! *Mir* müsste sie als Erste diese wunderbare Nachricht erzählen.«

Andrea lächelt milde. »Genau deswegen. Weil *Sie* Danielas Mutter und Kurts Schwiegermutter in spe sind. Die beiden wollten die ersten Wochen ohne wohlgemeinte Ratschläge und Überbemutterung erleben.«

»Überbemutterung?« Mir bleibt die Luft weg.

Andrea hebt beschwichtigend die Hände. »Sie sind großartig, Rosi. Kurt liebt Sie sehr, aber gerade als werdender Vater braucht man vielleicht selbst ein wenig Zeit, um mit der Neuigkeit zurechtzukommen, bevor man sich Ratschläge holt? Das Gleiche gilt für Daniela.«

Ich schlucke und atme und schlucke.

»Die beiden wollten es Ihnen und Sepp nächstes Wochenende sagen. Daniela hat befürchtet, dass Sie sonst nicht zu Ihrer Freundin und Sepp vielleicht nicht nach Wien gefahren wäre. Auch deshalb wollte sie warten.«

»Aha«, sage ich und ringe mit den Tränen.

»Lassen Sie den beiden die Freude und spielen Sie die Überraschte. Kurt und Dani haben sich wirklich etwas Nettes einfallen lassen.«

Langsam beruhigt sich mein Herzschlag wieder, und ich schaffe es zu nicken.

»Sehr gut. Hier Ihr Handy, Rosi.«

»Danke«, sage ich und male mir aus, wie ich in Zukunft zwei kleine Engel in meinen Armen wiege. Ich werde Oma. Schon wieder. Eine wohlige Wärme breitet sich in meinem Bauch aus und vertreibt für eine Weile die Schatten der letzten Tage.

Andrea bringt mich in ein kleines Büro. Es ist keiner da, aber dafür stimmt der Service. Sowohl Kaffee als auch Lebkuchen aus der Tüte stehen in Sekundenschnelle auf dem Tisch. Andrea bemüht sich wirklich sehr, mir das Warten so angenehm wie möglich zu machen. Außerdem plagt sie offensichtlich das schlechte Gewissen, weil sie sich verplappert hat.

Ich bin ihr im Nachhinein gesehen aber sogar dankbar. Die Überraschte spielen wird mir nicht schwerfallen. Ich kann ganz gut schauspielern. Meine Kinder haben das mehrmals miterleben dürfen. Raphael konnte ich durch meine gekonnte Darbietung bis zu seinem elften Lebensjahr davon überzeugen, dass es doch ein Christkind gibt. Obwohl ihn seine Schulfreunde schon längst aufgeklärt hatten und auch Daniela über den wahren Geschenkebringer Bescheid wusste, hab ich immer wieder das Ruder herumgerissen und sie am Heiligabend von der realen Existenz des Christkinds überzeugt.

Nun würde mein Talent eben ein weiteres Mal auf die Probe gestellt werden. Es klopft. Kurt streckt den Kopf zur Tür herein und winkt Andrea hinaus. Ich lausche, um vielleicht ein Wörtchen mitzubekommen, aber er flüstert. Sofort nagt die Sorge an meinem Herzen. Hoffentlich ist alles in Ordnung. Eine Schwangerschaft bringt immer Risiken mit sich. Wenn Daniela jetzt … Ich verdränge die düsteren Gedanken. Es hat keinen Sinn, sich verrückt zu machen.

Kurt kommt mit Andrea und einem schweren Metallkoffer zurück. Er lächelt, doch es erreicht seine Augen nicht. Seltsam blass sieht er aus, und um seine Nase ist er bleich wie ein Gespenst.

Ich suche Andreas Blick. Sie hält für mich unauffällig den Daumen hoch und nickt. Ein ganzer Zentner Wackersteine plumpst von meinem Herzen, und ich bemühe mich, normal zu wirken.

»Kurt«, sage ich und presse einen Moment die Lippen aufeinander, »sag bloß, du bist noch immer sauer wegen der Metallkassette. Was hätte ich denn tun sollen? Sie nicht an mich nehmen?«

Ein Zucken geht durch meinen zukünftigen Schwiegersohn, und dann löst sich seine Erstarrung, und er murrt nur beruhigend. »Schon gut. Wollen wir uns das Ding erst einmal ansehen. Wo ist es denn?«

Ich atme erleichtert auf und ziehe die Tüte mit der Schatulle aus der Handtasche. Kurt stülpt sich Latexhandschuhe über, breitet eine Plastikplane auf dem Schreibtisch aus und nickt mir zu.

»Wir machen es russisch, ohne Labor. Wenn es nur privater Plunder ist, dann vergessen wir die ganze Sache, und wenn es etwas Wichtiges ist, haben wir die Beweise nicht verunreinigt. Also bitte Handschuhe anziehen.«

Andrea gibt mir ein Paar und schlüpft selbst in die ekligen Gummidinger. Ich mag das Gefühl von Latexhandschuhen nicht, aber heutzutage trägt fast jeder welche bei der Arbeit. Sogar bei unserem Krämer hat seit Kurzem der Handschuhwahn Einzug gehalten, und hinter der Feinkosttheke tragen alle Verkäuferinnen welche.

»Gut, dann wollen wir mal.« Kurt entfernt die Tüte und begutachtet die Kiste. »So ein Glück aber auch, mit Vorhängeschloss. Das wird einfach. Andrea!«, sagt er und lächelt. Dann tritt er vom Tisch zurück.

Andrea reibt sich die behandschuhten Hände und grinst. »Werkzeug«, sagt sie. Kurt schiebt den Koffer zur Seite und öffnet stattdessen seine Schreibtischschublade. Er gibt Andrea eine kleine Schale mit Büroklammern. Sie biegt sich zwei Klammern zurecht und zwinkert mir dann zu. »Endlich wieder mal eine kleine Fingerübung. Ich konnte schon in der Hauptschule alle Schlösser knacken. Das wird ein Kinderspiel.«

Schon geht sie ans Werk und führt die erste Büroklammer, die sie zu einem kleinen Haken gebogen hat, in das Schloss. Dann nimmt sie die aufgebogene Büroklammer und schiebt sie ganz tief hinein. Ihre Finger drücken und ruckeln, sie dreht an der Hakenklammer – und klick, das Schloss springt auf.

»Toll«, staune ich.

Andreas Brust schwillt vor Stolz an. »Einmal gelernt, niemals mehr verlernt«, sagt sie.

Kurt zieht nun das Schloss heraus und öffnet die Schatulle vorsichtig. Ich beuge mich vor.

Es sind einige Zettel darin, auf den ersten Blick nichts Besonderes. Kurt nimmt einen nach dem anderen heraus. Ein handgeschriebener Brief ist dabei. Zwei halb vergilbte Zugtickets aus dem vorigen Jahrzehnt und ein paar neuere Notizen. Eine sticht mir ins Auge.

»Bei… – …ams…ag 17.5«, kann ich lesen. Leider ist das Papier so verknüllt, dass man unmöglich erkennen kann, was genau daraufsteht.

Mein Kopf raucht vor Anstrengung. Ich kann mir einfach keinen Reim darauf machen. Das eine Wort war bestimmt Samstag und die Zahlen entweder eine Uhrzeit oder ein Datum. Aber bei wem war sie an welchem Samstag, und was hat sie getan? Weshalb ist der Schmierzettel in der Kassette? Ich summe gedankenverloren und sehe mir die anderen Dinge an. Sie sind leider alle unverständlich.

»Kann jemand von euch zufällig Tschechisch?«, fragt Kurt. Keiner antwortet, und er seufzt schwer.

»Ich weiß zwar nicht, warum ich mir die ganze Arbeit noch antue, wo der Mörder doch feststeht, aber ich werde die Unterlagen übersetzen und registrieren lassen.«

Er will die Sachen schon wieder in die Schatulle schieben, als ich etwas entdecke.

»Warte, was ist das?«, frage ich und deute auf den schmalen Streifen. Kurt hält ihn hoch und betrachtet ihn. »Ein Krankenhausarmband«, sage ich und halte meine Hand hin.

Ich drehe und wende das schmale Band. Es ist mit Bestimmtheit schon etliche Jahre alt. Milenas Name steht darauf und mit Kugelschreiber eine dazugekritzelte, nur mehr teilweise lesbare Nummer. Ich betrachte die Zahlen, und obwohl einige völlig verschmiert oder abgerubbelt sind, glaube ich zu wissen, welche Bedeutung sie haben könnten.

»Kannst du das wieder lesbar machen?«, frage ich Kurt und halte ihm das Band wieder hin.

Er sieht mir kurz in die Augen. »Nicht mit oberster Priorität, aber so nebenbei, gewiss.«

»Gut. Ich wette, dass es eine Telefonnummer ist. Eine österreichische«, sage ich und gebe das Band zurück in die Kassette.

Kurt runzelt die Stirn und klappt dann den Deckel wieder zu. »Der gesamte Inhalt soll vom Labor überprüft und übersetzt werden. Andrea?«, sagt er und überreicht ihr die Kassette. Andrea nickt und macht sich auf den Weg nach draußen. Kaum dass sie den Raum verlassen hat, lässt sich Kurt schwer auf den Stuhl fallen und zieht die Handschuhe aus.

»Und, beruhigt, Rosi? Keine abscheulichen Entdeckungen in der Kiste.«

»Zum Glück. Mir ist es wesentlich lieber so. Ich hatte die ganze Nacht Alpträume deswegen. Sag jetzt, ist der Mord wirklich aufgeklärt?«

»Ja, ist er. Pater Boris hat alles gestanden. Die Frage ist nur, ob er ganz rein in der Birne ist. Sein Geschwafel von wegen Sünde, Höllenfeuer und Teufel ist sehr grenzwertig. Der Kerl hält sich selbst offenbar für den verlängerten Arm Gottes und sieht sich als dessen gerechter Vollstrecker. Menschen gibt's, unglaublich. Aber ob er zurechnungsfähig ist, soll der Psychiater herausfinden. Er geht auf jeden Fall für lange Zeit hinter Gitter oder in die Geschlossene.«

»Und es gibt keine Zweifel an seiner Schuld? Klara meinte, dass –«

Kurt macht eine wegwischende Handbewegung. »Es ist verständlich, dass deine Freundin einen aus ihren Reihen nicht gern als Mörder sieht, aber dieser Boris ist so was von fanatisch und überzeugt, dass ich keinerlei Zweifel habe. Für ihn sind sowohl Prostitution als auch Abtreibung gute Gründe fürs ewige Höllenfeuer. Boris hat Milena abgeschlachtet. Er war eifersüchtig, hat sie ausspioniert und ist vor lauter Schuldgefühlen nach seiner grauenhaften Tat schließlich wieder dem Alkohol verfallen.«

Oh je. Diese Neuigkeiten werden Klara bestimmt nicht gefallen. Und obwohl ich froh bin, dass die Polizei so schnell den Mörder fassen konnte, lässt mir die ganze Geschichte keine Ruhe. Ich möchte mehr wissen und die Hintergründe kennen. Ich will herausfinden, was es mit Milena auf sich hatte. Warum ist die junge Frau geblieben, obwohl ihr die Meute das Leben schwer gemacht hat? Was hat es mit dem Armband auf sich und mit dem Zettel? Es gibt noch zu viele Unbekannte in dem Spiel, und ich werde nicht ruhen, bis ich die Zusammenhänge verstehe. Meine Nase juckt vor Aufregung, und am liebsten würde ich gleich mit den Nachforschungen beginnen. Da der Mörder eingesperrt ist, kann ich auch ohne Sorge die eine oder andere Erkundungstour durch Maria Schmolln machen. Vielleicht sollte ich auch Milenas Apartment genauer unter die Lupe nehmen, und die Kirche samt Sakristei ist bestimmt ebenfalls einen weiteren Blick wert.

Auf jeden Fall sehe ich nun keinen Grund, Klara nicht über die Kassette aufzuklären. Sie soll mir vielmehr helfen und mich zu Milenas Wohnung bringen.

Klara verschränkt die Arme vor der Brust und schüttelt vehement den Kopf.

Ich habe mir mit meinem Anliegen Zeit gelassen und zuerst in aller Ruhe mit ihr zu Mittag gegessen. Sie hat mir von der Presseerklärung erzählt und dass es ganz gut gelaufen sei. Ich habe mich wirklich bemüht, ihr zuzuhören, doch eigentlich hat mich die ganze Zeit meine Neugierde im Innersten gequält. Und jetzt, mitten im verschneiten Klostergarten, scheint mir der Zeitpunkt ideal, mit der Sprache herauszurücken.

»Wenn du mir nicht hilfst, geh ich allein«, drohe ich halbherzig. Mir wäre es natürlich viel lieber, wenn Klara mich begleiten würde. Erstens sind mir fremde Wohnungen heilig, und ich habe immer ein mulmiges Gefühl, wenn ich ohne Wissen des Besitzers in ein Haus gehe, und zweitens bin ich einfach nicht gern allein.

Klara seufzt. »Wir können doch nicht einfach Milenas Wohnung durchsuchen. Das ist bestimmt strafbar. Die Polizei hat ihre Arbeit getan, und die Tür ist gewiss versiegelt. Wir haben dort nichts zu suchen, Rosi.«

»Die Polizei ist längst fertig, und wir machen nichts kaputt, sondern sehen uns nur um. Denk an die Schatulle, das Armband, die Notizen … Da steckt mehr dahinter. Was, wenn Boris gar nicht der Täter war, sondern vielleicht ihr tschechischer Lebensgefährte? Kannst du dir sicher sein, dass sie sich nicht mit ihm getroffen hat? Vielleicht stand auf dem Schmierzettel ein Treffpunkt? Mmh? Was dann?«

»Du willst bloß meine Hoffnungen ausnützen, dass Boris unschuldig ist. Aber wissen tust du rein gar nichts.«

»Du auch nicht«, sage ich streng.

Wir stehen vor einer Kreuzstatue. Klara sieht zu Jesus hoch und lässt die Schultern hängen. »Meinetwegen«, gibt sie sich geschlagen.

Ich habe gewonnen und fühle mich dennoch schlecht dabei.

»Lass uns noch ein Stückchen gehen, bevor es dunkel wird«, schlage ich vor. Klara nickt und schreitet schweigend neben mir her. Mich fröstelt. Der Wind schneidet mir ins Gesicht, und ich ziehe den Schal enger um meine Wangen. Im Klostergarten ist es klirrend kalt, und Klaras abweisende Art verstärkt die Kälte nur noch. Ich habe ihre Grenzen mit meinem Wunsch überschritten, und sie willigt in meine Schnüffelei nur ein, weil uns eine jahrzehntelange Freundschaft verbindet. Doch was soll ich tun? Ich kann auch nicht aus meiner Haut.

Sehnsüchtig blicke ich nach oben, doch es sind nur dichte Wolken zu sehen, die bereits vom nächsten Schneefall berichten. Momentan ist es sogar den Schneeflocken zu kalt auf der Erde, und sie bleiben in ihrer weißen Wolkenheimat. Ich vermisse die Wärme des Sommers, die lauen Abende und den sternenklaren Himmel oder wenigstens meinen eingeheizten Kachelofen.

»Wann kommt dein Sepp überhaupt?«, fragt Klara plötzlich.

Ich taste hektisch meine Manteltaschen ab. »Ach du meine

Güte. Ich Dussel hab das Handy im Zimmer gelassen. Hoffentlich steht er nicht schon vor der Tür.«

»Hoffentlich steht er noch vor der Tür und nicht bei Crescentia im Schwesternzimmer. Stell dir nur vor, die beiden reden über ihre Arbeit … oder noch schlimmer, über die Liebe.«

»Ich glaub, ich bekomm einen Herzinfarkt«, antworte ich und halte mir spielerisch die Brust.

»Los«, sagt Klara und boxt mich sanft in die Seite. Ihre Augen funkeln wieder, und ich sehe die alte Fröhlichkeit darin. Klara legt ihren Arm um mich, und wir schlendern gemeinsam zurück zum Altenheim.

Unsere Freundschaft darf nicht in die Brüche gehen, beschließe ich. Wenn es wirklich so schwierig für sie ist, Milenas Wohnung zu durchsuchen, dann werde ich Sepp dazu überreden. Ach was, Sepp brauche ich nicht überzeugen. Er hat wahrscheinlich sogar Spaß dabei. So unähnlich sind wir beide uns nämlich nicht. Sepp wie auch ich können gut mit den Abgründen der Menschen umgehen und Geheimnisse für uns behalten. Als Kräuterfrau ist Verschwiegenheit mindestens so wichtig wie als Puffvater. Wenn ich nur daran denke, wie Sepp und ich uns kennengelernt haben. Sein kleines gesundheitliches Problem … das ihn in meine Stube geführt hat. Wenn ich damals aller Welt erzählt hätte, dass sein kleiner Sepp nicht mehr steht, dann wäre wohl nie ein Paar aus uns geworden. Sepp hat mir schon beim Moormord geholfen. Er wird mich auch diesmal nicht im Stich lassen. Ich lege ein Zähnchen Geschwindigkeit zu und hoffe, dass er wirklich schon da ist.

Sepp, mein Sepp

> Heilpflanzen bei hohem Blutdruck
> *Bärlauch, Knoblauch und Zwiebel wirken blutdrucksenkend, ebenso Lavendel, Baldrian, Mistelkraut und Oliven.*
> *Spargel und Kürbiskerne entwässern hingegen und haben daher eine positive Wirkung.*

Von Sepp keine Spur. Dafür laufen wir Georg direkt in die Arme. Der alte Herr lächelt entschuldigend und nimmt seinen Hut ab. »Tut mir leid. Ich bin etwas in Eile. Das Krankenhaus hat mich angerufen. Milli hält anscheinend die halbe Station auf Trab. Sie malt im wahrsten Sinne des Wortes den Teufel an die Wand.«

»Wie?«, fragt Klara.

Georg stöhnt erschöpft. »Ich weiß noch nichts Genaueres. Aber ihre Zimmerkollegin soll im Fernsehen Nachrichten geguckt haben, und da wurde über den Mord und Pater Boris berichtet. Sie waren übrigens toll, Schwester Klara. Ich finde auch, dass man einen Unterschied zwischen einzelnen Menschen und der Kirche im Gesamten machen muss …«

Georgs Lächeln wirkt traurig.

»Milli hat die Sendung wohl sehr aufgebracht?«, rate ich, weil ich den Bericht selbst nicht gesehen habe.

Er sieht mich an und nickt. »Ja, leider. Sie soll sich die Schläuche aus den Armen gerissen, wild um sich geschrien und schließlich das Essen gegen die Wände geschleudert haben. Ich muss jetzt jedenfalls sofort ins Krankenhaus. Man hat sie ruhiggestellt. Aber wenn sie wieder aufwacht … wer weiß.«

»Viel Kraft und alles Gute«, wünsche ich ihm.

Er setzt sich den Hut auf und ist schon im Begriff, zu gehen, als er sich nochmals umdreht. »Ähm, Rosi … in dieser … war etwas Wichtiges drin?«, will er wissen.

»Leider nein«, antworte ich.

»Ist vielleicht auch besser so. Die ganze Sache sollte langsam ein wenig abkühlen. Der Täter ist geschnappt, und alles Weitere wirbelt nur Staub auf. Nichts kann Milena mehr ins Leben zurückholen. Gar nichts«, sagt er und geht nun wirklich.

Anscheinend hat Klara Georgs Bemerkung überhört. Auf jeden Fall fragt sie nicht nach.

»Es würde Georg helfen, wenn er endlich zu sich und seiner Orientierung stehen würde«, flüstert Klara stattdessen, als er außer Sichtweite ist.

»Du weißt, dass Georg …?«, frage ich.

Klara zuckt die Schultern. »Ich bin weder weltfremd noch irgendwie dumm. Ein Mann, der niemals eine Frau hatte, kein Priester ist und auch nicht so unsympathisch, dass er keine Freundin finden würde, ist entweder ein verhätscheltes Muttersöhnchen, schwer krank oder schwul. Die beiden ersten Möglichkeiten hielt ich immer für ausgeschlossen. Außerdem habe ich Augen im Kopf. Er hat alle Frauen immer wie Mütter, Töchter oder Schwestern angesehen, dafür unseren Herrn Bürgermeister oder den Wirt ziemlich genau beäugt. Nur zu schade, dass die Dorfleute so blind sind. Wenn sie ein wenig Gespür hätten, dann wären die Gerüchte rund um Georg und Milena nie so verbreitet worden.«

Ich nehme Klaras Hand und ziehe sie zu mir. »Ehrlich, Klara, ich weiß nicht, was ich von dir halten soll. Du bist beinahe über alles im Bilde und tust so wenig dagegen. So viel Ungerechtigkeit!«

»Findest du? Ich maße mir einfach kein Urteil an. Wie soll ich entscheiden, welche Geheimnisse gelüftet und welche verborgen bleiben sollen? Ich hätte mir doch nicht sicher sein können, Georg oder Milena mit dieser Bloßstellung tatsächlich zu helfen. Was, wenn Boris dann auch noch Hetze auf Georg gemacht hätte? Ein Schwuler ist bei Boris' Weltsicht wahrscheinlich keinen Deut besser als eine Frau, die abgetrieben hat. Vielleicht gäbe es dann in Maria Schmolln schon zwei Leichen.«

So habe ich es nicht gesehen. Klara könnte recht haben. Vielleicht bin ich mit meinem Tatendrang mitunter zu voreilig.

»Kann ich mir wenigstens sicher sein, dass du mir über Milena alles erzählt hast?«

»Alles Wichtige schon«, sagt Klara und reißt sich los. »Komm, wir müssen deine Koffer packen. Die Wohnung neben meiner ist derzeit nicht belegt. Ich hoffe, es ist dir recht, wenn ich dich und Sepp dort einquartiere. Bei mir würde es zu eng werden, und im Gasthaus oder in den Pilgerzimmern seid ihr mir zu weit weg.«

»Natürlich«, antworte ich und folge Klara. Meine Gedanken rattern einfach weiter. Klaras Sicht der Dinge ist gar nicht verkehrt. Sollte ich Milena gedanklich vielleicht auch besser ruhen lassen und auf weitere Nachforschungen verzichten? Richte ich mit meiner Neugierde mehr Schaden an, als dass ich helfe? Milena ist tot, der Mörder hinter Gitter. Ach was! Ich verdränge die Zweifel schnell. Die Wahrheit währt am längsten. Und was suche ich sonst außer der Wahrheit?

Es klopft an der Wohnungstür. Klara und ich haben längst alle meine Sachen in das kleine Apartment gegenüber geräumt, als Sepp endlich vor der Tür steht. Die lange Autofahrt hat ihn so müde gemacht, dass er kaum die Augen offen halten kann. Aber er lächelt, als er mich sieht, und nimmt mich in den Arm. Dann küsst er mich mit einer Leidenschaft, die Klara bestimmt sämtliches Blut in die Wangen treibt.

»Ich hab dich sehr vermisst«, haucht er und wendet sich schließlich meiner Freundin zu.

»Schwester Klara, schön, Sie kennenzulernen«, sagt Sepp und schüttelt ihre Hand.

»Wir wollen doch gleich aufs Du wechseln, oder?«, fragt Klara. Ihr Gesicht ist tatsächlich gerötet, und ich spüre den Hauch eines schlechten Gewissens, dass ich mich so ungehemmt in Sepps Arme gestürzt habe. Doch die Liebe ist ein starkes Gefühl. Das stärkste überhaupt, und ich bin auch nur ein Mensch.

»Ich bin Sepp«, sagt er und lächelt.

»Und so wie du aussiehst, Sepp, ist erst mal ein ordentlicher Kaffee nötig. Die Fahrt war wohl sehr anstrengend?«, will Klara wissen und zieht ihn in die Wohnung.

»Die Straßenverhältnisse waren ziemlich mies. Entweder es herrschte Schneematsch, oder es lag vom Salz ein rutschiger Film auf dem Asphalt. Ich habe geschlagene fünf Stunden gebraucht. Ohne Pause«, jammert Sepp.

»Na, dann habe ich genau den richtigen Kaffee und die passende Jause dazu.«

Sepp nimmt Klaras Angebot dankbar an, und während sie Schinken, Speck, Käse, Essiggurken und Schwarzbrot vorbereitet, hellt sich sein Gesichtsausdruck bereits zunehmend auf. Männer sind seltsam lustig, und ich muss an einen ziemlich bösen Spruch denken, den Daniela einmal gesagt hat: Füttere deinen Mann, lass ihn ausreichend schlafen und streichle ihn hin und wieder … wenn er dann noch unzufrieden ist, guck nach, ob er nicht doch eine Frau ist.

Und obwohl ich eigentlich so dämliche Sprüche verabscheue, verbirgt sich ein kleines Körnchen Wahrheit darin. Ich kann ausgehungert und müde eine ziemliche Furie sein, aber Sepp ist richtig krank, wenn er nicht genug Essen oder Ruhe abbekommen hat. Liebevoll nehme ich seine Hand, und er deutet ein Küsschen an. Es ist gut, dass er da ist, und ich freue mich, wenn ich mit ihm allein bin – nicht nur wegen meiner kalten Füße.

Während des Essens erzählt Sepp von seinen Erlebnissen in Wien. Es ist unglaublich, welcher Aufwand für die Serie betrieben wird. Zusammenfassend gesagt hat Sepp niemals zuvor so viel Puder und Make-up ins Gesicht geschmiert bekommen und selten ein solches Durcheinander in einem Betrieb gesehen wie in dem Bordell, das er auf Vordermann gebracht hat.

»Wenn das Format fortgesetzt wird, dann verlange ich Verstärkung. Allein sind die Versäumnisse und desaströsen Zustände nicht zu managen. Ich hab auch schon mit Silvana gesprochen. Sie würde eventuell mitmachen.«

»Wer ist Silvana?«, fragt Klara, und ich erzähle ihr von Sepps Domina und Danielas bester Freundin.

»Du hast sogar eine Domina in deinem Herzkasterl?«

»Eigentlich ist es ja bereits Raphaels Herzkasterl. Ich bin im Ruhestand und nur noch beratend tätig«, erklärt Sepp. »Silvana ist eine der erfahrensten Angestellten im Betrieb und Domina aus Leidenschaft.«

Klara schüttelt ungläubig den Kopf. »Und ich dachte immer, das gibt es nur in der Stadt.«

»Aber nein. Ich habe jetzt zwei dieser Riesenbordelle mit dem Sender gemeinsam auf Vordermann gebracht und habe gesehen, dass es echte Qualität wohl eher in der Pampa gibt. Kein Wunder, dass diese Monsterpuffs rote Zahlen schreiben. Massenabfertigung, widrigste Arbeitsbedingungen und kein bisschen Gefühl bei der Sache. Da wäre ich auch nicht lange Kunde.« Sepp verdreht die Augen. »Du kannst es dir bestimmt schwer vorstellen, aber in diesem Gewerbe sind Service und Kundenfreundlichkeit extrem wichtig. Die Männer kommen ja nicht nur für eine schnelle Nummer. Sie wollen oftmals auch ihre Sehnsucht stillen, über Probleme reden oder einfach nur eine Stunde das Gefühl haben, geliebt zu werden. Gute Prostituierte sind für die kurze Zeit Psychologin, Geliebte, Freundin und Vertraute. Wenn es aber allein auf Sex reduziert wird, gibt es langfristig gesehen nur Opfer. Die Frauen sowieso, aber auch die Männer, die nur auf ihren Geschlechtstrieb herabgesetzt werden.«

Klara schweigt, doch ich sehe, wie Sepps Worte in ihr arbeiten. »So habe ich das noch nicht gesehen«, gesteht sie und lächelt traurig.

»Woran denkst du?«, frage ich.

»An Milena. Ich hätte vielleicht mehr mit ihr über die Vergangenheit sprechen müssen, aber ich hatte auch meine Probleme mit ihrer Geschichte. Als Nonne beschäftigt man sich eben nicht mit diesen sexuellen Dingen. Ich hatte manchmal das Gefühl, dass sie mir etwas erzählen wollte, aber ich habe immer nur gesagt, dass wir die Vergangenheit ruhen lassen sollten. Jeder hat Fehler im Leben gemacht, und man soll nach vorn schauen.«

»Das ist auch richtig so. Mach dir keine Vorwürfe«, beruhige ich Klara. Sie nickt.

Ich erzähle Sepp nun alle Details der vergangenen Tage und auch, dass ich gern einen Blick in Milenas private Räume werfen möchte.

»Heute noch?«, fragt er, und die Müdigkeit kehrt zeitgleich in seine Augen zurück.

»Nein. Heute packen wir deine Koffer aus, und ich wärme meine Füße unter deiner Decke«, lache ich.

»Genau darauf habe ich gehofft«, stöhnt Sepp halbernst. Wir lachen alle, und dann richten wir zusammen die kleine Wohnung her, die Klara für uns vorgesehen hat.

Ich stelle soeben Sepps Zahnputzbecher zu meinem, als es ziemlich heftig an der Tür klopft. Neugierig gehe ich aus dem Badezimmer. Klara und Sepp verstauen gerade Kleidungsstücke im Kasten. Die Wohnung ist zwar nicht wirklich größer als Klaras, aber da es nur ein Schlafzimmer mit Ehebett gibt, sind die einzelnen Zimmer etwas geräumiger.

Fragend sehe ich Klara an, doch sie zuckt nur die Schultern. Offenbar weiß sie auch nicht, wer so spät noch vor der Tür steht. Es pocht erneut so laut, dass das Türblatt im Rahmen wackelt. Klara zieht die Augenbrauen hoch und marschiert los, um den stürmischen Besucher hereinzulassen.

Crescentia drängelt sich wie ein Panzer an Klara vorbei. Meine Freundin muss sogar mit den Armen rudern, um das Gleichgewicht nicht zu verlieren. Schnaubend bleibt die Oberschwester vor Sepp stehen und öffnet den Mund. Doch statt Worten bringt sie bloß aufgeregte Schnappatmung zustande.

»I… i… ich musste es mit eigenen Augen sehen. Klara!« Schwungvoll dreht sie sich um. »Was in Gottes Namen treibt ein Mann, dazu noch dieser Mann, in unserem gottesfürchtigen Haus?«

Ich muss mich gewaltig zusammenreißen, um nicht in schallendes Gelächter auszubrechen.

Klara presst die Lippen fest aufeinander und kämpft sichtbar mit der Fassung. Dann kichert sie doch.

»Unzucht?«, rutscht es mir nun doch heraus, worauf Crescentia sich abermals umdreht und mir den Zeigefinger ins Brustbein bohrt.

»Da… da… das ist überhaupt nicht lustig. Was werden die Leute sagen? Dieser Skandal. Es hat doch schon ausgereicht, dass Sie hier sind, aber jetzt auch noch *er*!«

Langsam habe ich ehrlich Angst, dass die alte Klosterschwester gleich umkippt oder ihr wegen des hohen Blutdrucks die Adern platzen.

Endlich kommt Klara in die Gänge und legt Schwester Crescentia die Hand auf die Schultern.

»Ich teile Ihre Sorge, Schwester Oberin. Aber was die Meute nicht weiß, macht sie nicht heiß. Wir müssen nur stillhalten. Wieso sollte jemand Verdacht schöpfen? Rosi und Sepp könnten ebenso gut verheiratet sein.«

»Könnten, könnten! Ist aber nicht so, und Geheimhaltung kann nicht mehr funktionieren. Wahrscheinlich weiß schon der ganze Ort Bescheid, oder hat Traudi schon jemals ihren Mund halten können, dieses Klatschblatt auf zwei Beinen? Von ihr weiß ich überhaupt, dass *er* da ist!«

Crescentia deutet auf Sepp und verzieht den Mund. Am liebsten würde ich sagen, dass er einen Namen hat, aber dann wäre es wahrscheinlich komplett um die Klosterfrau geschehen.

»Traudi? Aber woher weiß denn Traudi davon? Sepp ist doch gerade erst angekommen«, fragt Klara entsetzt.

»Gitti«, seufzen Sepp und ich wie aus einem Mund.

Meine Schwägerin ist manchmal eine echte Belastung. Sie ist zwar nicht boshaft oder gemein – wie Traudi –, aber Gitti kann ihre Zunge schwer in Zaum halten. Ich hege hin und wieder den Verdacht, dass sie eine Art menschlicher Papagei ist. Gittis Talent ist es, zu reden und nachzuerzählen, ohne auch nur im Geringsten über die Folgen nachzudenken.

»Das ist sehr bedauerlich. Was können wir tun?«, will Klara wissen.

Crescentia hat sich zum Glück wieder ein wenig beruhigt und sieht nicht mehr so aus, als würde sie im nächsten Moment an die Decke gehen. Die alte Klosterfrau stöhnt und rückt sich das Kopftuch zurecht.

Jetzt ergreift Sepp das Wort und meint gelassen: »Ich für meinen Teil stehe ein paar blöde Bemerkungen durch. Die Leute müssten doch nach dem tragischen Tod von Milena genug beschäftigt sein. Und mal ehrlich, was ist interessanter, ein pensionierter Puffvater, der endlich die Liebe gefunden hat, oder ein frauenmordender Priester? Ich denke, dass die Leute weiter über den Mord sprechen, nicht über irgendwelche kurzfristigen Gäste im Ort.«

»Hoffentlich«, antwortet Crescentia. »Tut mir nur einen Gefallen und veranstaltet kein Schaulaufen durchs Dorf. Ein großartiges Gerede über unsittliche Beziehungen im Altenheim würde mir gerade noch fehlen. Ich kann jetzt schon nicht mehr ruhig schlafen. Es ist so bedauerlich. Nicht dass ich mir wünschen würde, ein anderes Mitglied der Gemeinde wäre der Mörder, aber muss es ausgerechnet unser junger Priester sein?«

Ich habe Mitleid mit Crescentia. Sie ist keine besonders sympathische Person, aber solchen Kummer hat niemand verdient. Es ist für sie gewiss um einiges schwieriger, mit der Situation zurechtzukommen, als für Klara. Selbst diese hat damit zu kämpfen. Ich seufze leise und nehme Sepps Hand.

»Keine Sorge, Frau Oberschwester, Sepp und ich sind diskret. Wir möchten Klara nur ein wenig unterstützen in dieser harten Zeit und werden bestimmt nicht für Aufregung sorgen.«

Crescentia lächelt gequält. »Momentan ist die Stimmung in Maria Schmolln explosiv geladen. Es reicht ein kleiner Funken, und es zerreißt das Pulverfass. Die Leute flippen aus. Heute Vormittag hat doch tatsächlich der Bengel des Wirts unseren Pater Sebastian angegriffen. Auf offener Straße hat er ihn als falschen, kinderschändenden und mordenden Bastard beschimpft und dann auch noch geschubst. Und das alles haben wir Pater Boris zu verdanken. Zuerst läuft ihm die Jugend hinterher wie ein verliebter Dackel, und dann verurteilt sie die ganze Kirche für seine Sünden.«

»Ach du meine Güte. Ist Pater Sebastian verletzt?«, fragt Klara besorgt.

Crescentia schüttelt den Kopf und brummt verärgert: »Glücklicherweise nicht. Aber Aufregung jeder Art ist pures Gift bei seinem schwachen Herzen. Am schlimmsten ist, dass er diesen Fratz nicht einmal bei der Polizei angezeigt hat. Ich hätte es getan, auch wenn er erst sechzehn ist.«

Wütend dreht sich Crescentia wieder um und eilt zur Tür.

»Wollen Sie vielleicht ein paar Baldriantropfen mitnehmen? Zum Einschlafen und auch für den Blutdruck …«

Crescentia wischt Klaras Vorschlag mit einer Handbewegung weg. »Brauch ich nicht«, murrt sie und lässt die Tür hinter sich ins Schloss fallen.

Wir drei bleiben ratlos zurück. Schließlich ist es Klara, die den Bann bricht und lächelnd sagt: »Es wird alles immer heißer gekocht als gegessen. Warten wir es einfach ab, ob ihr zwei überhaupt Thema werdet. Ich lass euch dann mal allein. Heute hab ich Bereitschaftsdienst in der Nacht. Aber jetzt, wo die Milli im Krankenhaus ist, wird es wahrscheinlich eine ruhige Schicht werden. Gute Nacht.«

»Gute Nacht«, wünschen Sepp und ich gleichzeitig. Dann ist auch Klara weg, und ich umarme meinen Sepp mit voller Kraft.

»Na, ganz schön viel los ohne mich. Es ist wohl besser, ich lass dich nicht mehr allein. Wenn dann solche Dinge geschehen …«, murmelt er und streichelt meinen Nacken.

Ich bekomme eine Gänsehaut und will ihn eigentlich nur küssen, aber seine Aussage darf nicht einfach so stehen bleiben. »Willst du etwa behaupten, dass ich schuld bin an den Ereignissen?«

Er hebt entschuldigend die Hände. »Nein, aber du ziehst eben Probleme an wie ein Magnet, und ein Mord ist wohl das größte denkbare Problem.«

»Deshalb hab ich auch dich an Land gezogen, du männlich unsittliches Problem, du«, scherze ich.

Sepp lacht voll und tief. Jetzt küsse ich ihn, und endlich spüre ich seine Lippen auf meinen. Mein Sepp, denke ich.

Vergangenheit

> Rosis Tipps für scharfe Augen und den richtigen Durchblick
> *Karotten und das darin enthaltene Vitamin A sind gut für die Augen. Bei Schneeblindheit hilft ein lauwarmer Beutel Schwarztee auf den Lidern. Melissengeist oder Pfefferminzöl auf den Schläfen macht müde Augen munter und hilft ebenso einem überanstrengten Kopf. Beim Arbeiten am Computer zwischendurch einen Punkt neben dem Bildschirm fixieren.*

Ich habe so tief und fest geschlafen, als wäre ich ein Baby. Vorsichtig strecke ich meine Hand auf die andere Bettseite. Sepps Brustkorb hebt und senkt sich gleichmäßig, und obwohl er nicht wirklich schnarcht, ist sein Atem deutlich zu hören. Langsam krieche ich näher an ihn heran. Er öffnet, ohne wirklich aufzuwachen, seinen Arm, und ich kuschle mich an ihn. Das erste Mal, seit ich in Maria Schmolln bin, ist mir nach dem Aufwachen nicht kalt.

Sepp drückt mich näher an sich und brummt rauchig: »Guten Morgen, Röschen.«

Ich muss lächeln. Das erste Mal hat er mich vor guten zwei Monaten Röschen genannt, völlig unerwartet und überraschend. Nach dem Erntedankfest in der Kirche hat er meine Hand genommen und gefragt: »Na, will mein Röschen zum Pfarrcafé oder lieber mit mir allein romantisch ein spätes Frühstück einnehmen?« Die Entscheidung ist mir nicht schwergefallen, und während das ganze Dorf im Pfarrstadl auf Bierbänken gesessen ist, hat Sepp mich nach Mattsee entführt, und wir haben mit Blick auf den See und auf die bunt gefärbten Bäume im Schlosscafé gefrühstückt. Sogar Sekt gab es und Rosenblätter auf dem fein gedeckten Tisch. Am besten war aber der Topfenauflauf. Wenn ich mich konzentriere, kann ich den feinen Blätterteig und die saftig-süße Füllung auf der Zunge schmecken. Seit diesem Morgen bin ich hin und wieder Sepps Röschen, und jedes Mal muss ich an unser Frühstück denken und bekomme Hunger dabei.

Es ist nicht so, dass mein Horst nicht auch seine romantischen Seiten gehabt hat, aber mit den Kindern und dem Alltag ist dieser Teil zu kurz gekommen. Im Nachhinein bedaure ich es manchmal, dass wir beide nicht mehr Stunden zu zweit verbracht haben. Aber die Welt war anders damals. Babysitter, Krabbelgruppen oder gar Nachmittagsbetreuung gab es noch nicht, und außerdem war noch der kleine Hof mit der ganzen Arbeit zu führen. Ich bin mir sicher, wenn Horst und ich mehr Zeit miteinander gehabt hätten, dann wäre im Alter seine romantische Ader wiedererwacht.

Nun jedoch ist Sepp meine Freude im Alter. Mit ihm teile ich nur die Aufgaben von Großeltern, aber nicht mehr die vielen kleinen Dinge, die mit Arbeit, Kindern und Haushalt zu erledigen sind. Vielleicht ist diese späte Liebe sogar die schönere. Weil sie leichter ist und weil ich sie mehr genießen kann, ohne damit Verpflichtungen einzugehen, die im Nachhinein zwar die Liebe vertiefen, aber die Zweisamkeit schmälern.

Dankbar sehe ich meinen Sepp an. Er ist nicht nur mein Geliebter, sondern auch ein wahrer Freund.

»Was heckst du denn so frühmorgens schon wieder aus?«, murmelt Sepp. Er blinzelt sich den Schlaf aus den Augen und unterdrückt ein Gähnen.

»Ich frage mich, ob wir schon am Vormittag einen Abstecher in Milenas Apartment machen können.«

»Das wäre zumindest nervenschonender. Sonst liegst du mir stundenlang mit irgendwelchen Phantasien oder Vermutungen in den Ohren. Da pack ich es lieber gleich am Morgen an und habe dann meine Ruhe«, sagt Sepp.

»Außer wir finden etwas«, entgegne ich.

»Genau. Zum Beispiel eine Postkarte mit der Muttergottes darauf, und hinten steht dick und fett: ›Wenn ich tot bin, dann war's der oder die XY.‹«

»Mach dich nicht lustig«, beschwere ich mich.

Sepp lacht. »Dir ist aber schon klar, dass die Polizei die Wohnung bereits durchsucht hat.«

»Freilich. Aber wenn alle so ordentlich sind wie unser Kurt, dann prost Mahlzeit. In dem Fall könnte tatsächlich eine solche Postkarte an die Korkwand gepinnt sein, und niemand hätte sie gefunden.«

»Du tust dem Kurt unrecht. Er ist schon ein fähiger Polizist.«

Ich nicke nur und denke an die Wäsche, die sich seit Kurts Einzug bei Daniela im Flur und in den Räumen verteilt.

Klara zeigt sich weniger begeistert von meinem Vorschlag, gleich nach dem Frühstück loszulegen und Milenas Wohnung zu besuchen. Ihre Bedenken sind nachvollziehbar, und es ist naheliegend, dass man solche halb legalen Vorhaben vielleicht besser nach Einbruch der Dunkelheit erledigt. Doch ich kenne mich selbst viel zu gut, jede Stunde Warterei macht mich nervöser. Dann sagt Sepp auch noch, dass wir ja nichts Kriminelles machen, sondern nur eine jetzt leer stehende Wohnung kurz besichtigen würden, rein interessehalber, versteht sich. Außerdem sei Schwester Klara nicht im Besitz eines Schlüssels, wenn die Mieterin es nicht gewollt hätte, dass sie sich Zutritt zur Wohnung verschaffen kann.

Klara schüttelt den Kopf. »Milena hat mir damals den Schlüssel nur gegeben, weil sie niemanden in der Gegend kannte. Ich habe bloß die Blumen gegossen, wenn sie länger in Tschechien war.«

Sepp wirft Klara einen Blick zu, der eindeutig sagt: eben! Da siehst du es!

Klara holt die Schlüssel und zieht sich an. Jede ihrer Bewegungen wirkt so, als hätte sie einen Zahnarzttermin mit Wurzelbehandlung vor sich.

»Wenn uns jemand fragt – wir sehen nur nach den Blumen. Pflanzenrettung sozusagen«, beruhige ich sie.

Es ist nicht weit bis zu dem kleinen Haus, in dem Milena gewohnt hat. Völlig allein steht es am Waldrand, ohne direkte Nachbarn, die neugierig werden könnten. Vier Wohnungen gibt es, doch nur zwei davon sind vermietet, was mich angesichts des maroden Gebäudes nicht wundert. Jetzt stehen drei Wohnungen leer, und der letzte verbliebene Mieter wird wohl auch nicht mehr lange hier wohnen, klärt uns Klara auf.

»Herr Hase ist dreiundneunzig, verbringt gerade ein paar Wochen auf Kur und wird nach Weihnachten zu uns ins Heim ziehen. Er hat schon alle Verträge unterschrieben, und dann steht diese Bruchbude leer und wird hoffentlich renoviert. Die Lage ist eigentlich sehr schön, und es wäre schade, wenn das Haus weiter verfällt«, erzählt Klara und zieht den Haustürschlüssel aus ihrer Manteltasche.

Das Haus ist also momentan völlig unbewohnt. Der Gedanke beruhigt mich. Auch wenn ich mit der Topfpflanzengeschichte eine gute Ausrede gefunden habe, ist es mir lieber, wir bleiben unentdeckt.

Im Flur ist es stockdunkel, und auch das mehrmalige Betätigen des Lichtschalters bringt nichts. »Glühbirne ausgebrannt«, sagt Sepp und hält plötzlich eine Taschenlampe in der Hand. Meinen fragenden Blick beantwortet er mit einem verschmitzten Lächeln.

»Sag nichts, Rosi. Ihr Frauen tragt den halben Hausstand in der Handtasche mit euch herum. Da wird es einem Herrn wohl erlaubt sein, ein ordentliches Schweizermesser und eine Taschenlampe mitzuführen.«

Klara lächelt wohlwollend. »Sehr gut, Sepp, hier entlang. Wir müssen in den ersten Stock.«

Sepp leuchtet uns den Weg. Staubflocken tanzen wie winzige Mücken im Kegel seiner Lampe. Dieses Haus muss tatsächlich generalüberholt werden. So einen Schmutz habe ich selten zuvor gesehen. Besonders drastisch zeichnen sich die zig schwarzschmierigen Fußabdrücke ab. Die Polizei hat ganz schön Dreck hinterlassen. Die Wohnungstür zu Milenas Apartment ist wie der Rest des Gebäudes alt und wenig vertrauenerweckend. An den Rändern ist das Holz rissig, und in der Mitte sieht die Tür aus, als hätte jemand mit einem groben Schleifpapier wild gearbeitet.

Ich nehme die Taschenlampe und leuchte auf den hellen Fleck. »Hure«, flüstere ich.

Klara seufzt leise. »Ja. Milena hat mit aller Kraft versucht, die Schmiererei zu entfernen, aber wirklich geholfen hätte wohl nur eine neue Tür.«

Ich trete einen Schritt zurück und sehe mir die ganze Tür an. Die Farbe am Türstock ist beinahe gänzlich abgeblättert, und das Polizeiabsperrband hängt lose an den letzten Lacksplittern des Rahmens.

»Ich kann nicht erkennen, dass wir hier irgendein Siegel brechen würden«, sagt Sepp und zieht sich Handschuhe an.

»Handschuhe hast du also auch noch in deinem Mantel?«, frage ich amüsiert.

»Es ist Winter, mein Herz. Du trägst doch auch welche«, meint er und greift nach der Klinke. Es ist nicht einmal verschlossen. Zufrieden tritt Sepp ein und drückt auf den Lichtschalter. In der Wohnung funktioniert wenigstens die Beleuchtung. Das Licht flackert kurz und erhellt dann den Vorraum.

Ich fühle mich sofort etwas wohler als in dem düsteren Flur, obwohl ich nun mitten in der Wohnung einer Ermordeten stehe. Doch hier hat einmal Leben geherrscht, und man sieht, dass Milena ihren Möglichkeiten entsprechend versucht hat, der mickrigen Wohnung so etwas wie Seele einzuhauchen. Der Vorraum ist pastellgrün gestrichen, und gerahmte Fotos von Bäumen und Pflanzen hängen an den Wänden. Die Garderobe ist schlicht und zweckmäßig. Ein kleiner Schuhschrank, drei weiß lackierte Metallhaken an der Wand und ein hoher schmaler Spiegel, in dem sich nur sehr schlanke Menschen zur Gänze betrachten können. An den Haken hängen eine graue Strickmütze, ein grauer Schal und eine braune Jacke.

Klara bleibt vor den Kleidungsstücken stehen und sagt leise: »Diese Jacke hat sie immer getragen. Ich glaube, sie hatte gar keine andere. Seltsam. Ob der Mörder sie hier erwischt hat? Bei diesem Wetter wäre Milena nie ohne Jacke nach draußen gegangen. Nicht einmal zum Müllhinausbringen.«

»Es kann doch auch sein, dass sie noch eine zweite hatte, aber diese nur selten getragen hat. Vielleicht hat sie sich mit einem besonderen Menschen getroffen und wollte schick sein?«, antworte ich, doch Klara geht nicht darauf ein.

»Lass uns weitersuchen. Ich fühle mich nicht besonders wohl hier und möchte so schnell wie möglich wieder weg«, sagt sie und verschränkt die Arme vor der Brust.

Ich nicke und schreite voran. Vom winzigen Vorraum gelangt

man in die drei Räume. Ein kleines, einfaches Badezimmer mit Dusche und Toilette, eine Wohnküche und ein Schlafzimmer, das nicht viel größer ist als Klaras Kammer im Altenheim. Auf den ersten Blick gibt es nichts Auffälliges zu finden. Ich öffne der Reihe nach die Schubladen und Kastentüren. Nichts. In der Küche sind Töpfe, Pfannen, Geschirr und Lebensmittel, im Schlafzimmer ist ein Schrank mit Kleidung und im Bad ein kleines Spiegelkästchen, in dem Toilettenartikel und ein paar Medikamente verstaut sind. Ich stütze die Hände in die Hüften. Gewisse Dinge fehlen auf jeden Fall. Milena hat bestimmt einen Computer oder einen Laptop besessen. Wahrscheinlich hat die Polizei die technischen Geräte konfisziert.

»Ich will den Schrank noch mal durchsehen«, sage ich.

»Muss das sein?«, fragt Klara und sieht nervös auf ihre Armbanduhr. »Wir sind schon viel zu lange hier, und die Polizei hat die Wohnung bestimmt genauer unter die Lupe genommen, als wir es je könnten.«

»Dennoch. Ich muss einfach«, sage ich und mache mich auf den Weg ins Schlafzimmer. Vorsichtig schiebe ich die Kleiderhaken zur Seite und schaue zwischen die Wäschestapel. Milenas Kleidung ist traurig gewöhnlich und erinnert mich an Danielas alten Kleiderschrank. Bevor meine Tochter von Silvana unterwiesen wurde, hatte sie auch nur so fade Sachen darin. Jetzt hat sich das zum Glück geändert, und die Farbe ist in Danielas Leben eingekehrt.

»Rosi, kommst du mal?«, ruft Sepp.

Ich lege den Stapel braun-grau-schwarzer T-Shirts zur Seite und gehe zu ihm. Er steht im Wohnzimmer und betrachtet ein Bild an der Wand.

»Kommt dir dieses Gemälde nicht auch seltsam vor?«

Ich sehe mir die rot-goldene Leinwand an, in deren Mitte ein surreales Frauengesicht abgebildet ist, dem ich weder glücklich noch traurig oder irgendein anderes Gefühl hätte zuordnen können.

»Ich verstehe nichts von moderner Kunst. Wenn du wissen willst, ob es mir gefällt: Nein. Es ist scheußlich.«

»Das meine ich nicht. Sieh dich doch um, Rosi. Hast du in einem anderen Raum etwas Ähnliches entdeckt? Nicht, oder? Der Vorraum ist grün, und es sind Pflanzen an den Wänden, das Badezimmer ist blau, und ein paar Strandbilder sind zu sehen, das Schlafzimmer ist gelb und voller Sonnenuntergänge, dort bei der Küchenzeile lauter Gemüse- und Gewürzbilder und hier das? Das passt nicht.«

»Ja, du könntest recht haben. Die anderen Bilder sind alle kleiner.«

»Das meine ich nicht. Es sind Fotos. Das hier ist ein Gemälde, ein großes, dickes Gemälde.«

»Oh, du meinst ...«

Sepp nickt. »Lass es uns abnehmen.«

Klara steht nun hinter uns und meint flehend: »Aber das hat bestimmt die Polizei auch schon getan. Können wir nicht einfach ...«

Doch Sepp und ich sind schon dabei, das Gemälde abzuhängen. Ich bin froh, dass Sepp bei mir ist. Ohne ihn wäre mir das Bild bestimmt nicht aufgefallen. Aber jetzt, wo ich den schweren Rahmen in der Hand halte, ist es beinahe so wie bei der Metallkassette. Ich kann fühlen, dass etwas Schwerwiegendes hinter dem Bild verborgen ist.

Erwartungsvoll sehe ich zur Wand. Leere. Die Enttäuschung ist bitter wie Lebertran.

»Legen wir es hierhin«, sagt Sepp, und ich folge seinem Vorschlag. Behutsam betten wir das Gemälde auf den Boden. Sepp zückt sein Schweizermesser.

»Was tust du da?«, schreit Klara entsetzt und wirft sich neben ihn auf die Knie.

»Du hast recht mit deiner Aussage, dass die Polizei bestimmt hinter das Gemälde gesehen hat. Aber in das Bild hat sie nicht geguckt. Dieser Rahmen ist viel zu dick. Die Leinwand ist nur hauchdünn und zu weit vorn. Ich bin mir sicher, dass hier hinten eine zweite Leinwand ist. Zur Täuschung. Ein doppelter Boden sozusagen.«

Ich ziehe scharf die Luft ein. Wieso ist mir das nicht selbst aufgefallen? In gewissen Belangen habe ich wohl einen ziemlich großen blinden Fleck.

Vorsichtig setzt Sepp das Messer an die Rückwand des Bildes. Klara presst die Augen fest zusammen. »Wir bekommen Probleme. Riesenprobleme«, jammert sie und ballt die Hände zu Fäusten.

»Zuerst bekommen wir aber Einblick«, sagt Sepp und schneidet präzise am Rand der Leinwand entlang.

Ich halte die Luft an. Tatsächlich. Ein Zwischenraum von zwei Zentimetern taucht auf. Die Spannung im Raum ist schier unerträglich.

»Rosi, deine Finger sind schmaler«, fordert mich Sepp auf.

Ich nicke und schiebe meine zitternde Hand Stück für Stück in den Schlitz.

Die Leinwand wölbt sich. Ich dringe weiter vor.

»Und?« Sepp sieht mich aufgeregt an.

»Etwas Weiches. Eine Plastiktüte vielleicht?«

»Zieh es raus!«

Ich zupfe und rutsche ab. Das Ding hängt fest.

»Was ist?«, fragt nun Klara.

»Es ist irgendwie fixiert.«

»Warte, ich probiere es.« Klara hebt ihre feingliedrigen Finger in die Höhe. »Ich komm weiter rein, ohne die Leinwand zu beschädigen«, bietet sie überraschenderweise an. Da das Bild weder explodiert noch die Polizei in die Wohnung gestürmt ist, hat Klaras Neugierde wohl die Oberhand gewonnen.

Wir tauschen die Plätze. Klaras Arm verschwindet fast bis zur Schulter zwischen den beiden Leinwänden. Ich habe Angst, dass sie das Gemälde zerreißt, aber sie ist schmal genug. Klara streckt die Zungenspitze heraus und kneift die Augen angestrengt zusammen. So hat sie bereits als Schülerin ausgesehen, wenn sie sehr konzentriert war. Auch das aufgeweckte Funkeln erkenne ich wieder in ihren Augen. Ich muss lächeln. Im Grunde ist Klara noch immer Klara.

»Dieses Ding ist am Rahmen festgetackert. Aber ich hab es gleich«, sagt sie und ruckelt etwas hin und her. Dann leuchtet ihr ganzes Gesicht vor Freude, und sie zieht tatsächlich eine Plastiktüte heraus.

Ich kann vor Aufregung kaum atmen. Anklagend liegt die Tüte vor uns. »Etwas Großes kann nicht darin sein«, sagt Sepp.

»Ich guck jetzt einfach nach«, bestimme ich, obwohl mir bei dem Gedanken fast das Herz stehen bleibt.

Langsam öffne ich die Tüte. Jede Bewegung ist anstrengend und kostet mich Unmengen an Energie und Überwindung. Endlich ist sie offen.

»Was ist das?«, fragt Klara, obwohl es offensichtlich ist.

Winzig klein liegt die kleine blaue Strampelhose vor uns. Ich falte sie auseinander. Ein Foto kommt zum Vorschein. Es ist ein altes Polaroid, schnell geknipst von einer Sofortbildkamera. Und obwohl ich Milena nur tot gesehen habe und sie lediglich von Fotos kenne, weiß ich, dass sie es ist, die darauf abgebildet ist. Sie strahlt übers ganze Gesicht und hält ein Neugeborenes im Arm. Das Baby trägt den Strampelanzug, der nun vor uns auf dem Boden liegt.

»Milena hatte ein Kind?«, frage ich heiser. Klara zuckt ahnungslos die Schultern. Ich drehe das Foto um. Es stehen ein Name, ein Datum und ein paar weitere Zeilen darauf, leider auf Tschechisch.

»Mein geliebter Sohn Darius, geboren am 22.11.2006. Ich liebe dich für immer, auch wenn du für kurze Zeit woanders besser aufgehoben bist. Wenn ich könnte, wärst du bei mir«, übersetzt Sepp problemlos.

»Du kannst Tschechisch?«, will ich wissen.

»Natürlich. Ich hatte immer auch tschechische Frauen, und da bekommt man so manches mit«, antwortet Sepp lapidar.

»Ich hatte angenommen, man lernt dort eher andere Dinge«, meint Klara, und ihr Gesichtsausdruck verrät eindeutig, welche Dinge sie meint.

»Das auch«, antwortet Sepp, worauf Klara nach Luft schnappt.

»Und jetzt?«, stelle ich die Frage, die wohl alle im Raum beschäftigt.

»Jetzt müssen wir herausfinden, ob dieses Kind etwas mit

dem aktuellen Geschehen zu tun hat oder ob Milena das Foto aus anderen Gründen versteckt hat«, sagt Sepp.

»Wenn du mich fragst, besteht da eindeutig ein Zusammenhang. Babys. Es geht um Babys. Um abgetriebene und vielleicht noch lebende, und es geht um Milena. Es muss einfach irgendwie zusammenhängen.« Ich nicke und packe das Foto wie auch den Strampelanzug wieder in die Tüte.

»Willst du die Sachen der Polizei übergeben?«, fragt Klara.

Ich schüttle den Kopf. »Noch nicht. Morgen vielleicht. Ich muss zuerst eine Nacht drüber schlafen und nachdenken. Vielleicht habe ich ja etwas übersehen. Fürs Erste sind wir hier fertig, und als Nächstes nehmen wir uns die Kirche vor. Oder besser gesagt Boris' Sakristei. Wenn wir bei Milena etwas gefunden haben, dann gibt es dort vielleicht auch etwas zu entdecken.«

»Also ehrlich, du bist unersättlich«, beschwert sich meine Freundin.

Sepp lacht hingegen. »Unersättlich ist das falsche Wort, liebe Klara. Zielstrebig und unnachgiebig ist meine Rosi. Aber genau das liebe ich so an ihr. Also, ab zur Kirche? Wir haben momentan ein glückliches Händchen.«

Gemeinsam hängen wir noch das Bild zurück an die Wand. Dann machen wir uns auf den Weg zum Dorfplatz. Die Plastiktüte hüte ich wie einen Schatz und drücke meine Handtasche, in der Milenas Sachen nun verborgen sind, besonders fest an mich. Nun, nachdem ich weiß, dass Sepp Tschechisch beherrscht, bereue ich es, die Metallkassette nicht mehr in Besitz zu haben. Sepp hätte ohne große Umstände die Dokumente übersetzt. Aber so weiß ich nicht, ob sie irgendwie mit unserer Entdeckung heute zusammenhängen.

Vielleicht sollte ich Kurt anrufen und nach den Schriftstücken fragen? Doch für ihn hat die Schatulle keine Priorität. Der Fall ist geklärt, und die paar fehlenden Details sind wie Hintergrundrauschen, zwar vorhanden, aber nicht wirklich wichtig. Ich hake mich bei Sepp ein, und wir stapfen durch die Winterlandschaft in Richtung Kirche.

Dorfaufstand

> Schwindel und Übelkeit
> *Wenn der Bauch der Grund ist, können lauwarme, feuchte Wickel mit Kamillentee oder zu warmem Brei angerührte Heilerde aufgelegt werden. Lavendelduft wirkt beruhigend auf den Magen.*
> *Ingwertee oder Kreuzkümmeltee sind bei Übelkeit hilfreich. Wenn der Schwindel dazukommt, helfen morgendliche Wechselduschen, viel Frischluft und regelmäßiger Sport. Kalte, feuchte Waschlappen auf der Stirn bringen Erleichterung.*

»Mörder raus aus dem Pfaffenhaus!«

»Welche Leichen sind noch in Maria Schmolln begraben?«

Der Tumult vor der Kirche ist grauenerregend. Die Leute haben sich auf dem Dorfplatz versammelt und halten Schilder hoch, auf denen diese und andere Sprüche stehen. Es ist fast wie bei einer Demonstration, nur dass nicht klar ist, wofür die Leute demonstrieren. Einzig der Hass auf die Kirche, oder vielleicht auch nur auf Pater Boris, ist deutlich zu erkennen. Sogar der ORF und ATV sind da, und ich entdecke vor dem Krämerladen einen Übertragungswagen vom Bayerischen Fernsehen. Auch die Polizei ist vertreten, doch die paar Beamten werden der Meute nicht Herr. In der Mitte des Trubels stehen der Wirt, sein Sohn und Traudi, die zweizüngige Schlange.

In meinem Bauch rumort es, und die Wut kocht in mir hoch wie Gulasch in einem Kessel. Ich würde mich schon schwer täuschen, wenn die Krämerin nicht eine der Rädelsführerinnen dieses Aufstandes ist.

»Gott im Himmel, was ist denn da los?« Klara krallt sich an meinem Arm fest.

Schon stürzt ein Reporter samt Kamerateam auf uns zu und nimmt Klara ins Visier.

»Ist es wahr, dass intern bekannt war, dass Pater Boris alkoholabhängig und psychisch abnorm war?«

»Was, wie? Woher haben Sie diese Informationen?«

»Also stimmen unsere Recherchen? Uns wurden Befunde und Arztbriefe zugespielt, aus denen eindeutig hervorgeht, dass

Pater Boris alkoholkrank war und an Wahnvorstellungen litt. Ist es wahr, dass er in der Kirche nur von Schuld und der gnadenlosen Verfolgung aller Sünder gepredigt hat?«

Klara schnappt nach Luft und fuchtelt hektisch mit der freien Hand herum. Mit der anderen hält sie sich noch kräftiger an mir fest und drückt derart stark zu, dass ich nur mühsam einen Schmerzenslaut unterdrücken kann.

Ich übernehme das Regiment, bevor meine Freundin noch vor laufender Kamera kollabiert oder, fataler noch, dem vorlauten Reporter eins über die Rübe zieht.

»Jetzt hören Sie mal! Sie können doch unmöglich meine Freundin auf offener Straße mit solchen Anschuldigungen überrumpeln. Zeigen Sie erst mal Ihre Beweise, und dann können wir reden, aber wegen irgendwelchen dahergeholten Hirngespinsten einen solchen Aufstand zu machen ist doch unter jeder Kritik. Schämen Sie sich!«

Arrogant wie ein Unterhosenmodel stellt sich der Fernsehfuzzi hin und meint: »Meine Informationen sind aus erster Hand. Sonst wären wohl kaum wir wie auch unsere Kollegen hier vor Ort. Die Frage ist nur, warum die Kirche einen Mann wie Pater Boris hier in diesem friedlichen Örtchen stationiert hat – einen Verrückten, einen Abhängigen, einen Mörder. Rechtfertigt der Priestermangel, dass man sogar mordende Monster beschützt und auf Staatskosten versorgt, bis sie ausflippen und unschuldige Frauen meucheln?«

Ich entdecke Schwester Crescentia aus den Augenwinkeln. Sie streckt vorsichtig den Kopf zur Kirchentür hinaus und blickt sich um. Sogar auf die Entfernung sehe ich ihren gequälten Gesichtsausdruck. Ich winke in ihre Richtung. Sie winkt zurück und bedeutet mir, dass wir kommen sollen.

»So, aus dem Weg, Sie Fernsehknilch«, schimpfe ich und drücke den Reporter zur Seite.

Der reagiert aber gar nicht richtig, sondern setzt ein schmieriges Lächeln auf und wendet sich der Kamera zu. »Wie Sie alle sehen können, weigern sich die Zuständigen, die Informationen herauszugeben. Klar ist nur, dass Pater Boris nicht der einzige

Schuldige hier im Ort ist. Die gesamte Kirchenbrut steht hinter dem Klostermörder von Maria Schmolln. Wir dürfen gespannt sein, ob durch unsere Nachforschungen nicht noch mehr Mitschuldige dingfest gemacht werden. Ihr Heinz Humpelmann für ›Landzeit exklusiv‹.«

Ich höre nicht länger zu, sondern bahne mir den Weg durch die Menge, Klara und Sepp im Schlepptau, die Handtasche weiter fest an mich gepresst.

Endlich erreichen wir das Kirchentor. Schwester Crescentia schleust uns schnell hinein und verriegelt die Tür hinter uns.

»Zum Glück seid ihr da. Ich habe euch schon überall suchen lassen. Es ist einfach nur schrecklich. Schlimmer geht es nicht.«

Crescentia atmet keuchend ein und holt ein zerknülltes Stofftaschentuch hervor. Tränen kullern ihr über die dicken Wangen. Sie tut mir so leid, und ich lege ihr die Hand auf die Schulter, aber sie schüttelt sie ab.

»Jetzt seid ihr ja hier. Also kommt mit. In der Sakristei halten wir die Lagebesprechung ab«, sagt sie unwirsch und trampelt, einem Dromedar gleich, zurück.

In der Sakristei angekommen, sehe ich viele bekannte Gesichter. Pater Sebastian ist da, der Bürgermeister, den ich noch von meinem ersten Tag hier in Erinnerung habe, Kurt als Vertreter der Polizei und ein älterer Herr mit Krummrücken und schlaksigen Gliedmaßen, dessen Gesicht ich schon irgendwo einmal gesehen habe.

Crescentia deutet wohl meinen Gesichtsausdruck richtig und sagt: »Das ist Dr. Kurz, unser Gemeindearzt.«

»Guten Tag«, sage ich.

»Ein mieser Tag ist das, ein saumieser sogar, aber danke und ebenfalls grüß Gott«, murrt er und sieht mich über seinen braunschwarzen Hornbrillenrand grantig an.

Ihn bloß verärgert zu nennen wäre falsch. Vielmehr zeichnet sich eine Mischung aus Schuld, Verzweiflung, Wut und Ärger in seinem Gesicht ab.

»Setzen Sie sich alle. Sie müssen Sepp sein, oder?«, fragt Pater Sebastian und deutet auf die freien Stühle.

Sepp reicht dem Pfarrer die Hand und setzt sich als Erster. Auch ich und Klara nehmen Platz.

Pater Sebastian ergreift das Wort: »Wie wir leider eingestehen müssen, haben unsere Bemühungen bisher nichts gebracht. Nein, es ist sogar widriger geworden, und gewisse Subjekte unserer Gemeinde hetzen die anderen auf und schrecken auch vor den Medien nicht zurück. Also, was tun? Das ist hier die Frage, und meine Antwort lautet: abwarten, aussitzen, Gras darüber wachsen lassen. Aktives Handeln hat uns nur noch mehr Probleme eingebracht, also halten wir uns zurück. Ich hoffe, dass zumindest die Schwestern ihren Arbeitsplatz nicht mehr verlassen und nicht unnötig –«

»Halt«, unterbricht Klara lautstark, »verstehe ich richtig? Ich soll mich einsperren lassen? Auf keinen Fall. Ich habe nichts falsch gemacht und lasse mir sicher nicht verbieten, mich frei zu bewegen.«

»Es wäre nur zu Ihrem Schutz, Schwester Klara, und zum Schutz der Kirche.«

Klara verschränkt die Arme vor der Brust. »Tut mir leid, Pater Sebastian. Aber ich schulde Ihnen keinen Gehorsam. Ein Verbot dieser Art müsste schon vom Papst persönlich kommen.«

»Schwester Klara!«, gibt sich nun Crescentia entrüstet. »Sebastian meint es nur gut mit uns und will die Gemeinschaft schützen. Verstehen Sie doch. Das Fernsehen. Der Trubel!«

»Das bringt mich zu der Frage: Wie konnte es so weit kommen? Der Reporter vorhin sagte etwas von Arztbriefen und Attesten. Woher hat die Presse diese Informationen?«, frage ich.

Dr. Kurz springt vom Stuhl auf, dass dieser auf den Boden knallt, und wirft die Hände in die Luft.

Mich wundert, dass sich ein rückenkranker Mann so agil bewegen kann, aber offensichtlich haben sich nur seine oberen Brustwirbel versteift und ihm den Buckel beschert, ansonsten scheint der Arzt fit zu sein.

Verzweifelt rennt er auf und ab und ringt nach Fassung. »Ich bin schuld daran, verdammt noch mal. Aber ich bin schwach geworden. Die Traudi kann einem ganz schön den Kopf verdrehen, auch wenn man das nicht glauben möchte. Die Hexe hat es faustdick hinter den Ohren.«

»Na, na«, tadle ich, »redet man so über jemanden, der sich nicht im Raum befindet.«

Dr. Kurz bleibt stehen und sieht mich verdutzt an. Man braucht ein gutes Gespür für Menschen, um zu wissen, wann Tadel zur Beruhigung beiträgt oder die Situation eher noch anheizt. Der Arzt macht eigentlich einen gebildeten Eindruck, ist momentan aber von der Lage der Dinge gefühlsmäßig überfordert.

Dr. Kurz seufzt. »Stimmt. Sie haben recht. Ich stehe wohl etwas neben mir. Auf jeden Fall war Traudi vorgestern bei mir in der Praxis und hat sich ... na ja ... angeboten. Ich muss zugeben, dass ich die Nähe einer Frau schon vermisse, und da bin ich schwach geworden. Wir haben miteinander getrunken und ... mmh ... den Rest können Sie sich denken. Ich bin halt dann eingeschlafen, und da muss sich die Traudi an meinen Patientendaten zu schaffen gemacht haben. Als ich wieder aufgewacht bin, war die Traudi weg, der Computer lief, und Papier lag neben dem Drucker.«

»Das erklärt einiges«, meldet sich Kurt endlich zu Wort. »Das heißt de facto aber auch, dass die Informationen der Presse wahr sind. Pater Boris hatte nicht nur ein Alkoholproblem, sondern war auch in psychologischer Behandlung.«

»Ich darf Ihnen ohne Gerichtsbeschluss nichts sagen. Arztgeheimnis«, antwortet Dr. Kurz kleinlaut.

»Kein Problem. Ich besorge mir eine Verfügung, um die Dokumente von der Presse zu erhalten, wie auch einen Durchsuchungsbefehl für den sauberen Krämerladen.«

Kurt steht auf und fischt sein Telefon aus der Hosentasche. »Bin gleich wieder da«, sagt er und verschwindet aus der Sakristei.

»Hat Traudi nur Boris' Daten geklaut oder auch die von Milena?«, frage ich Dr. Kurz.

»Bei Gott, nein. Die Befunde der verstorbenen Patienten verschiebe ich in einen passwortgeschützten Ordner. Da hatte sie zum Glück keinen Zugriff.«

»Das ist wenigstens eine gute Nachricht«, sagt Pater Sebastian und schüttelt gleich darauf niedergeschlagen den Kopf. »Ich würde es aber wirklich für die beste Strategie halten, wenn wir uns in Schweigen hüllen. Jede weitere Information könnte das Chaos noch weiter aufwühlen. Könnten wir uns nicht doch darauf einigen, dass wir vorerst in vorweihnachtlicher Stille –«

»Es ist noch nicht einmal Advent«, fällt ihm Klara ins Wort, »und wie gesagt, ich lasse mich nicht einschließen. Was sollen die Leute denken, wenn wir uns alle verkriechen wie die Maulwürfe? Dann werden sie erst recht misstrauisch und glauben, wir hätten Informationen über Boris, die wir absichtlich verschweigen.«

»Da ist etwas Wahres dran«, kommt nun ausgerechnet Unterstützung von Crescentias Seite.

Klara nickt ihrer Mitschwester dankbar zu, worauf Pater Sebastian sich gequält ans Herz fasst. »Aber …«, beginnt er, doch Klara lässt ihn nicht aussprechen.

Sie beugt sich nach vorn und nimmt seine Hand. »Kein Aber, Sebastian. Wir haben nichts falsch gemacht. Das mit den Befunden war eine große Dummheit von Dr. Kurz, mit der er leben muss und die bestimmt noch Konsequenzen nach sich zieht. Es macht keinen Sinn, wenn wir uns nun Asche übers Haupt streuen und die Schuldbewussten mimen. Dadurch verbessern wir weder die Situation der Kirche noch die der Menschen.«

Sie holt tief Luft und schaut in die Runde. »Pater Boris ist im Gefängnis. Er hat eine große Schuld auf sich geladen, aber wir nicht. Wir müssen sogar weiter als positives Beispiel gegen die Sturmböen kämpfen, die uns nun wild entgegenschlagen. Wenn die Menschen ihre Wut erst einmal überwunden haben, brauchen sie uns in ihrer Trauer. Wir müssen da sein.«

»Gut gesprochen, Schwester«, lobt Crescentia anerkennend.

Pater Sebastian wirkt aber weiterhin geknickt und wenig überzeugt. Ich will ihm gerade ein paar aufmunternde Worte sagen, als Kurt zur Tür hereinpoltert. Mein Schwiegersohn grinst verwegen. »So. Die Presse muss ihre Informationen offenlegen, und die feine Traudi darf Gefängnisluft schnuppern, bis wir sie morgen ausgiebig verhören.«

»Wieso das denn?«, frage ich.

»Sie hat Beweise zurückgehalten und zu allem Überfluss noch den Medien zugespielt. Das ist strafbar. Außerdem durchsucht es sich leichter, wenn keine hysterische Kettenraucherin danebensteht.«

Der Riemen meiner Handtasche schneidet mir in die Schulter und drückt mit der Kraft eines Löwen in mein Fleisch, obwohl ich die Tasche eigentlich auf dem Schoß habe. Doch die Angst treibt ihr Unwesen und quält mich. Halte ich nicht auch Beweise zurück? Sind in meiner Tasche nicht auch Dokumente verborgen, die ich eigentlich Kurt geben sollte?

Mir wird schwindlig.

»Rosi, du siehst auf einmal ganz blass aus«, sorgt sich Sepp und stützt mich.

»Ich bin wohl doch noch nicht ganz über den Berg. Die Erkältung«, flunkere ich.

»Wollen Sie sich vielleicht einen Moment auf meiner Bank ausruhen? Ich liege hin und wieder recht gern dort – besonders wenn mich das Herz drückt«, bietet Pater Sebastian an.

Ich will ablehnen, doch schon schleppen er und Sepp mich zur rot bezogenen, schmalen Bank, und im Nu liege ich dort. Sepp setzt sich zu mir, und wir hören weiter den Diskussionen zu, obwohl sich nicht mehr wirklich etwas Neues ergibt.

Mein Schwindel legt sich langsam, und auch mein Herzschlag normalisiert sich, als mir klar wird, dass ich niemals eine Nacht im Gefängnis verbringen werde. Selbst wenn Kurt im Nachhinein stinksauer auf mich sein sollte, wenn er erfährt, was ich in meiner Tasche habe, so würde er mich nie einsperren. Er ist mein zukünftiger Schwiegersohn und der Vater meines Enkelkindes. Ich mag ihn mit meiner Neugierde und meinem Schnüfflerdrang vielleicht nerven, aber er kann mir auch dankbar sein. Ich habe ihm schon mehrmals geholfen und ihn auf die richtige Fährte gebracht. Außerdem will ich ihn nicht mehr unnötig mit Details belasten. Wer weiß, ob das Foto und der

Strampelanzug überhaupt eine Rolle spielen oder ob sie ihm bloß zusätzliche Arbeit bescheren würden. Dann wäre Kurt von den wirklich wichtigen Ermittlungen abgelenkt.

Ich drücke die Tasche an mich und richte mich wieder auf. Es geht mir wesentlich besser, doch ich bin noch etwas ungeschickt. Mit einem Rums fällt der Tischkalender, der hinter mir im Regal stand, auf den Boden. Ich entschuldige mich, aber niemand beachtet mich, da alle so in ihr Gespräch vertieft sind. Kurzerhand hebe ich den Kalender auf. Das Wochenblatt stimmt nicht mehr. Ich blättere vor und bleibe in der vorigen Woche hängen. Am Samstag steht in kleiner, säuberlicher Handschrift: »17.15 Beichte Milena«. Ich blättere weiter, bevor mein Herzrasen mich verrät. Doch es nimmt kein Ende. Auch diesen Samstag steht der Name Milena auf dem Kalenderblatt, nur dass der Termin mit rotem Stift durchgestrichen ist. »Milena, 15:00 K. Bründl«, entziffere ich, und dann verschwimmt das Bild vor meinen Augen. Ich schließe die Lider und atme tief durch.

Ob die anderen sehen, wie sehr meine Hände zittern? Ich höre das Blut in meinen Ohren rauschen, als wäre ein Sturzbach darin. Meine Gedanken liegen auf Eis, so langsam arbeitet mein Gehirn. Ich denke, dass sich ein echter Schock derart anfühlen muss.

In Zeitlupe öffne ich die Augen wieder und blicke direkt in Pater Sebastians Gesicht. Er muss sich soeben umgedreht haben. Ich versuche, zurückzulächeln, doch ich habe das Gefühl, meine Mundwinkel sind festgetackert. Pater Sebastian nickt und dreht sich wieder um.

Würde ein Mann derart arglos reagieren, wenn er etwas zu verheimlichen hätte? Dass ich seinen Kalender in Händen halte, steht für mich außer Frage. Ein junger Priester, wie Boris es ist, schreibt nicht in der alten verschnörkelten Handschrift. Wahrscheinlich schreibt Boris gar nicht mehr, sondern hat sämtliche Termine in seinem Handy gespeichert. Aber vielleicht hat Milena mit Sebastian gesprochen und ihm ihren Kummer berichtet. Es könnte sogar sein, dass sie ihm verraten hat, dass Boris ihr nach dem Leben trachtet und sie Angst hat. Doch warum hat der Pater nichts davon erzählt und will auch jetzt von uns, dass wir Stillschweigen bewahren?

Das Beichtgeheimnis! Er durfte nichts sagen! Mir stockt der Atem, und erneut dreht sich der Raum um mich. Wieder muss ich mich beruhigen und bewusst atmen, um nicht vor versammelter Mannschaft in Ohnmacht zu fallen. Auf einmal rasen meine vorher noch trägen Gedanken, und die einzelnen Schnipsel der letzten Tage wirbeln wie verrückt durcheinander. Der Zettel in der Kassette, der Kalender, das Babyfoto … es kann kein Zufall sein. Milena war am Samstag noch bei Pater Sebastian, um mit ihm zu sprechen, und nun schweigen beide. Der Pater wegen des Beichtgeheimnisses und Milena, weil Tote keinen Mund mehr haben, um zu sprechen.

Ich stelle den Kalender zurück und wische mir die schweißnassen Hände an der Hose ab. Sepp wendet sich mir zu und fragt: »Na, besser?«

Mehr, als leicht zu nicken, schaffe ich nicht.

Klara, die Wandelbare

Gewürzkeks nach Hildegard von Bingen

15 dag Butter • 25 dag Vollrohrzucker • 3 Eier • 1 Prise Salz • 3 dag Gewürzmischung (10 dag bestehen aus 45 g Muskatpulver, 45 g Zimtpulver, 10 g Nelkenpulver) • Schale einer Zitrone • 20 dag Dinkelvollkornmehl • 20 dag Dinkelweißmehl • 20 dag Mandeln (gerieben) • 1 TL Backpulver

Die Zutaten ordentlich miteinander verkneten, bis ein geschmeidiger Teig daraus wird. Diesen über Nacht im Kühlschrank ruhen lassen. Am nächsten Tag können Plätzchen ausgestochen werden, die man auf ein mit Backpapier ausgelegtes Backblech gibt. Die Kekse circa 10–13 Minuten bei 180 °C, Ober-/Unterhitze, auf mittlerer Schiene backen.

Ein Erwachsener kann 5–6 Plätzchen pro Tag essen. Achtung bei Herzleiden. Muskat kann Herzrasen verursachen und sollte bei solchen Erkrankungen gemieden werden!

Ich halte Kurt zurück, während die anderen sich bereits durch den Nebeneingang auf den Weg nach Hause machen. Sepp, Kurt und ich sind allein in der Kirche, und Kurt murrt ungehalten: »Was ist los, Rosi? Ich muss arbeiten.«

»Vorhin, als mir der Kalender hinuntergefallen ist, da habe ich gesehen, dass Milena am Samstag noch einen Termin bei Pater Sebastian hatte – zur Beichte.«

Kurts Augenbrauen schnellen hoch. »Tatsächlich?«, fragt er und grübelt einen Moment nach. »Könnte sie nicht vielleicht bei Pater Boris …?«

»Diese Handschrift passt eher zu Sebastian, glaube ich.«

Kurt zieht scharf die Luft ein und murmelt dann nachdenklich: »Gut. Ich kümmere mich darum und finde heraus, ob sie nicht doch bei Boris war. Der Verrückte redet ununterbrochen von ihr und dem Kind. Wenn er nicht so ein krankes, mörderisches Hirn hätte, könnte er mir glatt leidtun. Das dauernde Geschwafel von dem verlorenen Sohn. Puh …« Kurt rückt sich die Kappe zurecht und atmet lautstark aus. »Danke, Rosi. Ich nehme mich der Sache an. Tu mir nur einen Gefallen und halte dich zurück, ja?«

»Gut«, sage ich und überkreuze gedanklich die Finger hinter meinem Rücken. Eigentlich wollte ich Kurt noch von dem zweiten Termin erzählen, aber nachdem er mich gerade darum gebeten hat, mich nicht einzumischen, überlege ich es mir lieber anders.

Stattdessen frage ich Kurt nach seinen bisherigen Ergebnissen. »Sag mal, Kurt, die Sachen aus der Metallkassette. Konntet ihr da etwas herausfinden? Ich glaube, darin ebenfalls eine Notiz gesehen zu haben, die vielleicht mit dem Beichttermin zu tun haben könnte.«

Kurt schüttelt den Kopf. »Nicht dass ich wüsste. Es befanden sich keine aufregenden Sachen darin. Anscheinend war Milena schon einmal schwanger und hat mit zarten fünfzehn ein Kind geboren. Der Junge kam aber tot zur Welt. Das Armband hat sie wohl als Erinnerung aufbewahrt. Bei der Nummer muss ich dich enttäuschen. Die gibt es nicht mehr, und die Zugtickets waren auf Linz ausgestellt. Tja, mehr hab ich nicht. Ich denke nicht, dass diese Dinge mit den aktuellen Ereignissen zusammenhängen.«

Während Kurt erzählt, kralle ich meine Finger immer tiefer in Sepps Hand. Eine Totgeburt? Darius wirkte auf dem Foto sehr lebendig. Ich presse die Lippen aufeinander und sinniere.

»Und die Telefonnummer … war sie mal vergeben?«, hake ich nach.

Kurt macht eine wegwischende Handbewegung. »Irgendein Festnetzanschluss in Vöcklabruck, der einer Frau Meier gehört hat, die schon längst tot ist. Völlig irrelevant für unsere Ermittlungen. Ich muss jetzt ehrlich los, Rosi.«

»Ist in Ordnung. Pass auf dich auf«, sage ich, und Kurt runzelt die Stirn. Es mag ihm seltsam vorkommen, aber ich bin besorgt um ihn. Was, wenn diese alte Geschichte doch mit den aktuellen Vorkommnissen in Verbindung steht? Ich denke nicht, dass alles so einfach ist, wie es sich darstellt. Die Dinge sind meistens komplizierter, und ein quietschlebendiges Baby, das plötzlich per Dokument zur Totgeburt erklärt wird, gibt mir schwer zu denken. Ebenso der Beichttermin.

Einen Teil dieses Rätsels kann vielleicht Pater Sebastian lösen. Ich muss ihn nur zum Reden bringen. Aber wie?

Schweigend mache ich mich mit Sepp auf den Weg zurück zum Heim. Vor der Kirche sind noch immer einige Schaulustige zu sehen. Aber der große Tumult hat sich aufgelöst. Nun, da Traudi, die lautstarke Schnattergans, nicht mehr die Menge aufheizt, haben sich die meisten in ihre Häuser zurückgezogen.

Der Wirt steht noch vor dem Brunnen, der am Samstag mit Blut getränkt war, und quatscht den Reporter voll. Es ist traurig, zu sehen, wie unsensibel und sensationsgeil manche Menschen sind. Fester umfasse ich Sepps Hand und gehe weiter. Ich habe keine Lust, noch einmal von dem Reporter aufgehalten und befragt zu werden. Mein Gehirn braucht etwas Ruhe. Ich muss die einzelnen Schnipsel sortieren, die ich bisher gefunden habe. Sepp fragt dauernd, ob es mir gut geht. Obwohl ich eigentlich mit ihm sprechen und ihn um seine Meinung bitten möchte, schaffe ich es nicht. Zu konfus sind die Anhaltspunkte, zu verworren meine eigenen Gedanken. Bislang hat mich die ganze Zeit über mein Gefühl geleitet.

Meine Intuition hat mir gesagt, dass wir Milenas Wohnung durchsuchen müssen, ebenso wie sie mich zurück zur Kirche geführt hat, wo ich auf den Kalender gestoßen bin. Jetzt verspüre ich den Drang, Pater Sebastian auf den Zahn zu fühlen, aber ich weiß nicht, wie ich es anstellen soll.

»Ich glaube, wir sollten noch eine Runde spazieren gehen. Guck, die Wolkendecke reißt endlich auf, und ein paar Sonnenstrahlen erkämpfen sich den Weg auf die Erde«, sagt Sepp plötzlich. Ich sehe nach oben. Er hat recht, die Schneewolken verziehen sich langsam, und der blaue Himmel kommt zum Vorschein.

»Und die Tasche?«, frage ich, um ihn an die schwere Last zu erinnern, die ich mit mir herumtrage.

»Die gibst du doch ohnehin nicht aus der Hand. Es wäre vielleicht klüger gewesen, Kurt die Sachen zu geben. Er sollte sie untersuchen, finde ich. Als du ihn nach der Schatulle gefragt hast, war ich felsenfest der Meinung, du gibst ihm unsere Entdeckung.«

»Ja, aber jetzt ist es zu spät«, seufze ich leise. »Es ist nur, dass ich denke, er würde es nicht verstehen. Er misst Milenas Vergangenheit viel zu wenig Bedeutung bei. Und das, obwohl die Schmierereien auf ihrer Leiche und am Brunnen doch eindeutig darauf hinweisen. Hier war sie nie eine Hure.«

»Aber eine Kindsmörderin«, entgegnet Sepp. »Rosi, vielleicht verrennst du dich in etwas. Ich sag es nicht ger., aber der Mörder ist identifiziert und bereits inhaftiert. Sollten wir Milena nicht vielleicht ruhen lassen? Ich hab ein ungutes Gefühl dabei, wenn wir ihre Jugendzeit an die Oberfläche kramen.«

Ich halte an und sehe Sepp tief in die Augen. »Mein lieber Sepp, du kennst mich doch und weißt, dass ich einen ganz feinen Spürsinn habe. Es stimmt etwas nicht bei diesem Mord.«

Sepp schüttelt belustigt den Kopf. »Ein Mord kann nie stimmen. Er ist immer falsch.«

Unweigerlich muss ich lächeln. »Das hab ich so nicht gemeint«, sage ich und boxe ihn sanft in die Seite.

»Ich weiß«, antwortet er und zieht mich an sich. Seine Lippen sind trotz der Kälte warm. Ich lege meinen Arm um ihn, und wir küssen uns. Ausgerechnet in dem Moment fährt ein Auto vorbei und hält neben uns an. Das Fenster öffnet sich. Der Wirt streckt seinen Kopf heraus.

»Haben wir nicht schon genug Gesindel in Maria Schmolln? Verschwindet von hier! Die Traudi hat schon recht! Jeder Dreck kommt hierher und versaut unsere Moral.« Dann braust er so schnell davon, dass er beinahe von der Fahrbahn schlittert.

»Blödmann«, zische ich. »Die Traudi hat wohl nicht nur über den Mörderpfarrer einiges erzählt.«

Sepp knurrt zustimmend und meint dann gelassen: »Wir wollen uns nicht um solche Typen kümmern. Lass uns lieber über deine Gedanken sprechen. Wieso glaubst du, dass Milenas Vergangenheit wichtig ist? Vielleicht hilft es, wenn du für mich die Ereignisse zusammenfasst.«

Wir schlendern nebeneinanderher, und ich erzähle Sepp einfach der Reihe nach, was vorgefallen ist.

Sepp geht nachdenklich neben mir her. Die Sonne hat endlich die Wolkenmassen besiegt, und der Schnee glitzert weiß vor uns. Es ist beinahe makaber, dass ich und Sepp uns über Leichen und Abtreibungen unterhalten, während die Natur in purer Postkartenidylle um uns ist.

Schließlich erzähle ich Sepp noch von dem zweiten Termin auf Sebastians Kalender. Er bleibt abrupt stehen und hält mich zurück. »Wie war der Name des Bründls?«, fragt er und umklammert dabei meinen Arm, als wolle er eine Riesenschlange erwürgen.

»Es stand nur eine Abkürzung davor. Ein K.«

»Kindsbründl«, sagt Sepp überzeugt und lässt dann meinen Arm los. »Rosi, ich verwette meinen Arsch, dass es sich bei dem K um das Kindsbründl handelt.«

»Lass deinen Hintern lieber da, wo er ist. Aber ja, du könntest recht haben. Wie war noch mal diese Geschichte rund um das Bründl? Irgendetwas mit Kindern und ...« Ich seufze leise. »Die Sagen und Legenden hier kenn ich nicht so gut wie unsere Moorgeschichten.«

»Ja«, sagt Sepp, »ich hab auch keine Ahnung, aber das lässt sich herausfinden. Auf jeden Fall habe ich jetzt auch den Verdacht, dass alles zusammenhängt. Dieses Kindsbründl lässt mir keine Ruhe. Wir sollten recherchieren.«

»Recherchieren? Wo denn? Sollen wir uns in die Pfarrbücherei setzen und die Heimatsagen durchforsten?«

»Ach nein. Wir befragen das Internet, oder besser, wir lassen das jemanden tun, der sich auskennt.«

»Und wer könnte das sein?«

»Raphael hat dem Herzkasterl eine tolle Homepage gezaubert.«

»Mein Sohn?«

»Ja. Er und sein Tablet sollten mit uns zu Abend essen. Vielleicht am besten im Wirtshaus und danach zur weiteren Recherche in unserer Ferienwohnung.«

»Im Wirtshaus? Bist du verrückt. Der Wirt hasst uns, kannst du dich nicht an vorhin erinnern? Wenn wir dort auftauchen, wird das bestimmt eine unschöne Szene geben. Klara wird einen Nervenzusammenbruch erleiden und mir die Freundschaft kündigen. Ganz zu schweigen von Pater Sebastian oder Crescentia. Da werde ich auf meine alten Tage noch exkommuniziert.«

Sepp lächelt breit. Ihn scheint meine Schwarzmalerei nicht zu beeindrucken. »Alles, was wir im Internet nicht herausfinden können, werden wir im Wirtshaus erfahren. Ich vertraue deinem Spürsinn, Rosi, und du solltest mir in den Belangen Männer, Stammtisch und Alkohol vertrauen. Ich habe langjährige Erfahrung in dem Gewerbe.«

»Du hattest einen Puff, kein Gasthaus«, entgegne ich.

»Der Unterschied ist kleiner, als du denkst. Bei mir konnte man halt noch eine Zusatzleistung zum leiblichen Wohl erstehen, mehr nicht.«

Ich schaue verdattert und hake mich dann wieder bei Sepp ein. Die eben noch strahlende Wintersonne versinkt langsam hinter dem Wald, und obwohl es eigentlich nicht sein kann, kommt es mir vor, als wäre die Temperatur gleich um zehn Grad gesunken. Die Erinnerung an den Wirt macht mir Angst. Zu lange habe ich selbst hinter dem Tresen gestanden und Bier ausgeschenkt und kenne die Männer, den Alkohol und das Stammtischgerede gut genug. Mein Magen zieht sich bei dem Gedanken zusammen, doch auf der anderen Seite gibt es in kleinen Dörfern tatsächlich keine besseren Nachrichtenverbreiter als Krämerinnen und Wirte. Also hat Sepp wahrscheinlich recht, und wir bringen auf diesem Weg schneller etwas in Erfahrung als anderswo.

Das Heim taucht schon vor uns auf, und ich halte an, bevor wir zu nahe kommen. »Gut. Ich rufe Raphael an«, sage ich und öffne die Handtasche. Die Plastiktüte mit dem schmerzlichen Inhalt starrt mich an. Ich krame das Handy hervor und wähle.

»Ja?«, schnauzt Raphael in den Hörer.

Seine Stimme verrät mir sogleich seine Stimmung. Der arme Kerl ist wohl total übermüdet und dementsprechend schlecht gelaunt. Nach ein paar Sätzen Small Talk hab ich auch schon den Grund seiner üblen Laune herausgefunden. Meine Enkelin zahnt wieder und gönnt ihm keine Stunde Schlaf. Doch Kalina verbietet ihm, im Herzkasterl zu übernachten. Vielmehr schwärmt sie ihm die Ohren voll, wie gern sie doch in einem Häuschen wie meinem wohnen würde.

»Ich sag's dir, Mama. Noch eine Nacht, und ich gebe mich geschlagen. Dann bauen wir im Sommer neben dir so ein Pappwandhaus hin, wie sie in den Ausstellungsparks stehen.«

»Das wäre ja wunderbar. Diese Fertigteilhäuser sind gar nicht schlecht. Es freut mich, dass Kalina solche Überzeugungsarbeit leisten konnte. Mmh. Jetzt bekomme ich fast ein schlechtes Gewissen, wenn ich dich bitte, nach Maria Schmolln zu kommen und mit uns Abend zu essen.«

Raphael horcht auf und will sofort wissen, warum er so plötzlich anrücken soll. Ich erkläre es ihm, und er willigt freudig ein.

»In einer Stunde bin ich da. Mann, bin ich froh, den beiden kurz zu entkommen«, sagt er, und mich wurmt es innerlich, dass ich ihn ausgerechnet jetzt von zu Hause losreiße. Es wäre mir mehr als lieb, wenn die beiden endlich ein anständiges Heim bauen würden. Das Herzkasterl ist eine feine Sache – für einen erwachsenen Mann –, aber einfach der falsche Platz für mein Enkelkind. Zufrieden lege ich auf.

Im Altenheim ist es ruhig, wenn man bedenkt, welcher Tumult am Dorfplatz geherrscht hat.

Klara ist weder in ihrer Wohnung noch im Schwesternzimmer. Schließlich finden wir sie im Speisesaal, wo sie gerade tröstend die Hand auf Georgs Schulter legt. Dieser schüttelt den Kopf, als wolle er den Schmerz der ganzen Welt von sich abschütteln. Die beiden sehen uns, und Klara zieht ihre Hand weg und winkt uns zu.

»Was ist passiert?«, frage ich sofort, denn Georgs Gesichtsausdruck verheißt nichts Gutes.

»Milli hat einen Arzt angegriffen und dabei mit einer Kanüle verletzt. Sie wurde nach Salzburg in die Psychiatrie verlegt. Jetzt ist es vorbei. Man wird sie entmündigen, und eine Rückkehr nach Maria Schmolln ist ausgeschlossen«, antwortet Georg mit so heiserer Stimme, dass ich ihn kaum verstehen kann.

»Es ist bestimmt das Beste für Milli, wenn sie fachkundig betreut wird. Wir haben hier nur begrenzte Möglichkeiten«, redet Klara ihm gut zu, aber Georg ist nicht zu beruhigen.

Seine Augen füllen sich mit Tränen, und er schlägt mit der Faust auf den Tisch. »Ich hätte einfach rund um die Uhr bei ihr sein müssen, dann wäre das nicht passiert. Was wird jetzt aus ihr und auch aus mir? Wo soll ich wohnen, jetzt, da Milli nicht mehr hier ist? Ich hab doch das Haus verkauft, und –«

»Du kannst gern bleiben, Georg, und ins betreute Wohnen übersiedeln. Niemand will dich vergraulen.«

»Noch nicht. Wenn die Leute erst einmal die Wahrheit erfahren, dann werden sie mich wie einen räudigen Hund aus dem Dorf jagen. Keiner will eine Schwuchtel im Ort haben, noch dazu eine alte wie mich. Meine Mutter wird sich im Grab umdrehen vor Schande.«

»Bisher weiß es doch niemand«, sage ich.

Georg schaut verzweifelt zu mir hoch. »Ich kann aber nicht mehr länger so leben. Milenas Tod, der Unfall meiner Schwester, das alles hat mich zum Nachdenken gebracht. Ich lebe eine Lüge. Milena ist vielleicht auch gestorben, weil ich zu feig war, die Wahrheit zu erzählen.«

Ich schaffe es nicht, ihm zu sagen, dass er keine Mitschuld trägt. Meiner Ansicht nach hätte er die Geschichte mit dem Foto klarstellen müssen.

Dafür ergreift Sepp das Wort. »Also ich finde dieses hinterwäldlerische Denken hier echt zum Davonrennen. Man kann doch niemanden lynchen, weil er homosexuell ist, eine Abtreibung vorgenommen oder einfach Spaß am Leben hat. Wo leben wir denn? Im 15. Jahrhundert? Ich würde mich an Ihrer Stelle nicht vertreiben lassen, Georg. Wer weiß, was die anderen zu verbergen haben. So wie sich einige Leute verhalten, haben sie bestimmt die eine oder andere Leiche im Keller.«

Klara schaut interessiert, und Sepp erzählt vom ungehobelten Wirt und dass sein Beruf nicht länger ein Geheimnis ist – Traudi sei Dank. Klara nimmt es zum Glück gelassener auf als befürchtet. Sogar gegen unsere Offensivtaktik hat sie nichts einzuwenden und findet es gut, dass wir aus Recherchegründen essen gehen.

Überzeugt stemmt sie die Hände in die Hüften und meint: »Es ist wirklich an der Zeit, dass sich so einiges ändert. Pater Sebastian ist vielleicht für eine Versteckttaktik, aber das bringt nichts. Schweigen hat noch selten etwas bewirkt. Die Leute müssen endlich aufwachen und erkennen, dass diese ewige Hexenjagd schädlich ist. Zuerst war's die Milena, jetzt ist es wegen Boris die ganze Kirche, und als Nächstes seid ihr dann dran.«

Sie sieht mit stechendem Blick in die Runde. »Das muss aufhören, und ich sorge dafür, dass es das auch tut.« Ohne ein weiteres Wort marschiert sie davon und lässt uns allein zurück.

»Was hat Klara vor?«, will Sepp wissen, aber ich kann nur die Schultern zucken. Meine Freundin ist derzeit so unberechenbar wie der Atlantik. Einmal still und friedlich, ja fast schon starr, und dann wieder wild und ungezähmt wie ein Tornado. Das Gefühl beschleicht mich, dass Klara momentan ihren eigenen Kampf mit sich austrägt.

Wirtshausgschichtn

Rosis Tipps nach fettigem Essen
Ingwertee wirkt sowohl gegen Übelkeit als auch gegen Bauchschmerzen. Die Bauchdecke im Uhrzeigersinn kreisförmig massieren (wie man auch bei einem Baby den Bauch reibt). Ein Gläschen guter alter Magenbitter kann nicht schaden. Ein warmer Wickel (am besten getränkt mit heißem Kamillentee) auf dem Bauch lässt die Schmerzen schwinden.
Ein kleiner Verdauungsspaziergang hilft eigentlich immer nach zu üppiger Kost.

Sepp und ich sind etwas zu früh im Wirtshaus. Von Raphael noch keine Spur. Nach kurzem Nachdenken gehen wir hinein. Ich straffe extra meine Schultern und mache mich so groß wie möglich. Auch Sepp wirkt angespannter als sonst, wobei ein Außenstehender das nie erkennen würde. Nur ich sehe, dass seine Mundwinkel etwas straffer sind und die Falte zwischen den Augenbrauen eine Nuance tiefer. Hand in Hand gehen wir hinein.

Die Gaststube ist düster und so eingerichtet wie bei den meisten Wirtshäusern in unserer Gegend. Massive Holztische und Stühle, die Lampenschirme spenden gelbliches Licht, und an den Wänden hängen Jagdtrophäen, die aus leblosen Augen in den Raum starren. Die Augen der Gäste sind jedoch lebendig, und die Blicke reichen von neugierig bis feindselig. Es sind nicht viele im Wirtshaus, nur drei Tische sind besetzt, darunter auch der Stammtisch, an dem der Wirt hockt und uns ungläubig anstarrt.

»Was wollt ihr denn hier?«, fragt er, und die bissige Antwort auf diese dumme Frage liegt mir schon auf der Zunge. Was sollen wir schon groß hier wollen, einen Fernseher kaufen oder was?

Zum Glück ist Sepp schlagfertiger. »Einen anständigen Schweinsbraten essen. Die Kost im Heim ist nichts für gestandene Männer, und man hat uns gesagt, der Braten hier sei der beste im Ort.«

Dieses Kompliment freut sogar den grantigen Wirt, und er

steht einigermaßen zufrieden auf. »Gut, dann sag ich in der Küche Bescheid, dass die Anni schon mal die Knödel aufsetzt.«

Da rückt die Vroni hinter ein paar Männern am Stammtisch hervor und meint: »Das mit dem Essen stimmt wohl. Im Heim werde nicht einmal ich richtig satt.«

Sie rutscht aus der Bank und nickt den anderen Stammtischsitzern zu. »Setzt euch doch zu uns«, bietet sie an, aber ich lehne ab, weil die Gesichter der anderen am Tisch nicht gerade freundlich wirken.

»Mein Sohn kommt dann auch noch. Er ist frischgebackener Vater und froh, wenn er etwas Anständiges zu essen bekommt.«

»Das war bei mir auch so«, sagt darauf einer der jüngeren Männer am Stammtisch. »Man will ja gar nicht glauben, wie viel Zeit so ein Kleines braucht. Jetzt ist das Sopherl zwei, und meine Frau kommt endlich wieder zum Kochen.«

Die anderen brummen zustimmend, und schnell ist ein neues Gesprächsthema gefunden. Der arme vernachlässigte Mann. Jetzt setzen wir uns doch ein paar Minuten an den Stammtisch und lauschen. Vroni hat ebenfalls wieder auf der Bank Platz genommen. Sie sieht katastrophal aus, so als hätte sie nächtelang durchgeweint.

»Vom Schlafentzug ganz zu schweigen! Ich hock mich ja schon ins Wirtshaus, um so etwas Ähnliches wie Ruhe zu finden«, jammert der junge Vater weiter.

»Also deine Probleme möchte ich haben, Franz. Ich glaub kaum, dass euer Sopherl an deinen schlaflosen Nächten Schuld hat. Du fleißiger Kerl, du. Wie weit ist die Sissi jetzt schon wieder?«, lacht ein aufgedunsener Mann mittleren Alters und klopft dem jüngeren anerkennend auf die Schulter.

»Nächsten Monat kommt der Samuel zur Welt«, antwortet dieser.

Die Gesellschaft verfällt plötzlich in Schweigen. Das Thema Kinder und Schwangerschaft ist im Moment belastet, und ich kann richtig sehen, wie es hinter der Stirn so manchen Gastes arbeitet.

Franz ist es schließlich, der den Mut hat, mich und Sepp

direkt anzusehen. »Was haltet ihr eigentlich von der ganzen Sache hier. Milena und der Mörderpfaffe. Ihr seid nicht von hier …«, sagt er.

Man könnte eine Stecknadel fallen hören, so still ist es. Sogar am Nachbartisch ist jede Unterhaltung erstorben, und das Pärchen dort hört auch zu.

Ich überlege, was ich antworten soll, aber da meldet sich schon der Aufgedunsene zu Wort. »Ach, die Meinung der beiden ist so viel wert wie der Dünnpfiff meiner Kuh. Ihr habt doch die Traudi und den Wirt gehört. Bei uns am Tisch sitzt ein Zuhälter mit seiner –«

»Jetzt aber kein Wort mehr«, sagt Sepp und funkelt den Mann zornig an. »Meine Rosi und ich sind ein Paar wie jedes andere hier auch. Mein ehemaliger Beruf tut nichts zur Sache.«

»Aber nicht verheiratet«, antwortet der Mann und verschränkt die Arme vor der Brust.

»Das sagst ausgerechnet du, Kloiberbauer. Wer hat denn fünfzehn Jahre in wilder Ehe gelebt und drei Fratzen in die Welt gesetzt?«, fragt Vroni.

»Aber jetzt bin ich ehrlich verheiratet«, motzt der Bauer.

»Stimmt. Doch nicht mit der Mutter deiner Kinder, sondern mit dieser Eva.«

»Die Maridl hat die Eva ins Haus geholt, nicht ich«, antwortet er beleidigt.

»Aha«, sage ich, und plötzlich bricht ein wildes Gelächter aus. Alle lachen, bis auf den alten Bauern.

Er verdreht nur die Augen und trinkt dann in einem Zug sein Bier aus. Mit einem lauten Knall setzt er das Glas ab und verschränkt wieder die Arme.

»Musst dir vorstellen, der Kloiber hat sich in die Plastikschüsseltante verguckt, die er zuerst nicht im Haus haben wollte«, erklärt Vroni, als das Lachen wieder leiser wird. »Seine Ehemalige, die Maridl, hat diese Tupperpartys geliebt und dauernd welche veranstaltet, und dann gab es einen Beraterinnenwechsel und zack … unser alter Kloiber hat die Liebe zu den Plastikschüsserln entdeckt.«

»Tupper ist kein normales Plastikzeug«, knarzt der Bauer und muss schließlich selbst lächeln. »Wurscht ist es auch. Jeder hier hat so sein Sündenregister. Ich hab halt erst spät geheiratet … und eine andere … aber so was kommt vor.«

»Genau, und es kommt auch vor, dass sich ein Bordellbetreiber in Rente in die wunderbarste Frau der Welt verliebt«, kommentiert Sepp.

Der Wirt kommt und bringt ein Tablett Bier zum Tisch. Er hat gar nicht gefragt, ob ich auch eines möchte, sondern stellt mir kommentarlos ein Glas hin.

»Die Knödel dauern etwas«, sagt er und stampft wieder davon.

Vroni seufzt und sieht ihm nach. »Ja, jeder hat seine Probleme. Im Nachhinein fühle ich mich dämlich, dass ich Boris so hinterhergehechelt bin. Ich hab nur zu gern mit dem Finger auf andere gezeigt, um selbst nicht dranzukommen.«

»Da warst du nicht allein, Mädel«, brummt der Kloiberbauer und tätschelt Vronis Schulter.

»Schon, aber die Milena war meine Freundin, und ich hab sie so schlecht behandelt. Woher hätte ich wissen sollen, dass Boris mit dem Gericht, das über uns alle abgehalten wird, nicht Gott, sondern sich selbst gemeint hat?«

»Dieser Boris ist an allem schuld. Er hat dieses Dorf aufgewiegelt! Der Saupfaffe«, stellt Franz fest und nimmt einen tiefen Zug Bier. Mit einer schlaksigen Bewegung wischt er sich den Schaum vom Mund.

»Der Boris hat es verdient. Die ganze Kirchenbrut gehört eigentlich ausgeräuchert!«, antwortet der Bauer mit überzeugter Stimme.

»Ehrlich? Hat er das? Und die Milena? Warst du es nicht, der groß herumgeschrien hat, dass es der Nutte recht geschieht?«, fragt Vroni.

Der Bauer zuckt die Schultern. »Ich halte nichts von Huren, und Abtreibungen sind Teufelswerk.«

»Sagst du, oder sagt Pater Boris?«, fragt Franz und streckt das Kinn hoch.

Der alte Bauer steht auf und legt einen Zwanziger auf den

Tisch. »Es ist besser, ich gehe jetzt, bevor ich wütend werde. Moral ist Moral, und ich weiß, was sich gehört. Hurerei und Abtreibung gehören sich nicht, und ein Mörderpfaffe sollte meiner Meinung nach auf den elektrischen Stuhl. Bei diesem Perversen bin ich für die Einführung der Todesstrafe.« Er dreht sich auf dem Absatz um und poltert zu den Garderobenhaken.

Einen Augenblick später ist er verschwunden, und Raphael tritt an seiner Stelle in die Stube. Mein Herz macht einen kleinen Freudensprung, als ich ihn sehe. Raphael hat sich in den letzten Monaten völlig gewandelt. Es mag seltsam klingen, aber die Arbeit im Herzkasterl hat ihn seriöser und bedachter werden lassen. Aus dem hirnlosen, impulsgesteuerten Ewigjunggesellen ist ein liebevoller Vater und Ehemann wie auch ein erfolgreicher Geschäftsmann geworden. Stolz blubbert in meiner Brust und lässt mich einen Zentimeter wachsen.

Raphael hängt seine Jacke an den Haken. Er hat seine Laptoptasche dabei und nickt uns zu. Wir verabschieden uns von der Stammtischrunde und wechseln samt Biergläsern zum Tisch im hintersten Eck. Hier können wir uns mit Raphael unterhalten, ohne Angst haben zu müssen, dass alle Gäste mithören.

Raphael lächelt müde, als er sich zu uns setzt. »Hallo, ihr zwei.«

»Wie geht's dir? Sehr erschöpft?«, frage ich und lege meine Hand auf seine.

»Etwas anstrengend ist es schon. Wobei Kalina mich mehr aufarbeitet als Mariella. Hältst du es für eine gute Idee, wenn wir tatsächlich neben dir bauen? Ich habe Angst, dass wir uns bald auf die Nerven gehen«, kommt er sofort zum Thema.

»Das denke ich nicht. Außerdem könntest du ja auch auf der alten Weide bauen. Das Grundstück liegt etwas weiter vom Haus entfernt, und Horst hat es kurz vor seinem Tod zum Baugrund umwidmen lassen.«

Raphael runzelt die Stirn und seufzt leise. »Das würde mir besser zusagen, obwohl ich schon gern im Herzkasterl bin.«

Da mischt Sepp sich ein. »Wenn ich dir einen Rat geben darf, Junge, dann trenn das berufliche vom privaten Leben so schnell wie möglich. Mich hat das Herzkasterl zum ewigen Junggesellendasein verdonnert. Ich möchte nicht, dass es dich zum geschiedenen Ehemann macht. Du hast Familie.«

Raphael murrt leise und dreht sich dann zum Tresen um. Mit Fingerzeig bedeutet er dem Wirt, dass er ebenfalls ein Bier möchte.

»Auch Schweinsbraten? Die Knödel sieden schon!«, schreit dieser zurück, während er schon den Zapfhahn betätigt.

Raphael nickt und wendet sich dann wieder uns zu. »Themenwechsel. Was genau soll ich für euch tun?«

Der Wirt kommt und stellt das Glas so schwungvoll auf den Tisch, dass der Schaum überschwappt. Doch wenigstens sein Gesichtsausdruck ist etwas freundlicher als vorhin. »Wohl bekomm's. Das Essen kommt gleich«, wünscht er und geht wieder, um sich erneut an den Stammtisch zu setzen.

Im Flüsterton weihe ich Raphael in alles ein. Als ich bei unserem Ausflug in Milenas Wohnung lande und vom Strampelanzug und dem Foto erzähle, schüttelt er schockiert den Kopf. »Mama, du weißt schon, dass du Probleme bekommen kannst, wenn du Beweismittel unterschlägst. Geschweige denn dein Einbruch in die Wohnung. Das ist strafbar.«

Das schlechte Gewissen überkommt mich, und mein Magen drückt plötzlich wieder, als müsste ich mich gleich übergeben. Raphael hat nicht unrecht, und auch ich sorge mich deswegen, doch besondere Umstände erfordern besondere Maßnahmen.

»Zum Glück haben wir Kurt«, sagt Raphael versöhnlich, »er wird dich schon nicht gleich hinter schwedische Gardinen sperren. Also, wenn ich euch richtig verstanden habe, soll ich ein wenig recherchieren, was Milena die letzten Tage getan hat.«

»Ja, genau. Und diese Kindsbründl-Geschichte würde mich auch interessieren.«

Raphael holt seinen Laptop hervor und steckt den Modemstick hinein. »Mit der alten Sage fangen wir an. Das könnte sich noch ausgehen, bevor der Braten auf dem Tisch steht«, meint er und tippt auf der Tastatur herum.

Sepp und ich rücken näher an ihn heran, um auf den Bildschirm gucken zu können. Es ist erstaunlich, wie rasant sich die Technik weiterentwickelt hat. Noch vor ein paar Jahrzehnten waren Computer sehr teuer, und ich war stolz wie Oskar, als wir uns den ersten Heimcomputer geleast haben. Es war Mitte der Achtziger, und mein Horst hat damals darauf bestanden, dass wir uns den Neuerungen der Zeit nicht verschließen dürfen. Seit damals hatten wir immer einen Computer zu Hause, doch erst mit dem Internet sind sie so etwas wie wahre Wundermaschinen geworden. Man braucht keine Lexika, keine Telefonbücher, ja nicht einmal mehr die gute alte Post … alles erledigt der Computer.

»So, da haben wir es auch schon. Die Kindsbründl-Geschichte«, unterbricht Raphael meinen Erinnerungsstrom.

Ich beginne zu lesen, und mit jedem Satz rückt die alte Sage der Zigeunerin am Brunnen wieder weiter in mein Gedächtnis.

Einst hauste im tiefen Wald ein altes Weibchen. Es war, so erzählte man sich, eine Zigeunerin, bewandert in Heilwissen und seltenen Mächten. Sie lebte in einer Rindenhütte, zwischen den hohen Bäumen, neben einer kleinen Quelle. Frauen, egal welchen Standes, kamen zu ihr und erbaten, was ihr Herz am sehnlichsten sich wünschte – ein Kind. Hoffnungslos waren die Frauen, denn vieles hatten sie versucht und blieben doch unfruchtbar. Doch die Zigeunerin wusste Rat. Das heilige Wasser, das kostbare Gut, das vor ihrer Hütte aus dem Waldboden entsprang, verhieß Kindersegen für Reich und Arm. Die Frauen mussten vom Quellwasser trinken und sich das Gesicht damit waschen. Dann gab die Zigeunerin ihnen noch ein paar Kräuter mit auf den Weg, und der erhoffte Kindersegen stellte sich ein. Vielen Frauen wurde geholfen – und auch heute noch entspringt mitten im Wald die kleine Quelle. Wer ratlos ist und wahrlich auf ein Kindlein hofft, wird dort mit Gottes Hilfe beschenkt werden.

Der Text geht mir näher, als ich vermutet hatte. Ich sehe Milena vor mir, wie sie am Kindsbründl steht und um ihre verlorenen Babys trauert, bleich und leblos, eine weinende Frau mit zwei toten Kindern. Das Schreckensbild verblasst vor meinem inneren Auge, und ich schlucke schwer. Düsteren Phantasien nachzuhängen hilft mir nicht weiter. Ich muss logisch an die Sache herangehen.

Hat Pater Sebastian sie etwa dorthin beordert, um ihr neue Hoffnung zu geben? Hat er ihr bei der Beichte angeboten, sie zu begleiten und mit ihr gemeinsam am Kindsbründl für ihre Genesung und weiteren Kindersegen zu beten?

Ich weiß es nicht, und bevor ich meine Gedanken mit Raphael und Sepp teilen kann, steht der Wirt mit drei vollgeladenen Tellern vor dem Tisch.

Obwohl Raphael sofort den Laptop zuklappt, erhascht der Wirt einen Blick auf den Bildschirm. Er stellt die Teller ab und meint zu Raphael: »Ist eine nette Wanderung dorthin. Einfach beim Ebnerwirt in den Wald hinein und immer der Forststraße entlang, bis man da ist. Man kann das Bründl noch leicht finden. Nur wird's dir nichts bringen, mein Guter. Wenn du ein Butzerl willst, musst du deine Frau schicken. Und bei dir ist es sowieso zu spät«, sagt er bissig in meine Richtung.

»In meinem Alter darf man nur so zum Spaß und muss nicht mehr auf Kinder hoffen oder sich davor fürchten«, gebe ich schnippisch zurück.

Dem Wirt bleibt der Mund offen stehen. Sepp lacht aus voller Kehle, worauf der Wirt schließlich einfach kehrtmacht und über die Verdorbenheit heutzutage schimpft. Nun muss auch ich lachen. Pater Boris war nicht der Einzige, der gedanklich irgendwo im Mittelalter stecken geblieben ist. Es gibt mehr von der Sorte, und der Wirt gehört mit Gewissheit dazu.

Gehässige Vorstellungen geistern durch meinen Kopf, und ich frage mich unter anderem, ob der Wirt vielleicht ebenso unbefriedigt ist, wie Pater Boris es war. Der Pfarrer hatte aber wenigstens einen Grund dazu – er wollte von Milena mehr, als es sein Zölibat zuließ, das kann einen Mann schon verrückt machen. Welche Erklärung hat der Wirt aber für sein Defizit? Einfach nur ein Ungustl sein ist nicht Grund genug. Vielleicht sollte ich ihm zum Abschied rein freundschaftlich das Rezept für die Gewürzkekse von Hildegard von Bingen zustecken. Die Nervenkekse sollen ja nicht nur bei Anspannung fröhlicher machen, sondern auch alle Bitterkeit aus dem Herzen vertreiben. Der Wirt ist eindeutig ein verbitterter Mensch. Ein alter Grantler, wie man so schön sagt.

Doch fürs Erste muss ich etwas für meine eigene Laune tun. Der Schweinsbraten duftet herrlich, und die flauschig-riesigen Semmelknödel sehen so aus, als würden sie mein Gemüt schnell erhellen. Auch der Rettichsalat verströmt einen scharf-würzigen Duft, der mir den Mund wässrig werden lässt. Mein nervöses Bauchweh hat sich in ein hungriges Zwicken verwandelt.

»Mahlzeit«, wünsche ich und steche die Gabel ins zarte Bratenfleisch. Es schmeckt fast so gut wie zu Hause, und wenn ich es nicht besser wüsste, dann würde ich wetten, dass die Wirtin den Braten – wie ich es tue – in einen Holzofen geschoben hat.

Ich werfe einen Blick in Richtung Tresen. Mit verschränkten Armen und zusammengekniffenen Augenbrauen steht der Wirt dahinter und starrt ins Leere. Bei dieser Kost bräuchte er wirklich kein solcher Griesgram sein.

Facebookgschichtn

Hilfe bei Übermüdung
Bitterschokolade ist der wohl süßeste Muntermacher unter den Hausmitteln. Die Inhaltsstoffe von hochwertiger dunkler Schokolade mobilisieren die Kraftreserven und sorgen durch den Glückshormonausstoß im Gehirn für gute Laune.
Zink hilft ebenso bei Müdigkeit und ist gut für die Haut.
Schwarzer Tee oder Kaffee entfalten ihre volle Wirksamkeit erst circa drei Stunden nach Verzehr.
Abwechselnd lauwarm und heiß duschen. Die abgemilderte Form der Wechseldusche ist kreislaufschonender.
Frische Luft, ein Spaziergang durch die Natur oder einfach belebende Musik, sind hervorragende Wachmacher.

Raphael versinkt fast hinter dem aufgeklappten Laptop. Das Wirtshaus hat sich bis auf den Stammtisch geleert, und auch dort herrscht bereits diese gewisse Unruhe, bevor der Erste aufbricht.

Immer wieder sehe ich zu Vroni. Sie erwidert meine Blicke zwar, aber nur flüchtig, und wenn sie doch zu mir hinübersieht, liegt ein Hauch von Wut in ihren Augen. Das undeutliche Gefühl beschleicht mich, dass sie vielleicht noch mit mir reden möchte. Es muss schwer für sie sein, das große Vorbild zu verlieren. Boris war der Anführer der Jüngerbewegung, und Vroni hatte immensen Respekt vor ihm. Dass ausgerechnet er das schlimmste aller Verbrechen begangen hat, muss ihr einen gewaltigen Schock versetzt haben. Diese plötzliche Leere kann man wohl nur schwer füllen, und ich frage mich, ob Vroni sich einfach zu den Männern gesellt hat, um nicht allein zu sein.

»Ich habe ihre Facebookseite. Sie war ziemlich fleißig, nur leider auf Tschechisch. Aber wie es aussieht, ist es das übliche Facebookzeug. Fotos von Essen, ein paar Selfies und Bilder von Salzburgs Innenstadt«, unterbricht Raphael meine Gedanken.

»Ich kann übersetzen, wenn es nötig ist«, sagt Sepp und rückt an Raphaels Seite.

»Es gibt auch ein Posting vom Samstag, mit Foto«, erwähnt

mein Sohn und weckt somit meine Neugierde. Auch ich setze mich neben ihn und schaue auf den Bildschirm.

Es ist ein Foto von einem weinenden Baby und ein Link darunter. »Klick an«, fordere ich.

Wir werden auf eine tschechische Seite weitergeleitet, die rein durch die Aufmachung nicht viel über den Inhalt verrät. Überschriften und Fließtext wechseln sich ab.

»Und?«, frage ich Sepp.

»Schwierig, das ist nicht normales Umgangstschechisch. Aber soweit ich herauslesen kann, geht es um die Suche nach Vermissten, in verschiedensten Bereichen. ›Auswanderer‹ steht hier zum Beispiel, ›erste Liebe‹ dort, ›Schulfreunde‹ ... Es sind ziemlich viele verschiedene Themen. Aber das hier könnte etwas sein.« Er zeigt auf eine Überschrift. »Adoption. Milena hatte doch einen Jungen«, denkt Sepp laut nach.

Raphael klickt die Überschrift an. Es öffnet sich eine ganze Fülle von Kinder- und Babyfotos.

Sepp holt seine Lesebrille aus der Hemdtasche und beugt sich noch weiter vor.

Das Alter ist beschwerlich. Man hat Lebenserfahrung und Wissen gesammelt und findet sich in der Welt zurecht, aber dann lassen die Sinne nach. Die Ohren werden müde, die Augen trüb, und der ganze Körper wird steif und unbeweglich. Während ich noch recht gut sehe, hat Sepp Probleme mit kleiner Schrift. Besonders schwierig sind Bildschirme für ihn. Bei mir ist das anders. Dafür sind meine Bewegungen sperriger als Sepps. Er hüpft meistens wie ein junger Spund aus dem Bett, und diese Beweglichkeit lässt den ganzen Tag nicht nach. Ich brauche Zeit, um meine Gelenke aufzuwärmen.

»Das sind lauter Informationen über weggegebene Kinder. Name, Gewicht, Größe, Haar- und Augenfarbe und in welches Land das Kind wahrscheinlich vermittelt wurde. Mmh«, meint Sepp, »scroll mal hinunter.«

Raphael tut, was von ihm gefordert wird.

»Halt. Ist das ... Darius?«, fragt Sepp.

Ich blinzle und konzentriere mich. Das Foto ist klein, unscharf und verpixelt, aber ich bin mir hundertprozentig sicher. »Ganz bestimmt. Guck nur, der Strampelanzug … und das dort ist doch Milenas Hand, die das Baby hält.«

»Denke ich auch«, erwidert Sepp, »Milena hat wohl einfach das Polaroid abfotografiert und vergrößert. Darum ist die Qualität auch so mies. Man kann ja kaum das Gesicht erkennen.«

»Was steht da?«, frage ich. Vor Aufregung haben meine Hände begonnen zu schwitzen.

»Darius, geboren am 22.11.2006 in Brno.«

»Brünn«, wiederhole ich und spüre, wie mein Gaumen trocken wird. Erinnerungen flackern vor mir auf wie ein alter Acht-Millimeter-Film. Horst und ich haben nie groß Urlaub gemacht, einzig in Italien sind wir einmal eine Woche geblieben, wodurch ich eine unwiderrufliche Liebe zu Pizza Calzone entwickelt habe. Aber auch wenn mein verstorbener Mann und ich keine besonderen Urlaubfahrer waren, so haben wir uns doch die Gegend angesehen. Österreich, Bayern und auch das angrenzende Tschechien waren die Ziele unserer Tagesreisen.

Neben Krumau haben wir auch einmal Brünn besucht, sind durch die Stadt geschlendert und haben die St.-Peter-und-Paul-Kathedrale besichtigt. Der Klang der Glocken ist mir noch immer im Gedächtnis, wie sie um elf Uhr bereits in voller Lautstärke die Mittagszeit verkünden. Hier also wurde Darius geboren. Inmitten einer Stadt voller Sehenswürdigkeiten und Erinnerungen. Doch er ist nicht dort geblieben. Wo ist der Junge nur? Dass er tot ist, wie der Totenschein aus der Metallkassette behauptet, glaube ich keine Sekunde.

»Haarfarbe braun, Augenfarbe braun, besonderes Kennzeichen: sternförmiges Muttermal links am Hals. Vermutlicher Aufenthaltsort Österreich, Oberösterreich. Vermittlung durch Frau Meier, Braunau, und eine lange Nummer«, liest Raphael vor.

»Lass sehen«, sage ich und schaue auf die Zahlen. »Das ist bestimmt die gleiche Nummer wie auf dem Armband. Diese Telefonnummer von Vöcklabruck. Einige Ziffern waren zwar unleserlich, aber ich bin mir sehr sicher, dass ich trotzdem recht habe.«

»Hier steht aber Braunau, nicht Vöcklabruck«, entgegnet Sepp und nimmt die Brille wieder ab.

»Aber Kurt hat gesagt, die Telefonnummer gehört nach Vöcklabruck, und den Namen Meier hat er auch erwähnt.«

»Da stimmt so einiges nicht überein«, kommentiert Raphael. »Es gibt einen Totenschein für den Jungen und gleichzeitig eine Suchmeldung im Internet. Die ganze Sache stinkt zum Himmel, wenn ihr mich fragt. Ich habe Erfahrung mit Vertuschungsaktionen und linken Machenschaften, wie ihr wisst, aber das da … ist mir zu heiß. Da steckt System dahinter, seht doch nur hin. Diese Internetseite, diese vielen Kinder, und dann da … Meier. Schon wieder. Dieser Name steht nicht nur bei Darius dabei.«

Tatsächlich, Raphael hat recht. Zwei Fotos über Darius ist ebenfalls eine Frau Meier als Vermittlerin angegeben.

Mir wird flau im Magen. Obwohl der Schweinsbraten vorzüglich geschmeckt hat, drückt mir nun der Bauch.

Raphael schließt die Seite im Internet, und Milenas Profil auf Facebook taucht wieder auf. Es tut weh, das fröhliche Lächeln der jungen Frau auf dem Bildschirm zu sehen und gleichzeitig zu wissen, dass dieses Lächeln für immer von der Erde verschwunden ist.

Raphael scrollt nach unten. »Seltsam, der Link ist weg«, sagt er dann und reibt sich die Augen. Im nächsten Moment verschwindet die ganze Seite, und eine Meldung tritt an deren Stelle.

»So ein Mist«, schimpft er und schlägt mit der Hand auf den Tisch. Die restlichen Gäste schauen besorgt, aber Raphael sagt bloß »Scheißtechnik«, worauf sich die meisten wieder ihrer vorangegangenen Tätigkeit widmen, die so gut wie immer mit Bier zu tun hat.

»Was ist los?«, frage ich leise.

Raphael beugt sich zu mir. »Facebook hat die Seite gesperrt oder gelöscht. Anscheinend hat sie ausgerechnet jetzt die Meldung über Milenas Tod erreicht.«

»Dann hatten wir ja direkt noch Glück, dass wir diese andere Seite gefunden haben«, sage ich.

»Ich werde zur Sicherheit einen Screenshot davon abspeichern. Wer weiß, ob Darius nicht auch bald im Netz erlischt, wo seine Mutter nun nicht mehr vorhanden ist«, erwidert Raphael und beginnt, auf der Tastatur herumzudrücken.

Dann gähnt er herzhaft. »Wisst ihr was, ich bin hundemüde. Wenn ich ausgeschlafen bin, widme ich mich der genaueren Recherche. Aber für heute war's das. Das Bett ruft laut nach mir.«

»In Ordnung«, sage ich etwas enttäuscht.

Mir wäre es lieber gewesen, wenn Raphael noch eine Nachtschicht eingelegt hätte. Doch andererseits verstehe ich ihn auch. Er hat uns mit seinem Computer weitergeholfen und ist extra nach Maria Schmolln gefahren, um mich bei meiner Wahrheitssuche zu unterstützen. Jetzt will er nach Hause zu Frau und Kind.

Ich bedanke mich bei ihm und verabschiede mich. Raphael packt seinen Laptop in die Tasche zurück und marschiert hinaus. Sepp winkt dem Wirt und zahlt, während ich aufstehe, um unsere Mäntel zu holen.

Eines aber muss ich gestehen, Sepp hatte völlig recht. Das Abendessen im Wirtshaus war mehr als erhellend. Ich habe zwar von den Gästen nicht halb so viel erfahren wie aus dem Internet, aber eines wird mir beim Vorübergehen am Stammtisch deutlich. Die Stimmung ist geladen, und nichts ist so, wie es sein sollte. Nur ein Blinder könnte glauben, dass durch Boris' Festnahme Ruhe im Dorf eingekehrt ist. Vroni beäugt mich skeptisch, und die Blicke der restlichen Stammtischsitzer bohren sich wie spitze Nadeln in meinen Rücken. Ich bin ehrlich froh, als ich die Gaststube endlich verlassen kann.

Träume sind seltsam. Ich schrecke mitten in der Nacht hoch und kann kaum atmen. Sepp wacht auf und knipst das Licht an.

»Welcher Teufel hat dich denn geritten?«, fragt er und blinzelt gegen die Helligkeit.

»Ich weiß es jetzt. Die Antwort ist sonnenklar«, sage ich und krieche aus dem Bett. Irgendwo muss doch ein Beweisstück in dieser kleinen Wohnung sein. Ich beginne, den Raum abzusuchen. Nachts mit Sepp durchs Heim zu rennen, nur um ihm zu zeigen, dass ich mit meiner Vermutung richtigliege, wäre zu auffällig.

»Gott im Himmel, was treibst du denn da?«, fragt Sepp und setzt sich auf. »Du bringst alles durcheinander.«

»Lass mich nachdenken«, sage ich und massiere mir die Schläfen. Dann habe ich die Erleuchtung. Ich öffne die Schublade des Nachtkästchens und finde genau das, was ich gesucht habe. Triumphierend halte ich Sepp die Bibel vors Gesicht.

»Du hast mitten in der Nacht Gott gesucht«, schlussfolgert Sepp mit einem schiefen Grinsen im Gesicht.

»Nein«, murre ich und schlage die erste Seite auf. »Sag mir, was siehst du?«

Sepp nimmt das Buch und hält es dicht vor seine Nasenspitze. »Die Bibel, Einheitsübersetzung, Altes und Neues Testament«, liest er stakkatomäßig vor.

»Der Stempel ... Manchmal bist du schon schwer von Begriff«, sage ich entnervt.

Sepp stöhnt und legt die Bibel auf seine Oberschenkel. »Ach Rosi, ohne Brille seh ich gar nichts. Ich nehme mal an, es ist ein Stempel mit dem Zeichen der Franziskanerinnen.«

»Der Vöcklabrucker Franziskanerinnen ... Das Heim ist Teil davon, wie auch die Krankenhäuser der Gegend und andere soziale Einrichtungen«, sage ich und lasse mich schwer neben ihm aufs Bett plumpsen.

»Vöcklabruck«, wiederholt Sepp langsam und sieht mich an. In seinen Augen blitzt der gleiche Funke Erleuchtung auf, den ich vorhin hatte.

»Ist es so abwegig, dass Milena nicht nur zufällig hier in Maria Schmolln gelandet ist? Wenn sie ihre Nachforschungen hierhergeführt haben, dann ergibt alles einen Sinn. Sie hat ihren Darius einer Vöcklabruckerin in Obhut gegeben, aber diese ist vielleicht dann nach Maria Schmolln übergesiedelt. Milena ist der Spur gefolgt und hat im Heim gearbeitet, um tiefere Einblicke zu gewinnen. Innerhalb eines Systems ist es leichter, etwas herauszufinden, als von außen. Ich muss Klara nach dieser Frau Meier fragen. Vielleicht ist es eine Nonne … oder …«

»Halt, Rosi. Du ziehst voreilige Schlüsse. Wenn du jetzt zu Klara läufst und ihr deine Vermutung offenbarst, dann wird sie dich höchstens für hysterisch erklären und einweisen lassen. Außerdem hege ich Zweifel, dass Klara deine Nachforschungen recht sind. Sie ist immerhin auch Nonne.«

»Du denkst, Klara steckt irgendwie mit drin?«, frage ich heiser. Sepp legt die Stirn in Falten und schweigt.

»Oder glaubst du etwa mir nicht?«, will ich entsetzt wissen.

»Ich glaube daran, dass du die richtige Fährte gefunden hast, aber es ist zu früh, um damit nach außen zu gehen. Wir brauchen mehr Beweise.«

»Ich kann doch nicht abwartend herumsitzen und hoffen, dass mir die Lösung in den Schoß fällt. Es ist, als würden die ganzen Ereignisse und Fundstücke durch einen hauchdünnen Faden zusammenhängen. Und jedes Ende dieses Knüpfwerkes führt genau hierher – nach Maria Schmolln. Ich muss doch etwas tun.«

Zärtlich nimmt Sepp meine Hand und tätschelt sie. »Ja, das müssen wir. Ich bin auch noch da, und wir werden uns eine Strategie zurechtlegen, wo wir am besten nachforschen. Wer an der falschen Stelle gräbt, durchlöchert nur den Boden, auf dem er steht. Wir müssen zielgerichtet vorgehen.«

Ich atme schwer aus und nicke dann. Sepp zieht mich an sich heran. Seine Umarmung ist tröstend und kraftvoll zugleich. Ich drücke mich an ihn und höre seinen Herzschlag. Es ist gut, dass Sepp hier ist. Es ist schön, nicht länger allein zu sein. Ja, und auch wenn mir die Einsicht schwerfällt, so muss ich zugeben, dass es auch hilft, wenn mir jemand zur Ruhe und Besonnenheit rät. Manchmal geht mein Herz vor Tatendrang über, und ich möchte mehr, als für mich gut ist.

Ohne Sepp wäre ich nun bei Klara mit der Tür ins Haus gefallen und hätte ihr all meine Gedanken auf den Tisch geknallt.

So ist es besser. Ich muss nachdenken, wie ich weiter vorgehe. Sepp küsst mich auf den Scheitel. Ich lächle und erkenne meinen nächsten Fehler. Nicht ich – *wir* müssen nachdenken. Langsam krieche ich wieder unter die Bettdecke und schmiege mich an Sepps Brust. Leise reden wir miteinander, fassen zusammen, überlegen und phantasieren, und ganz langsam schließen sich einige Lücken.

Klara in Aktion

Hilfsmittel gegen Ungeduld
Sich beschäftigen, lesen, putzen, abstauben ... Lebenstempo bewusst verlangsamen, mit Genuss essen, die Zeit genießen, im Nichtstun schwelgen. Kaffeekonsum einschränken. Aufrecht hinsetzen, Zungenspitze an den Gaumen drücken und eine Minute lang aufmerksam durch die Nase ein- und durch den Mund ausatmen. Dabei die Fingerspitzen fest gegeneinanderdrücken. Ein Säckchen mit Hopfenzapfen oder ein Lavendelkissen unter das Kopfkissen legen und darauf schlafen. Täglich eine Tasse Johanniskrauttee trinken.

Der Umweg mag vielleicht länger, aber dafür auch zielgerichteter sein. Sepp und ich sind uns einig. Pater Sebastian ist der Schlüssel zur Beantwortung unserer Fragen.

»Du meinst also, wir sollen Pater Sebastian tatsächlich in den Wald bestellen?«, frage ich Sepp.

Er nickt überzeugt. »Du hast mir selbst gesagt, dass der alte Knabe schon seit Jahrzehnten hier im Ort ist. Als Pfarrer hat er einiges mitbekommen, und er kennt bestimmt auch alle Schwestern, die jemals hier tätig waren. Außerdem wollte sich Milena mit ihm treffen. Am Kindsbründl. Das sagt meiner Meinung nach alles. Der Pfarrer weiß etwas. Was genau, werden wir herausfinden.«

»Und wie?«, frage ich nach.

Sepp grübelt. Auch ich zermartere mir das Gehirn. Dann fällt mein Blick auf die Handtasche. Das Foto ist darin, der Strampelanzug und mein Handy.

»Das wird klappen«, sage ich zu mir selbst und lege die Tasche auf den Tisch. Das Handy ist schnell gefunden. Ich drehe es hin und her. »Damit kann man doch auch Bilder machen und verschicken, oder?«, frage ich.

»Natürlich. Es ist zwar nur ein Wertkartentelefon, aber technisch macht das keinen Unterschied.«

Sepp nimmt das Telefon an sich und zeigt mir die Kamerafunktion. Ohne zu fragen knipst er ein Foto von mir im Schlafrock und zeigt mir das Bild.

»Ich hoffe, man kann es auch wieder löschen. Ich sehe schrecklich aus«, sage ich entsetzt.

Sepp lacht und drückt mir einen Kuss auf die Wange.

»Und wenn ich das Bild jetzt verschicken möchte? Wie funktioniert das?«

Sepp nimmt das Telefon an sich und tippt herum. Einen Moment später macht es pling. Lachend holt er sein Handy aus der Manteltasche, und voilà … nun grinse ich auch von seinem Display im Schlafrock.

»Kann nun jeder erkennen, dass die Nachricht von mir ist?«, frage ich weiter.

Sepp schüttelt den Kopf. »Die Nummer wird angezeigt, aber da wir dein Handy nie registriert haben, taucht kein Name auf.«

»Gut, dann wollen wir Pater Sebastian mal etwas Druck machen«, sage ich und hole Milenas Polaroid aus der Tasche. Während ich das alte Foto abknipse, erkläre ich Sepp meinen Plan.

»Eine gute Idee. Deine Mobilbox ist, soweit ich weiß, mit der Standardansage besprochen, also kann keiner herausfinden, dass es deine Nummer ist. Du darfst nur nicht ans Telefon gehen, wenn ein Unbekannter anruft.«

»Das ist mir klar. Ich gucke sowieso immer, wer dran ist.«

Sepp hilft mir noch beim Zurechtschneiden des Fotos, da man weder den Tisch dahinter noch sonst ein verräterisches Detail darauf erkennen soll. Schließlich sieht das abfotografierte Bild genauso aus wie das Original.

Diese neue Technik ist eine Freude. Jeder Priester, egal, wie alt er sein mag, hat ein Handy. Schon allein, um bei Notfällen zeitig informiert zu sein, besitzen alle Diener Gottes die Dinger. Auch Pater Sebastian hat ein Smartphone. Ich habe es sogar schon einmal bei ihm gesehen. Seine Nummer steht praktischerweise auf dem Pfarrbrief, der auch in unserer Wohnung bereitliegt. Es lebe die moderne Welt. Es ist beinahe schon zu einfach. Wenn ich mich mehr mit den kleinen Wunderdingern beschäftige, werde ich vielleicht bald genauso handysüchtig, wie es die Jugend ist. Doch im Moment ist das Telefon einzig und allein mein Arbeitsgerät.

Schnell schreibe ich die Nachricht fertig und hänge das bearbeitete Foto daran.

»Wir wissen alles! Treffpunkt Samstag Kindsbründl bleibt bestehen, 10.000 Euro Schweigegeld oder die Beweise gehen an die Polizei!«

Obwohl ich körperlich nichts Anstrengendes getan habe, läuft mir der Schweiß den Rücken hinab. Mir ist heiß und kalt zugleich, und ich glaube, dass mein Herz im nächsten Moment einfach aus meiner Brust springt und explodiert.

»Ob er reagiert?« Ich höre, wie meine Stimme zittert.

Sepp streichelt mir den Nacken. »Garantiert«, haucht er und nimmt mir das Telefon aus der Hand.

Dann küssen wir uns. Unglaublich, aber wahr, Sepps Kuss beruhigt mich, und die Anspannung fällt etwas von mir ab.

Das Telefon vibriert und läutet. Ich starre auf das Display. Sebastians Nummer leuchtet auf.

»So viel zu deiner Frage. Ich versprech dir, dass wir gerade Sebastian die Hölle heißgemacht haben.« Sepp verzieht spitzbübisch den Mund.

Für meinen Geschmack nimmt der die Sache zu locker, aber andererseits war er es auch, der mich in der Nacht vor übereiltem Handeln bewahrt hat.

»Am besten, ich schalte es ab. Nicht dass ich versehentlich doch abhebe. Wir haben doch dein Telefon. Da kann mich jeder erreichen«, sage ich schließlich und lasse meinen Worten gleich Taten folgen.

»Das gefällt mir«, lacht Sepp, »wenn jemand mit meiner Frau sprechen will, dann geht das nur über mich. So soll es sein.«

Ich boxe ihm leicht in die Seite, aber Sepp mimt ganz den großen Zuhälter, plustert sich auf und schmunzelt dabei breit, bis auch ich mir das Lachen nicht mehr länger verkneifen kann.

Es klopft an der Tür. Ich sehe hinaus, und Klara steht im Gang.

»Guten Morgen. Wollen wir gemeinsam frühstücken? Ich möchte euch etwas zeigen«, sagt sie und mustert skeptisch meinen im Morgenmantel eingedrehten Körper.

»Wir brauchen zehn Minuten«, antworte ich.

»Gönnt euch ruhig fünfzehn. Hauptsache, ich muss Sepp nicht in der gleichen Kleidung sehen wie dich«, scherzt sie und macht kehrt.

»Was hat Klara gegen meinen Adoniskörper im Schlafrock?«, säuselt mir einen Moment später Sepp ins Ohr.

»Zieh dich lieber schnell an«, entgegne ich etwas härter als nötig, aber ich habe keine Zeit für weitere Scherze. Sepp mag die Situation auf die leichte Schulter nehmen, aber ich kann das nicht.

Humor ist gut, außer es wird ernst, höre ich Horst im Hintergrund murmeln.

Mein verstorbener Mann war generell eher ein ernsthafter Charakter. Damals war ich die Stimmungsmacherin in der Familie. Horst hat lieber dreimal überlegt und dann gehandelt. Sepp ist da anders. Er hat beide Seiten in sich gleichermaßen ausgeprägt. Gelassenes Nachdenken wie auch ausgelassenes Scherzen ist ihm nicht fremd.

»Du hast recht, mein Röslein. Ich beeile mich«, sagt er bestimmt und verschwindet ins Badezimmer.

Auch ich hole meine Kleidung aus dem Schrank und folge Sepp.

Klara erwartet uns bereits. Sie hat ausnahmsweise ein ziemlich üppiges Frühstück aufgefahren. Ein mit Semmeln und Gebäck gefüllter Brotkorb, Wurst, Schinken, Käse, Marmelade und Butter stehen bereit, und in einer kleinen Schale entdecke ich gekochte Eier. Der kleine Tisch ist proppenvoll, und die drei Frühstücksteller haben gerade so Platz.

»Kaffee gibt es natürlich auch«, sagt Klara, als wir sitzen. Es ist eng, und ich stelle die Handtasche unter meinen Stuhl, um mehr Raum zu haben. Das Foto und den Strampelanzug unbewacht in unserer Ferienwohnung zurückzulassen hätte ich nicht übers Herz gebracht. Es ist mir einfach zu brenzlig. Im Heim wird täglich geputzt und gewischt. Was wäre, wenn eine der Reinigungsdamen die Sachen entdeckt, das Foto von Milena sieht und dann ihre eigenen Schlüsse zieht? Nein, da schleppe ich die Sachen lieber mit mir herum.

Klara bringt mir zuerst eine Tasse Kaffee. Der Duft steigt mir in die Nase, und ich fühle mich gleich wie im Himmel. Aber ich warte mit dem ersten Schluck, bis alle am Tisch eine Tasse haben. Der Nachteil der Kapselmaschinen ist, dass es einfach viel länger dauert, bis mehrere Personen versorgt sind. Mit einer Filterkaffeemaschine ist im Nu eine ganze Kanne fertig, und vier, fünf Leute können ohne großen Aufwand Kaffee trinken. Die Warterei macht mich wieder etwas unruhig. Endlich ist Klara fertig und setzt sich zu uns.

»Es ist tröstlich, dass dein Luxusmodell genauso lange braucht wie unsere Maschine«, sagt Sepp scheinbar unschuldig. »Woher hast du eigentlich dieses teure Modell? Ich dachte immer, Nonnen und Mönche dürfen nichts besitzen.«

Erschrocken trete ich Sepp auf den Fuß, doch er zuckt nur kurz mit den Mundwinkeln. Wieso um Gottes willen fragt er Klara das? Doch Klara nickt nur, anstatt sich über die Unterstellung zu ärgern.

»Auch Nonnen haben Geburtstag, und die Maschine war ein Geschenk«, antwortet sie ruhig.

Sepp senkt den Kopf, doch ich sehe, dass irgendetwas in ihm vorgeht.

»Greift ruhig zu. Ich dachte, nachdem ich die letzten Tage eine so schlechte Gastgeberin war, muss ich euch wenigstens mit einem anständigen Frühstück entschädigen«, fährt Klara freundlich fort.

Ich blicke sie skeptisch an. Tiefe Augenringe zeichnen sich über ihren Wangen ab.

»Ich denke, du konntest nicht richtig schlafen und hast den frühen Morgen mit den Frühstücksvorbereitungen gefüllt, anstatt noch länger schlaflos an die Decke zu starren«, vermute ich laut.

Klara lacht. »Ertappt, Rosi. Du kennst mich einfach zu gut.« Sie nippt an ihrem Kaffee und stellt die Tasse dann vorsichtig ab.

»Nichtsdestotrotz könnt ihr die Früchte meiner nächtlichen Arbeit jetzt ruhig genießen. Ich bin auch nicht ganz uneigennützig dabei. Nach dem Frühstück wäre es nett, wenn ihr meinen ausführlichen Pfarrbrief lesen könntet. Ich brauche eure Meinung. Außerdem frage ich mich, ob es nicht sogar ratsam wäre, mich erneut ans Fernsehen zu wenden. Diese Hetzjagd muss ein Ende haben. Zuerst sind die Leute der Milena nach, dann dem Boris, und jetzt sind sie auf einmal hinter der ganzen Kirche her. Das muss aufhören, und zwar schnell.«

Klara hat sich in Rage geredet. Wenn sie mit der gleichen Inbrunst ihren Pfarrbrief verfasst hat, dann wundert es mich nicht, dass sie kein Auge zugetan hat.

»Ich lese deinen Brief gern«, sage ich.

»Ich auch. Und wenn du wirklich ins Fernsehen willst, dann sorge ich dafür, dass man dich anständig behandelt. Wofür hat man einen Fernsehstar im Freundeskreis.«

Ich muss mir ein Lachen verkneifen. »Fernsehstar. Lieber Sepp, du bist eventuell eine Lokalberühmtheit, vielleicht ein kleines Doku-Sternchen, aber mit ›Pimp my Puff‹ wirst du bestimmt kein Marlon Brando.«

»Bumshüttensepp reicht mir auch völlig«, sagt er.

»Danke dir jedenfalls für dein Angebot, Sepp. Ich werde darauf gegebenenfalls zurückkommen. Wobei ich hoffe, dass mein direkter Brief genug Wirkung zeigt.«

Mit Klaras Aussage ist das Thema vorerst beendet, und wir frühstücken ausgiebig. Es tut wahrhaftig gut, in Ruhe den Morgen zu beginnen. Besonders nach dieser Nacht habe ich das Bedürfnis, mich etwas zu entschleunigen.

Zweieinhalb Tassen Kaffee und mindestens tausend Kalorien später steht Klara auf, um ihren Brief zu holen.

Ich bespreche mich kurz mit Sepp, und wir einigen uns darauf, Klara in einige Details einzuweihen. Dass wir den Verdacht hegen, die Schwestern könnten in die Sache verstrickt sein, behalten wir aber für uns. Vielleicht gelingt es mir nebenbei, etwas über diese Frau Meier herauszufinden, aber riskieren möchte ich nichts.

Klara trippelt mit einem Computerausdruck in der Hand zur Tür herein. Sie legt ihn auf den Tisch und wartet.

Mir stockt beim Lesen der Atem.

»Willst du etwa der Nächste sein?«, steht in blutroten Lettern auf dem Papier. Darunter ein grausames Bild von Jesus mit der Dornenkrone auf dem Kopf.

»Das hab ich aus diesem Mel-Gibson-Film. Durch das Internet hat man ja unbegrenzte Möglichkeiten«, erklärt Klara stolz.

Unter dem Bild stehen drei prägnante Sätze, die zumindest teilweise aus der Bibel stammen.

»Wer ohne Schuld ist, werfe den ersten Stein.«

»Zuerst Milena, danach Boris, jetzt die Kirche und dann du?«

»Willst du als Nächstes an den Pranger gestellt werden?«

Ich werfe Klara einen skeptischen Blick zu.

»Zu provokant?«, fragt sie unsicher.

Ich zucke die Schultern, während Sepp sofort antwortet: »Manche Leute brauchen eine deutliche Sprache. Ich finde es gut. Lass mich den Rest sehen«, sagt er und dreht den Zettel um.

Hinten geht es im direkten Tonfall, aber doch etwas gefühlvoller weiter zur Sache. Klara bittet darum, endlich mit dem Verurteilen Einzelner oder bestimmter Gruppen aufzuhören. Sie ermahnt, dass Gewalt und Drohungen zu nichts führen und dass Rufmord einem Gesellschaftstod gleichkommt. Am Schluss schreibt Klara noch von Jesus und dass er der Sünderin vergeben hat und zitiert nochmals den Vers mit den Steinen.

»Und? Was meinst du?«, fragt Klara mich und sieht mich dabei mit großen Augen an.

»Ich würde es versuchen. Mehr als zwecklos kann es nicht sein«, antworte ich und lege ihr den Ausdruck in die Hand.

»Das sagst du. Wenn die Leute es in den falschen Hals bekommen, schwärzen sie mich beim Orden an, und dann …«, sie schüttelt zuerst den Kopf und strafft gleich darauf die Schultern. »Wisst ihr was? Ich steh über diesen Dingen. Was soll mir schon passieren? Nonnen fallen nicht vom Himmel, und ausgebildete Krankenschwestern in Nonnentracht erst recht nicht. Dann bekomme ich eben etwas Schelte und keinen Platz an der marmornen Ehrentafel, wenn ich gestorben bin.«

»Gibt es so was tatsächlich? Ich dachte immer, ihr Nonnen macht euch nicht viel aus Urkunden und Ehrentafeln«, sage ich.

Klara nickt. »Aber ja, alle von uns gegangenen ehrenwerten Schwestern werden in Stein gemeißelt. Pater Sebastian und Schwester Crescentia haben die Tafel angeregt. Ich kann dir ein Foto davon zeigen, wenn du willst.«

Ich nicke aufgeregt. Klara steht auf und geht in ihre Schlafkammer. Kurze Zeit später kommt sie mit einem Fotoalbum zurück. Sie schlägt es auf und zeigt mir ein Bild, auf dem eine ganze Nonnenschar vor einer Steintafel steht.

»Das war bei der Einweihung der Tafel vor drei Jahren, seither ist die Liste schon wieder gewachsen.«

Ich beuge mich darüber und bin heilfroh, dass meine Augen noch gestochen scharf sehen. Es grenzt an ein Wunder, aber ich entdecke tatsächlich, wonach ich gesucht habe. An dritter Stelle in der ersten Spalte steht tatsächlich »Sr. Adelheid Mei…«. Die letzten Buchstaben sind durch den Kopf einer Schwester verdeckt, aber die sichtbaren reichen mir völlig aus.

»Wozu die Spalten und die unterschiedliche Schriftgröße?«, frage ich und zeige wie zufällig auf den Namen Meier und dann auf einen Namen daneben.

»Ach, Schwester Adelheid war kurze Zeit eine Oberin. Genau wie Schwester Brunhilde und Schwester Katharina zuvor. Die Nächste in der Spalte wird wohl Crescentia sein. Sie darf übrigens nichts von meinem Brief erfahren. Ich mache das im Alleingang und übernehme sämtliche Verantwortung dafür.«

»Natürlich«, sichere ich Klara unser Schweigen zu.

Ich überlege gerade, wie ich noch mehr über Schwester Adelheid herausfinden kann, als Sepp das Wort ergreift. »Nur weil es mich interessiert: Arbeiten alle Oberinnen im Altenheim? Ich meine, Crescentia wäre vielleicht auch woanders gut eingesetzt.«

Klara zieht einen Moment verwundert die Augenbrauen hoch, antwortet dann aber: »Aber nein, es gab schon verschiedenste Oberschwestern, und alle hatten eine andere Aufgabe.

Im Spital, in der Schule, im Kinderheim … aber wenn ich diese Alternativen bedenke, richtet Crescentia im Altenheim bestimmt am wenigsten Schaden an.«

Sepp atmet schwer ein und lässt die Luft dann pfeifend entweichen. »Das kann man wohl laut sagen. Wenn ich mir nur vorstelle, dass diese Matrone auf arme Waisenkinder losgelassen wird, pfff.«

Klara lacht. »Das wäre wirklich tragisch. Aber zum Glück ist das unmöglich. Adelheid war die letzte Schwester im Kinderheim. Danach hat das Jugendamt die Einrichtung übernommen.«

Klara klappt lautstark das Album zu und meint dann: »Jetzt aber genug von der Vergangenheit. Ich muss diesen Brief kopieren und zur Post bringen.«

»Mach das«, sage ich, »aber vorher müssen Sepp und ich dir noch etwas erzählen.«

Klara schluckt schwer, als sie erfährt, dass wir Pater Sebastian in den Wald locken wollen, aber sie stimmt uns schließlich zu, dass wir auf diese Art wohl am schnellsten die Wahrheit in Erfahrung bringen.

»Und die Polizei?«, fragt sie dann und trifft damit meinen wunden Punkt.

»Ich werde Kurt noch vor Samstag einweihen. Er muss erfahren, dass wir Sebastian verdächtigen, mehr über Milenas Tod zu wissen. Wir probieren zuerst auf eigene Faust, etwas herauszufinden, und wenn das nicht klappt, kann ja Kurt den Pater unter Druck setzen. Von unseren Entdeckungen in Milenas Wohnung habe ich ihm auch noch nichts gesagt …«

»Wenn Milena bei ihm gebeichtet hat, darf Sebastian aber nichts erzählen, egal, wer ihn fragt«, gibt Klara zu bedenken.

»Das wissen wir«, sagt Sepp. »Du könntest eigentlich auch zum Kindsbründl mitkommen. Vielleicht redet Sebastian lieber mit dir. Wir möchten ihn ja auch nicht wirklich erschrecken, sondern nur in Erfahrung bringen, was Milena von ihm wollte.«

»Oder er von ihr«, füge ich hinzu.

»Ich denke darüber nach, ob ich mitkomme«, verspricht Klara

und steht dann wirklich vom Frühstückstisch auf, um ihren Brief zu vervielfältigen.

Ich trinke noch den letzten Schluck Kaffee aus der Tasse, und dann machen Sepp und ich uns ebenfalls auf den Weg.

»Und jetzt?«, frage ich Sepp, als wir im Flur stehen.

»Jetzt gehen wir einfach ein wenig in der Gegend herum und warten ab. Samstag ist bald, und bis dahin können wir eh nichts unternehmen.«

Ich nicke gequält. Warten. Wie ich das hasse.

Arme Ente, arme Rosi ...

Wenn man das Gefühl hat, eine Erkältung rückt an
Jeder kennt diesen Zustand: Man kommt in die warme Wohnung zurück, und dennoch steckt einem das Frösteln noch im Nacken. Die Nase läuft, der Hals kratzt. Was tun, um die heranrückende Erkältung vielleicht auszubremsen?
Man sollte ein warmes Vollbad nehmen und danach mit Wärmeflasche ins Bett gehen. Ingwertee rückt dem Frösteln zu Leibe. Inhalieren hilft, entweder einfach mit Wasserdampf, alternativ mit Kamillentee oder Pfefferminztee. Ein ansteigendes Fußbad machen. Mit lauwarmen 32 °C beginnen und dann becherweise kochendes Wasser zugeben, bis circa 41 °C erreicht sind.

Manchmal überschlagen sich die Ereignisse, und das Gehirn braucht einen Moment, bis es sich sortiert hat und begreift, was vorgefallen ist.

Ich stehe fassungslos vor meiner Ente. Klaras Pfarrbrief kommt zu spät. Eigentlich sind wir nur zufällig an meinem Auto vorbeispaziert, weil Sepp und ich in den Krämerladen wollten, ein paar Kleinigkeiten besorgen.

Und jetzt starre ich wie gelähmt auf den zerkratzten Lack. »Metze verschwinde! Lude hau ab!«

Ein Kübel roter Lack wurde über die Windschutzscheibe gegossen, und alle vier Reifen sind zerstochen. Donald sieht aus, als wäre er reif für den Schrottplatz.

»Nicht weinen, Röslein. Wir lassen ihn reparieren, und in ein paar Tagen ist Donald wie neu.«

»I... ich weine doch gar nicht«, stottere ich.

Sepp wischt mir vorsichtig die Tränen von den feuchten Wangen. Ich drücke mich an ihn und merke erst jetzt, wie sehr ich zittere.

Donald ist mehr als nur ein Auto für mich. Der Wagen hat Seele. Horsts Seele. Er hat die Ente gehegt und gepflegt wie ein Heiligtum, und nach seinem Tod habe ich Donald weiter in Ehren gehalten.

»Dass wir hier nicht erwünscht sind, wusste ich. Aber dass sie gleich mein Auto demolieren, habe ich nicht gedacht. Was habe ich ihnen denn getan?«

»Nichts, mein Herz. Nun finde ich Klaras Schreiben gerade richtig. Die Leute hier brauchen eine klare Sprache.«

Sepp schiebt mich ein klein wenig von sich weg und hebt mein Kinn hoch. »Ruf Kurt an. Hier ist die Polizei gefragt.«

Ich greife nach meinem Handy in der Handtasche und schüttle dann den Kopf. »Es ist doch ausgeschaltet, und ich habe es im Zimmer liegen lassen.«

»Gut, dann mach ich das.« Sepp zieht sein Telefon heraus und wählt Kurts Nummer. Mit wenigen Sätzen erklärt er ihm, was vorgefallen ist.

»Er ist sowieso auf dem Weg hierher und in fünf Minuten da.«

Es tut mir im Herzen weh, mein viel geliebtes Auto ansehen zu müssen, doch einfach woanders auf Kurt zu warten kommt nicht in Frage. Die Wolken verdichten sich über unseren Köpfen, und ich spüre die erste Schneeflocke in dem Moment auf der Nasenspitze, als Kurt mit seinem Wagen heranbraust. Ausgerechnet Traudi sitzt auf dem Rücksitz.

Kurt steigt aus und öffnet die Hintertür. Traudi kriecht schwerfällig aus dem Auto. Die ganze Diät hat ihre Beweglichkeit anscheinend nicht verbessert. Sie keucht, als sie endlich draußen ist, und sieht sich dann in aller Ruhe das Auto an.

»Der Rudi, dieser Saubatzl. Das ist seine Handschrift. Und ich trau mich um eine Woche ohne Tschick – wetten, dass die Vroni und der Bürgermeisterbub auch dabei waren.«

»Die Vroni aus dem Altenheim?«, frage ich erschrocken.

Ich hatte noch gar keine Zeit, darüber nachzudenken, wer hinter dem Angriff stecken könnte. Boris, dem ja die Sauerei an Milenas Tür zugeschrieben wird, sitzt im Gefängnis, und sonst wäre mir niemand eingefallen. Dass Vroni dahinterstecken könnte, schockiert mich. Erst in der vergangenen Nacht hat sie mit mir am Stammtisch gesessen, und ich hatte das vage Gefühl, dass sie mit mir reden wollte.

»Bestimmt sogar.« Traudi holt eine Zigarettenschachtel aus ihrer Handtasche und zündet sich gleich die erste an. Sie zieht am Glimmstängel, dessen Ende rot aufleuchtet und gleich darauf zu einem halben Zentimeter Asche verpufft.

»Tut das gut«, stöhnt sie und lächelt breit. »Also ich würde es ja keine Woche im Gefängnis aushalten. Diese Reglementierung von lebensnotwendigen Stoffen. Schrecklich. Zum Glück bin ich wieder hier und kann rauchen, wann und so viel ich will!«

Kurt zieht die Augenbrauen zusammen und sagt streng: »Aber auch nur, weil Sie gestanden haben und uns ermittlungstechnisch eine Hilfe sind. Also, der Wirtsbub, die Vroni und ihr kleiner Bruder stecken hinter der Schweinerei hier?« Er deutet auf mein Auto. Ich kann die Tränen kaum zurückhalten.

»Ja. Mit Sicherheit. Die drei haben auch Milenas Auto und ihre Wohnungstür demoliert und danach im Ort damit geprahlt. Die Vroni ist noch die Unschuldigste von den dreien. Sie macht einfach überall mit, wo ihr kleiner Bruder die Finger im Spiel hat. Besonders helle ist sie leider nicht. Der Rädelsführer ist aber der Rudi, der Sohn vom Wirt. Ist doch auch kein Wunder. Wie der Vater, so der Sohn.«

Traudi hustet wie verrückt. Anscheinend sind ihre Lungen nicht der Meinung, dass stetiger Nikotinkonsum lebensnotwendig ist.

»Gut. Sie können fürs Erste nach Hause«, schickt Kurt die tratschende Kettenraucherin einfach weg.

Ich stehe noch immer wie angewurzelt da und weiß nicht, wohin mit mir.

»Keine Sorge, Rosi, den Wagen werden wir untersuchen, und dann kann man ihn wieder sauber machen und neu lackieren. Ich denke, der Wirt ist gut versichert, und wenn nicht, dann wird er trotzdem alles bezahlen, Hauptsache sein Rotzlöffel kommt mit einem blauen Auge davon. Meine Kollegen sind schon informiert. Sie nehmen sich der Jugendlichen und auch Donalds an. In drei Tagen hast du dein Auto wieder.«

Ich schaffe es nur mit Mühe, ein leises »Danke« zu hauchen, so betroffen bin ich.

Kurt tätschelt meine Schulter. »Du kippst mir jetzt aber nicht um, Rosi, oder?«, fragt er besorgt.

»Nein. Es ist nur so schrecklich. Ich muss mit dir sprechen.

Vielleicht bin ich zu weit gegangen. Einige Leute hier ticken nicht ganz richtig.«

Sepp geht dazwischen, bevor ich auf offener Straße Kurt mein Herz ausschütte. »Wir müssen reden, Kurt. Aber nicht hier. Rosi und ich haben ein paar Nachforschungen angestellt und sind über einige brisante Dinge gestolpert. Etwas Polizeischutz wäre vielleicht angebracht.«

»Polizeischutz?«, lacht Kurt und verstummt dann plötzlich, weil er Sepps angespannten Gesichtsausdruck sieht. »Du meinst das ernst, oder? Na gut. Ich warte auf meine Kollegen und sichere derweil das Auto, damit sich niemand daran zu schaffen macht. Danach komme ich, und ihr erzählt mir alles in Ruhe. Ich hoffe bloß, ihr habt keine Dummheit angestellt.«

Sepp und ich schütteln gleichzeitig den Kopf. Kurt seufzt. »Also doch«, sagt er und reibt sich den Bauch. »Ihr denkt aber daran, dass ich immer noch Polizist bin. Wenn ihr etwas Strafbares angestellt habt, dann kann ich euch nicht helfen.«

»Wir sagen dir nur, was du wissen darfst«, beruhige ich ihn, worauf Kurt nach Luft schnappt, dann aber eine wegwischende Handbewegung macht.

»Ist wahrscheinlich wirklich besser, wenn ich nicht alles weiß«, meint er dann und dreht sich zum Auto um. Langsam umrundet er den Wagen und macht sich nebenbei Notizen in seinem Block.

Ich klammere mich an Sepps Hand, und wir gehen zurück ins Heim. Immer wieder schaue ich zurück. Ich fühle mich verfolgt. Die Drohung auf dem Autolack war mehr als deutlich. So ähnlich muss es auch Milena ergangen sein … und schließlich hat Boris Ernst gemacht und sie ermordet. Doch Boris ist hinter Schloss und Riegel. Es ist nur noch die verunsicherte und aufgebrachte Bevölkerung da. Also droht mir keine ernst zu nehmende Gefahr, oder?

Der Schneewind pfeift mir um die Ohren, und ich ziehe den Kragen hoch. Dennoch stellen sich die feinen Härchen im Nacken auf, und ein Frösteln läuft mir den Rücken hinab. Gut, dass wir gleich in unserer Wohnung sind.

Kurt zeigt sich nicht erfreut, dass wir Pater Sebastian per SMS in den Wald zitiert haben. Unsere Nachforschungen im Internet interessieren ihn dafür weniger. Er verspricht lediglich zu versuchen, Milenas Facebookseite wiederherzustellen und die Vermisstenhomepage zu kontaktieren. Viel Hoffnung macht er uns aber nicht, dass wir im Netz fündig werden.

»Wenn es dieses Kind tatsächlich noch gibt, dann werden wir es kaum ausfindig machen können. Adoptiert ist adoptiert. Wobei ich mir gar nicht sicher bin, ob der Totenschein nicht doch echt ist. Er sieht zumindest sehr authentisch aus. Mit dem Mordfall hat dieses Kind ohnehin nichts zu tun. Pater Boris ist ein gefährlicher, liebeskranker Fanatiker, der seinen eigenen Trieb nicht unter Kontrolle hatte und sich dafür an Milena gerächt hat.«

Ich will sagen, dass Boris unter Umständen mehr gesteht, als er wirklich verbrochen hat, da der Vandalismus an Milenas Tür anscheinend auf die Kappe der Jugendlichen geht, aber lasse es dann bleiben.

Kurt hat sich in Rage geredet und meint überzeugt: »Das mit diesem Darius ist eine andere Baustelle. Wenn die Adoption nicht legal war, müssten die Kollegen von der Organisierten Kriminalität ran.«

»Aber vielleicht hat Milena mit Sebastian darüber gesprochen. Bitte, Kurt, denk nach! Sie treffen sich am Kindsbründl. Ausgerechnet! Da steckt mehr dahinter.«

Kurt runzelt die Stirn. »Die Idee, den Pfarrer zum Bründl zu locken, ist gar nicht gut. Manchmal frage ich mich, wofür wir überhaupt da sind. Wenn jeder x-Beliebige Privatermittler spielen würde, dann könnte die Polizei zusperren«, murrt er, aber seine Beschwerde klingt nur halbherzig.

»Jetzt, da ihr schon Tatsachen geschaffen habt, machen wir das Beste daraus«, sagt er im nächsten Moment und zückt Stift und Papier. »Ich tue mal so, als hätte ich diesen Einsatz geplant und euch als Lockvögel engagiert. Sepp, dich kennt Pater Sebastian am wenigsten. Du stehst direkt am Kindsbründl bereit. Ich, Rosi und Schwester Klara halten uns im Hintergrund und schreiten erst ein, wenn es nötig sein sollte. Du wirst verwanzt, und euer Gespräch wird aufgezeichnet. Deine Hauptaufgabe ist es, herauszufinden, ob Milena etwas über Boris zu Pater Sebastian gesagt hat.«

»Und wegen des Kindes?«, fragt Sepp nach.

»Weniger wichtig. Es geht uns um Boris. Wenn wir nachweisen können, dass er den Mord von langer Hand geplant hat oder Drohungen ausgestoßen und Milena anderweitig Angst eingeflößt hat, dann war er zumindest bedingt zurechnungsfähig. Wenn wir aber nichts dergleichen herausfinden, landet er bloß in einer psychiatrischen Klinik und nicht hinter schwedischen Gardinen.«

Sepp nickt und verschränkt die Arme vor der Brust. »Gut, dann versuche ich mein Möglichstes.«

Kurt brummt zufrieden. »Sonst noch etwas, das ihr mir gestehen solltet?«, fragt er.

Ich sehe schuldbewusst auf meine Handtasche. Das Foto und die Babykleidung befinden sich noch immer darin, doch es fehlt mir der Mut, Kurt davon in Kenntnis zu setzen. Vielleicht auch, weil er die Babysache als Nichtigkeit abtut. Dabei könnte Kurt wahrscheinlich viel schneller als ich etwas über die Oberschwester Meier herausfinden. Wenn er dazu auch noch das Foto hätte … Ich kaue auf der Unterlippe und grüble. Wir waren immerhin ohne Erlaubnis in Milenas Wohnung. Aber vielleicht kann ich Kurt auf anderem Weg auf Schwester Meiers Spur ansetzen.

»Rosi?«, fragt Kurt und durchbohrt mich mit strengem Blick.

Ich schlucke schwer und antworte: »Mir ist gerade noch etwas eingefallen. Diese Telefonnummer auf dem Babyarmband, sie kam auch auf der Vermisstenhomepage vor, ebenso der Name Meier. Du hast doch erwähnt, dass die Telefonnummer –«

»Ich kümmere mich darum«, unterbricht Kurt mich genervt.

»Jetzt hör doch zu!«, schimpfe ich verärgert.

Kurt presst die Lippen aufeinander und trommelt ungeduldig mit den Fingerspitzen auf den Tisch.

»Es gab eine Schwester Meier in dem Orden, zu dem auch die Nonnen hier gehören.«

»Meier, Moser oder Gruber heißt jeder Zweite in dem Land«, sagt Kurt.

»Schon. Aber der Orden hat sein Haupthaus in Vöcklabruck. Es war eine Vöcklabrucker Telefonnummer, und Schwester Meier war Oberin in einem Kinderheim. Klingelt es, oder muss ich noch deutlicher werden?«

Kurt seufzt. »Gut, du wirst ja nicht stillhalten, bis ich mich um diese Babysache gekümmert habe, also werde ich das tun und Erkundigungen anstellen.«

»Gewöhn dich lieber an diese Babysachen«, gebe ich beleidigt zurück. Wieso um Himmels willen sträubt sich Kurt so gegen die Idee, dass die Vergangenheit direkt mit der Gegenwart zusammenhängt?

»Wie meinst du … Gott, du weißt es! Wer hat geplaudert?« Kurt funkelt mich entsetzt an.

»Andrea«, sagen wir beide gleichzeitig.

Kurt lässt die Schultern hängen. »Ich habe es Daniela gleich gesagt, dass ihr Wunsch niemals klappen kann. Bitte verrate ihr wenigstens nichts. Sie will die Neuigkeit als große Überraschung präsentieren.«

Ich lehne mich vor und lege meine Hand auf Kurts große Pranke. »Hab ich nicht vor. Ich freu mich doch, wenn ich zum zweiten Mal Oma werde, und ich kann nachvollziehen, dass du unter Druck stehst. Als werdender Vater geht dir diese Geschichte näher als sonst. Ich will doch nur, dass du ein klein wenig nachfragst. Milena war nicht ohne Grund hier. Sie hat nach den Spuren ihres verschwundenen Kindes geforscht. Auch wenn das eventuell nicht unmittelbar mit ihrem Tod zusammenhängt, so sind wir es ihr schuldig, mehr über Darius' Verbleib herauszufinden.«

Kurt zieht langsam seine Hand unter meiner hervor und nickt dann. »Gut, Rosi. Ich werde mich umhören und gegebenenfalls wirklich die Kollegen und Kolleginnen vom Organisierten einschalten. Versprechen kann ich aber nichts.«

»Musst du nicht«, sage ich zufrieden.

Dann zwinkert mir Kurt zu und meint: »Dass mir dieses

Verhalten aber nicht zur Gewohnheit wird, Rosi! Nur weil ich Teil deiner Familie bin, brauchst du mich nicht vierzig Stunden die Woche beschäftigen. Mich an einem Tag um dein Auto, deine Verabredungen mit Pater Sebastian und dann noch die Darius-Sache kümmern zu müssen ist mir zu heftig.«

»Bei Donald kann ich ehrlich nichts dafür«, sage ich geknickt. Ein paar Minuten habe ich meinen Wagen aus meinen Gedanken verdrängt, aber jetzt ist es wieder da und schmerzt mich in der Brust.

»Arme Rosi«, sagt Kurt.

»Armer Donald«, antworte ich und nicke meinem Schwiegersohn in spe dankbar zu. Ich weiß doch, dass er sich bemüht.

»Ich muss los«, entschuldigt sich Kurt, und ausnahmsweise umarmt er mich sogar. Dann ist er weg.

Sepp und ich sitzen allein in der Wohnung.

»Kurt wird seine Sache schon gut erledigen«, beruhigt mich Sepp. Ich rücke nah an ihn heran und atme seinen Duft ein.

So leid es mir auch tut, dass ich Kurt so viel Arbeit mache … ich kann einfach nicht aus meiner Haut. Wenn meine Nase juckt und meine Fingerspitzen kribbeln, dann ist etwas im Busch. Egal, was Kurt auch glauben mag, die Vergangenheit hat immer mit der Gegenwart zu tun. Es gibt einen Zusammenhang. Und bei Pater Sebastian wie auch bei Schwester Meier bin ich auf dem richtigen Weg. Auf meinen Spürsinn war immer Verlass.

Durchdrehen, abdrehen, verdrehen?

Tinnitus und Ohrensausen
Oft hängt das Ohrensausen mit einer unentdeckten Entzündung im Körper zusammen. Entzündungshemmende Ernährung beginnen: Zucker, Milchprodukte reduzieren, dafür Avocados, Gemüse, Nüsse, hochwertige Fette und Fisch auf den Speiseplan setzen. Omega-3-Fettsäuren sind in Lein- und Hanföl, Omega-6-Fettsäuren in Sonnenblumen- oder Distelöl enthalten.
Unterstützende Gewürze sind: Kurkuma, Ingwer, Oregano oder Knoblauch. Magnesium kann helfen. Massagen und Krankengymnastik für Nacken und Schultern lösen Verspannungen.

Es ist beinahe wie zu Hause. Ich finde keine ruhigen zehn Minuten. Klara steht im Gang und diskutiert lautstark mit Georg und Crescentia.

»Ich weigere mich, die Verantwortung für diese Entscheidung mitzutragen«, sagt Klara und verschränkt die Arme vor der Brust.

Grimmig sieht sie sich um und entdeckt uns. Ihr Gesichtsausdruck wird etwas milder, und sie nickt uns zu. Ich nehme Sepp bei der Hand und gehe zu ihr.

»Guten Tag«, sagt Georg und lächelt. Die ganze Situation wirkt seltsam steif. Es ist, als würden sich alle drei unwohl fühlen. Crescentia knurrt nur leise, anstatt wirklich zu grüßen. Sie wirkt noch verbissener als sonst.

»Die Oberschwester und Georg haben mir gerade mitgeteilt, dass Milli doch wieder zu uns ziehen soll, wenn sie sich erholt hat«, bricht Klara das Schweigen.

Das ist also der Grund, weshalb sie so aufgebracht ist. Diese Neuigkeit kommt auch für mich überraschend. Ich war davon ausgegangen, dass man sie wegen der ausgeprägten Verwirrtheit besser woanders unterbringen würde.

»Ach? Wieso das denn? Die Versorgung von Milli stellt doch eine außerordentliche Belastung und Verantwortung dar«, sage ich.

»Ich habe mich mit Oberschwester Crescentia darauf geeinigt, dass ich mit meiner Schwester künftig eine Wohnung teilen werde. Dann habe ich sie besser unter Kontrolle, und sie kann weiterhin im gewohnten Umfeld bleiben«, sagt Georg.

Crescentia nickt nun und murrt. »Jeder weiß, dass Alzheimerpatienten woanders nur zu gern ruhiggestellt werden. Ich verstehe Georgs Bedenken, und deshalb habe ich seinem Vorschlag zugestimmt. Sie brauchen dafür auch keine Verantwortung übernehmen, Schwester Klara. Die tragen ich und Georg.«

»Das will ich schriftlich«, entgegnet Klara forsch.

»Können Sie haben. Und nun Ende der Diskussion. Ludmilla kommt zurück, und dafür muss die Wohnung geräumt werden, in der Ihre Freunde gerade Urlaub machen.«

»Wann sollen wir weg sein?«, fragt Sepp.

Zum Glück, denn mir verschlägt es im ersten Moment die Sprache. Nicht etwa wegen Crescentias Aussage, sondern aufgrund ihres Blickes. Wenn er töten könnte, würde ich jetzt umfallen und keinen Atemzug mehr tun.

»Soweit mich das Krankenhaus informiert hat, ist Milli noch mindestens eine Woche, wenn nicht sogar zehn Tage dort in Behandlung. Also haben wir Zeit«, antwortet Klara. »Ihr seid meine Gäste, egal, was andere sagen. Und nach den vielen Jahrzehnten, die ich nun schon im Orden und den Heimbewohnern diene, kann ich wohl verlangen, dass ich ein paar Tage Besucher einquartieren darf.«

Klara funkelt in Richtung Crescentia. Die beiden tragen einen internen Konflikt aus. Es scheint beinahe so, als würden sich zwei Kampfhähne aufplustern, um mit Imponiergehabe das Gegenüber einzuschüchtern.

Crescentia gibt schließlich nach. Sie senkt die Lider und erhebt stattdessen den Zeigefinger. »Fünf Tage! Nicht länger. Und das auch nur, weil wir auf Ihre Arbeitskraft momentan nicht verzichten können, Klara.«

»Als ob ihr das jemals könntet … Und jetzt entschuldigt mich. Ich habe zu tun.«

»Ich ebenfalls«, murrt Crescentia und macht aus dem Stand kehrt. Kraftvoll stampft sie davon und biegt endlich um die Ecke.

Ich meine, den Fußboden unter mir noch immer beben zu

spüren, obwohl das logisch betrachtet nicht sein kann. Klara atmet erleichtert aus. Dann wendet sie sich Georg zu.

»Ich verstehe ehrlich nicht, warum Milli hierher zurücksoll. Das wäre die Gelegenheit für einen Neuanfang gewesen, Georg«, sagt sie traurig.

»Ich kann und will meine Schwester nicht im Stich lassen. Sie braucht mich, und aus irgendwelchen Gründen brauche ich sie auch.« Georg ballt die Hände zu Fäusten und nickt.

»Dennoch. Es wäre gut gewesen, endlich mit den Geheimnissen klar Schiff zu machen«, erwidert Klara sanft, »und Ludmilla wäre in einem speziellen Heim bestimmt besser und fachmännischer betreut als hier.«

Nun strafft Georg die Schultern und setzt eine entschlossene Miene auf. »Die Entscheidung steht und wird nicht rückgängig gemacht. Es ist so, und es bleibt so. Ich werde jetzt Millis altes Zimmer räumen und ihre persönlichen Sachen derweil in meinen Räumen lagern, bis die größere Wohnung frei ist.«

»Gut, ich komme dann und sehe nach, ob alles passt«, erwidert Klara trocken.

Georg murmelt zustimmend und marschiert mit hocherhobenem Haupt davon. Wahrscheinlich haben ihn die vielen Jahrzehnte, in denen er eine falsche Fassade aufgebaut hat, zu dem Mann gemacht, der er nun ist. Ich verstehe ihn nur zum kleinen Teil und würde mich an seiner Stelle wohl anders verhalten. Es ist natürlich schwer, die Schwester, um die man sich lange Zeit gekümmert hat, nicht mehr um sich zu haben, aber die neu gewonnene Freiheit wäre mir viel wert. Doch Veränderung ist für manche ein Feind, und Georg ist anscheinend in seiner Rolle erstarrt. Er ist zu dem unverstandenen, heimlichen Homosexuellen geworden, den man auf dem Land noch immer antrifft. Schade. Ich hätte ihm gegönnt, endlich zu sich selbst stehen zu können.

»Als hätte ich nicht genug Sorgen«, stöhnt Klara, als Georg außer Sichtweite ist. »Die Briefe sind übrigens unterwegs. Ich habe gehört, was mit deinem Auto passiert ist, Rosi. Es tut mir sehr leid.«

»Du kannst doch nichts dafür.« Ich nehme Klara sanft beim Arm, sie blickt auf und lächelt müde.

»Wahrscheinlich ist das die Strafe für meine Selbstsucht. Ich habe dich gebeten zu bleiben, nur weil ich nach Milenas Tod nicht allein sein wollte. Ich weiß, wie einige im Dorf ticken und dass sie jede Abweichung von ihrer Weltvorstellung verteufeln. Und dennoch … Ich wollte dich bei mir haben. Selbst als Sepp hergekommen ist, konnte ich von meinem Wunsch nicht ablassen. Es tut mir aufrichtig leid.«

»Es ist bloß ein Auto, Klara«, antworte ich, und während ich es sage, wird mir klar, dass es die Wahrheit ist. Horst hätte niemals gewollt, dass ich wegen eines Autos Trübsal blase, egal, wie sehr ihm Donald am Herzen lag.

»Danke«, erwidert Klara, »ich möchte euch aber unbedingt sagen, dass ihr jederzeit nach Hause fahren könnt. Ich schaffe das auch allein.«

»Das wissen wir«, sagt nun Sepp und nickt ernst, »aber der Wagen wird davon nicht wieder ganz, und ehrlich gesagt ist es nun wirklich zu spät, einen Rückzieher zu machen. Wir stecken alle gemeinsam in der Sache drin. Morgen bringen wir auf jeden Fall noch das Treffen mit Pater Sebastian über die Bühne, und wenn sich keine Neuigkeiten auftun, sehen wir weiter.«

»Genau, sollte ich mich täuschen und Sebastian weiß nichts über Milenas Vergangenheit und ihren Tod, dann übergebe ich alle anderen Beweise Kurt, und wir fahren nach Hause.« Ich überlege einen Moment und sage dann: »Aber du könntest mitkommen. Deine Urlaubstage verfallen doch nur, und eine Auszeit täte dir gut nach dem ganzen Stress.«

Klaras Augen leuchten auf. »Ja, das ist wirklich eine gute Idee. Dann kann Crescentia den Laden mal allein schmeißen. Und ich bin nicht da, wenn Milli wieder einzieht. Dass Crescentia sich auf dieses Risiko einlässt … Ich verstehe das nicht. Sie ist normalerweise vernünftig, aber bei Georg war sie schon immer, mmh, schwach?«

Ich zucke die Schultern. Mir ein Urteil über die Oberschwester anzumaßen wäre falsch. Ich kenne sie kaum, und die Seiten, die sie mir bislang gezeigt hat, sagen mir nicht besonders zu.

»Und jetzt?«, frage ich Klara.

»Jetzt machen wir uns einen ruhigen Nachmittag bei Kaffee und Kuchen. Wir gehen ins Kaffeehaus. Ich nehme mir einen halben Tag frei«, sagt meine Freundin und lächelt.

»Da sage ich auch nicht Nein«, meint Sepp und streicht sich über den Bauch, »Zucker soll ja bekanntlich gut für die Nerven sein.«

»Zucker und Fett, mein Lieber«, sage ich, »aber ich denke, eine Torte hat beides zu bieten.«

»Ja, und der Latte macchiato ist laut Zeitungsbericht Testsieger im Bezirk«, sagt Klara stolz.

»Da lernt man noch etwas dazu«, antwortet Sepp.

Sepp bestellt sich wirklich einen Macchiato, ebenso wie Klara. Nur ich lasse mich nicht von irgendwelchen Testberichten von meiner Linie abbringen. Ich bin Kaffeetrinkerin und keine Liebhaberin von Milch mit leichtem Kaffeearoma.

Das Café ist modern eingerichtet, und durch die großen Fensterscheiben hat man einen guten Blick auf die Straße und die Kirche. Die braunen Lehnsessel sind gemütlich. Wir rücken zwei der runden Tischlein zusammen und setzen uns ans Fenster. Da es noch früher Nachmittag ist, sind wir relativ ungestört. Nur an der Bar sitzen auf den dunkelbraunen Barhockern zwei junge Leute, die sich angeregt unterhalten. Die beiden scheinen verliebt zu sein und können kaum die Finger voneinander lassen. Die junge Frau streicht immer wieder ihre Haarsträhnen hinters Ohr, um im nächsten Moment wieder damit zu spielen, und der junge Mann streichelt ununterbrochen über ihre zweite Hand, die ruhig auf dem Tresen liegt. Sie lacht herzlich.

Es tut mir im Herzen weh, den beiden zuzusehen. Milena war im gleichen Alter wie die Frau an der Bar, aber ihr Lachen wurde auf der anderen Seite der Straße, bei der Kirche, für immer ausgelöscht. Sie wird nie mehr ihre Haare zurückwerfen, lachen oder unbekümmert flirten.

Die Kellnerin kommt und bringt den Kaffee. »Torte?«, fragt sie gelangweilt.

Klara bestellt sich eine Linzer Torte, ich mir eine Esterházy.

»Und eine Schneewittchen-Torte für mich, bitte«, sagt Sepp.

Die Kellnerin nickt und eilt davon, um die Torten aus der Vitrine zu holen. Keine Minute später stehen die kleinen süßen Sünden vor uns auf dem Tisch.

Wir unterhalten uns, ohne ein Wort über den Mord, Milena oder die anderen Schwierigkeiten zu verlieren. Nach einer Weile fällt es mir gar nicht mehr schwer, und ich erzähle voller Begeisterung von meinem kleinen Hof, der Kräuterstube und den schrulligen Patienten, die den Weg zu mir finden.

»Gib es zu, Rosi. Ich war aber ein ganz besonderer Patient«, sagt Sepp und nimmt meine Hand.

»Auf jeden Fall warst du ein besonders lieber«, antworte ich und werfe ihm ein Küsschen zu.

»Es freut mich so für euch, dass ihr zueinandergefunden habt«, sagt Klara und lehnt sich zurück. Sie sieht ein paar Minuten verloren nach draußen, dann wendet sie sich uns wieder zu. »Eigentlich hätte dein ganzer Aufenthalt hier so entspannt sein sollen.«

»Eigentlich passt so ein ruhiges, langweiliges Leben gar nicht zu mir«, entgegne ich grinsend.

Das Läuten von Sepps Handy zerschneidet die Atmosphäre. Er zieht es aus der Manteltasche und geht ran.

»Für dich. Raphael«, sagt er und überreicht mir das Telefon.

»Ja?«, frage ich.

Raphael beginnt zu reden, und ich stehe auf. Obwohl ich mir sicher bin, dass Klara nicht hören kann, was mein Junge mir erzählt, ist es mir lieber, wenn ich außer Sichtweite bin. Ich nicke Klara zu und gehe zu den Toiletten.

»Und du täuschst dich auch nicht?«, frage ich heiser, nachdem ich die Tür hinter mir ins Schloss gezogen habe.

»Nein. Ich habe diese Vermisstenseite genauestens unter die Lupe genommen und eine andere Frau angeschrieben, die ebenfalls aus Milenas Gegend stammt. Ich habe soeben lange mit ihr telefoniert. Sie kannte Milena und stand mit ihr in Kontakt. Sie hat mir erzählt, dass Milena nicht zufällig in Maria Schmolln gearbeitet hat. Das Deutsch meiner Kontaktfrau war außerdem sehr gut, und sie wäre auch bereit auszusagen, wenn wir es schaffen, mehr herauszufinden.«

»Aber wie sollen wir das tun?«

»Keine Ahnung. Redet mit Kurt. Es ist auf jeden Fall so, dass Milena …«

»… ihren Sohn niemals zur Adoption freigegeben hat«, beende ich Raphaels Satz.

»Genau. Sie wurde übers Ohr gehauen, ganz grausam übers Ohr gehauen.«

Mir wird schwer ums Herz. Diese Neuigkeiten sind ja schlimmer als befürchtet.

»Danke, Raphi. Du hast mir sehr weitergeholfen.«

»Gern, Mama. Passt bloß auf, was ihr tut. Wenn auch nur die Hälfte von dem stimmt, was ich erfahren habe, dann ist das eine ganz große Nummer. Wir reden hier von professionellen Kinderhändlern. Kurt sollte –«

»Ich rede mit Kurt, versprochen. Mach dir mal keine Sorgen. Bis bald, und grüß mir Kalina und die Kleine.«

»Wird gemacht. Mariella vermisst ihre Oma auch schon. Tschüss.«

Es klickt in der Leitung, und dann herrscht Stille. Ich höre nur noch das Blut in meinen Ohren rauschen.

Was ist nur los mit der Welt, dass im verlassensten Kuhdorf solche Dinge geschehen?

Saubermann unterwegs

Abhilfe bei schlechtem Schlaf
Schlechte Träume rühren manchmal von allzu aufregenden Erlebnissen vor dem Schlafengehen her. Das heißt: keine blutrünstigen Filme, Bücher, Geschichten vor dem Schlafen.
Hildegard von Bingen rät zu einem halben Gläschen aufgekochtem Wein, den man mit einem Schuss Wasser streckt und dann schluckweise trinken soll.
Schlafhygiene beachten, also zur gleichen Zeit mit dem gleichen Ritual zu Bett gehen, nicht im Bett lesen, essen, fernsehen, frühstücken … Nicht mit vollem Magen ins Bett gehen. Vor dem Schlafen 20 Minuten entspannen, zum Beispiel mit Yoga, Meditation, progressiver Muskelentspannung.

Es ist Milena. Ich erkenne sie, obwohl sie vor mir davonläuft. Die schwarzen Haare wehen im Wind.

»Bleib stehen. Sag mir, vor wem läufst du davon?«, rufe ich ihr nach.

Sie wird noch schneller. Dann plötzlich dreht sie sich um. Ihr weißes Kleid ist blutverschmiert. Sie hält mir ein Kind entgegen. Es ist ein Junge. Er trägt den blau gestreiften Strampelanzug.

Ich strecke meine Hände danach aus, doch da sehe ich, dass dem Kind das Gesicht fehlt. Ein teigiger fleischfarbener Klumpen.

»Der Beelzebub holt sie alle«, schreit Milena, und als ich aufblicke, steht plötzlich die alte Ludmilla vor mir und lacht ihr zahnloses Lachen. Sie wirft den Jungen in die Höhe.

»Nein«, schreie ich.

»Der Beelzebub ist unter uns. Er versteckt sich, er entdeckt dich«, kreischt die Alte.

Ich will das Kind fangen. Doch stattdessen halte ich auf einmal den leeren Strampelanzug in der Hand. Blut klebt daran. Blut klebt an meinen Fingern. Ich schreie …

»Pscht. Pscht.« Sepps Hand liegt auf meiner Schulter. Ich sehe mich hektisch im kleinen Raum um. Es dauert, bis ich mich so weit gefasst habe, dass ich wieder weiß, wo ich bin und was geschehen ist.

Ich sehe zum Fenster. Die Jalousien sind zwar unten, aber der noch immer beträchtliche Mond wirft sein blasses Licht in das Zimmer. »Wie spät ist es?«, frage ich Sepp. Meine Stimme klingt wie das Krächzen einer halswehgeplagten Krähe.

Sepp knipst das Licht an und guckt auf den Wecker am Nachtschränkchen. »Kurz vor fünf. Nicht mehr Nacht, aber längst noch nicht Tag«, antwortet er. »Warte, ich bringe dir ein Glas Wasser. Du hast ziemlich übel geträumt.«

Ich nicke dankbar. Das Nachthemd klebt mir am Körper wie eine zweite Haut. Sogleich stellt sich ein Frösteln ein, und ich schlinge die Decke enger um meinen schweißnassen Körper. Sepp schlurft mit einem Glas in der Hand ans Bett. Vorsichtig reicht er es mir und setzt sich dann auf die Bettkante. Die Matratze gibt nach, und ich habe Mühe, nichts zu verschütten. Langsam trinke ich und beruhige mich wieder.

Eine unheimliche Stille liegt im ganzen Haus. Untertags hört man ständig Schritte, Geplapper oder zumindest irgendwo einen Fernseher durch die Gänge schallen. Aber jetzt ist es leise wie in einem Grab. In meinem Häuschen in Ibm ist es niemals so ruhig. Alte Bauten haben ein gewisses Eigenleben, das auch seine ganz unverwechselbaren Geräusche mit sich bringt. Ich vermisse das Knarzen des Holzes, das Knarren der Dachbalken und das Pfeifen, wenn der Wind durch den Kamin fegt. Selbst in der dunkelsten Nacht ist es, als würde mein Häuschen atmen. Ich weiß nicht, ob jedes Gebäude im Laufe seines Lebens Geräusche entwickelt oder ob dies eine Fähigkeit der alten Häuser ist. Heute baut man ganz anders. Viel präziser. Es wird genau berechnet und eruiert, wie was wo gebaut werden soll. Mein Haus hingegen wurde zum größten Teil mit Erfahrung und einem Schuss Gefühl für die Sache errichtet. Die Sehnsucht nach meinem Moor, meiner Stube, meinem Daheim wird so groß, dass es mir fast das Herz zersprengt.

»Ich will nach Hause«, gestehe ich leise und stelle das leere Glas auf den Nachttisch.

»Ich auch«, antwortet Sepp und drückt meine Hand. »Aber ich muss verhindern, dass wir bekommen, wonach wir uns im Moment sehnen. Ich kenne dich nämlich zu gut. Jetzt wünschst du dich in dein gemütliches, sicheres Daheim, und wenn wir dann dort sind, bekommst du kein Auge zu, weil du im Innersten wissen willst, was es mit Milena, Darius und dieser Schwester Meier auf sich hat.«

Ich seufze schwer. »Stimmt. Ich hätte keine ruhige Minute daheim und würde mich schnurstracks ins Auto setzen und wieder hierherrasen. Werden wir heute klüger werden?«

»Man wird jeden Tag klüger, mein Röschen. Dass wir aber das Rätsel lösen, kann ich dir nicht versprechen. Was sagt dir deine Nase?«

Ich spüre in mich hinein und nicke dann. »Auf jeden Fall kommen wir einen gewaltigen Schritt weiter, und nach dem, was Raphael mir am Telefon erzählt hat, sind wir es Milena schuldig. Milena und den anderen Frauen.«

»Das sehe ich auch so. Und jetzt lass mich unter deine Decke. Mir wird auch kalt, obwohl ich so ein heißer Typ bin«, sagt Sepp und grinst dabei neckisch.

Mir ist nicht wirklich zum Lachen zumute, aber ein kleines Lächeln bringe ich dennoch zustande. Ich weiß, dass Sepp mich nur etwas aufheitern will, und rücke zur Seite. Er zieht mich an sich, und ich bette meinen Kopf auf seine Brust. Sein Herz schlägt regelmäßig und ruhig. Obwohl ich es nach dieser traumgeplagten Nacht nicht mehr für möglich gehalten habe, dämmere ich weg.

Als ich wieder meine Augen aufschlage, scheint die Wintersonne durchs Fenster. Noch immer liege ich auf Sepps Brustkorb, und seine große Hand krault mir den Rücken. »Na, besser geschlafen?«, fragt er, und ich erahne, dass er kein Auge mehr zugetan hat.

»Viel besser, danke«, antworte ich.

»Dann ist es gut. Ich gehe unter die Dusche. Du hast mir ziemlich eingeheizt, und ich befürchte, ich werde den einzigen Bären, der sich derzeit in Österreichs Wäldern herumtreibt, mit meinem Schweißgeruch anlocken, wenn wir heute zum Kindsbründl gehen.«

»Den Bären Bruno haben sie doch erschossen. Daher gibt's die Viecher jetzt nur im Mühlviertel, und dort sind sie im Reservat. Außerdem glaube ich nicht, dass dieser Geruch einen Bären anlocken könnte. Bären sind Feinschmecker.«

»Dann eben das größte Stinktier der Gegend«, lacht Sepp und schwingt sich aus dem Bett.

»Die wohnen in Amerika«, erwidere ich.

»Das sagst du«, meint Sepp und wirft mir einen Kuss zu.

Ich drehe mich noch einmal herum und versinke in dem weichen, warmen Bett.

Sepp singt unter der Dusche. Es ist weniger ein Lied als eine seltsame Abfolge diverser Melodien, die so wenig zusammenpassen wie Schnitzel und Ketchup. Vom Innviertler Landler bis zu Doris Days »Que sera« und Kirchenliedern ist alles vertreten.

Ich zwinge mich nun auch aus dem Bett. Nach meinem Alptraum habe ich ebenfalls eine Dusche nötig.

Der Vormittag zieht sich in die Länge, und schließlich ist es Klara, die der Warterei ein Ende setzt.

»Wir können nicht bis Mittag an meinem Tisch sitzen und Löcher in die Luft starren«, sagt sie bestimmt und schlägt sich auf die Oberschenkel. »Der Georg ist bestimmt schon wieder im Krankenhaus, und wir könnten in Millis alter Wohnung klar Schiff machen. Das muss ohnehin passieren, und die Putzfrauen sind uns bestimmt nicht böse, wenn wir die Böden wischen und aufräumen.«

Sepp runzelt die Stirn. »Also Urlaub stelle ich mir anders vor«, sagt er und lehnt sich zurück.

»Einen Bordellbetreiber habe ich mir auch stets anders vorgestellt«, sagt Klara zwinkernd.

Ich kichere in mich hinein, und als mich Sepps strafender Blick trifft, verschlucke ich mich vor Lachen.

»Gut, dann wollen wir mal sehen, ob ich zum Saubermann tauge«, gibt sich Sepp geschlagen. Besonders glücklich sieht er dabei nicht aus, aber bei Klaras Vehemenz hat er gar keine andere Möglichkeit, als nachzugeben und den Wischmopp zu schwingen.

Wir gehen, bewaffnet mit Putzmittel, Eimer, Mopp und einem großen schwarzen Müllsack, zu Millis Wohnung. Die Tür ist abgeschlossen, doch Klara öffnet sie mit dem Generalschlüssel.

Die Garderobe ist leer geräumt, und auch die restlichen Zimmer sind von den privaten Gegenständen befreit worden. Keine Engel mehr. Keine Milli mehr. Die Wohnung ist leer und seelenlos, und nichts erinnert an die alte, verwirrte Frau mit ihrem Faible für Engel. Ich sehe mich um. Obwohl die privaten Dinge fehlen, wirkt die Wohnung unordentlich und dreckig. Die Möbel stehen zwar nicht wirklich durcheinander, aber auch nicht mehr an ihrem Platz. Die Vorhänge sind teilweise zugezogen, die Teppiche verrutscht. Auf dem Boden liegen noch Glasscherben, und der zersprungene Bilderrahmen lehnt an der Wand. Es ist, als hätte hier drin ein Sturm gewütet, der zwar die Seele der Wohnung mitgenommen, alles andere aber einfach verweht hat.

»Arbeiten wir uns Stück für Stück durch den Saustall. Angefangen wird im Vorraum«, schlägt Klara vor.

Wir folgen ihr und beginnen abzustauben, Staub zu saugen und zu wischen. Klara stellt das Radio an, und zu leisen Mozartklängen putzen wir wie die Teufel. Auch Sepp findet sich mit dem Mopp und dem Bodenschrubber zurecht. Es geht schnell voran, und innerhalb einer Stunde sind wir mit dem Vorraum und dem Badezimmer fertig. Wir beginnen in der Wohnküche.

Ich kehre die Scherben vom Boden, und als ich mich aufrichte, sticht mir die Eckbank mit den beiden Stühlen ins Auge.

»Hat jemand den Stuhl ausgetauscht? Ich erinnere mich daran, dass zwei gleiche hier waren … und dass Milli mit einem gestürzt ist. Beide Stühle waren dunkelbraun, und das Bein des einen war kaputt.«

Klara kommt näher. Sie legt den Kopf schief. »Stimmt. Dieser hier stammt eindeutig nicht aus der gleichen Serie wie der Tisch. Ich wüsste nicht, dass der Hauswart den kaputten Stuhl ausgetauscht hat. Außerdem reparieren wir normalerweise kaputte Möbel. Seltsam.«

Klara tritt an die Essgruppe und mustert den etwas helleren Stuhl. »Wenn ich mich recht erinnere, hat Georg drüben solche Möbel. Aber weshalb sollte er die Möbel austauschen?«

»Dein Generalschlüssel öffnet doch alle Wohnungen«, sagt nun Sepp und legt die Stirn in Falten.

»Du meinst, wir sollen?«, fragt Klara erschrocken.

Sepp hebt die Schultern. »Also mich würde es schon interessieren, ob wir den anderen Stuhl drüben finden.«

Klara atmet tief ein, und in ihrem Gesicht arbeitet es wie wild. »Gut, sehen wir nach«, sagt sie schließlich. »Darauf kommt es nun auch nicht mehr an. Nachdem wir schon Milenas Wohnung …« Sie führt den Satz nicht zu Ende, sondern greift in ihre Rocktasche und zieht den Schlüssel hervor.

Georgs Wohnung liegt genau gegenüber und ist gleich geschnitten wie die seiner Schwester. Ein kleiner Vorraum, ein Bad, eine Wohnküche und ein Schlafzimmer. Das letzte Mal, als ich an seinem Tisch gesessen bin, habe ich nicht auf die Möbel geachtet. Es war auch dunkel, und das Gespräch mit Georg hat meine ganze Aufmerksamkeit in Anspruch genommen. Jetzt ist seine Wohnung nicht mehr so aufgeräumt und sauber wie damals. Tüten und Kartons stapeln sich im Vorraum, im Schlafzimmer und im Badezimmer. Nur die Wohnküche ist weitestgehend von Millis privaten Dingen verschont geblieben.

Mir ist es unangenehm, in Georgs Wohnung zu stehen, ohne dass er davon weiß.

Klara und Sepp sehen ebenfalls nicht glücklich aus. »Nur ein Stuhl«, stellt Sepp fest und zeigt auf den Esstisch.

»Mmh. Eigentlich müssten zwei da sein. Es scheint tatsächlich so, als hätte Georg seinen zweiten in Millis Wohnung gestellt. Aber wieso? Er weiß doch, dass unser Hausmeister Erich den Stuhl repariert hätte. Ich bin gegen diese Wegwerfgesellschaft«, grübelt Klara laut.

»Ich sehe den kaputten auch nirgends«, sage ich.

Sepp dreht sich derweil um und marschiert festen Schrittes ins Schlafzimmer.

»Was machst du?«, rufe ich ihm nervös nach.

»Ich tue, was du mir beigebracht hast. Wenn jemand etwas zu verstecken hat, dann im Schlafzimmer.«

Ich haste ihm nach. Sepp kniet bereits auf dem Boden und zieht triumphierend etwas unter dem Bett hervor. Es ist der Stuhl, fein säuberlich in seine Einzelteile zerlegt.

Sepp steht auf. Die Holzteile liegen vor ihm. Wie benommen starre ich auf die Latten und Bretter. Sepp bückt sich und hält ein Stuhlbein hoch. Es ist das abgeknickte.

»Da hat sich jemand daran zu schaffen gemacht«, sagt er und zeigt auf die allzu glatte Bruchlinie. Ich schlucke.

»Und jetzt?«, frage ich heiser.

»Jetzt gibt es noch mehr Beweismittel, die wir mit uns herumschleppen«, seufzt Klara und packt die ersten Bretter.

»Ich finde, wir sollten ihn wieder zusammenbauen und dann in Millis Wohnung stellen. Mal sehen, wie Georg darauf reagiert. Er wird bestimmt nicht erfreut sein, wenn wir ihn damit konfrontieren, dass Milli selbst an ihrem Unfall schuld war«, schlägt stattdessen Sepp vor.

»Du glaubst, Milli hat das Bein angesägt?«, frage ich zweifelnd.

Klara nickt bestimmt. »Milli hat schon einige Unfälle provoziert. Erst letztens hat sie im Aufenthaltszimmer ein Regal halb zerlegt. Zum Glück ist Vroni aufgefallen, dass die Bretter ganz schief waren. Im ungünstigsten Fall hätte das Regal samt Büchern den nächsten Bewohner unter sich begraben. Man muss Milli beaufsichtigen wie ein Kleinkind.«

»Milli ist nicht mehr ganz bei Sinnen …«, gibt Sepp zu bedenken. »Ob es aber etwas bringt, Georg mit dem Stuhl zu konfrontieren, bezweifle ich stark. Vielleicht verhärtet sich dadurch nur seine Einstellung. Er will doch auf Biegen und Brechen, dass seine Schwester im Wohnheim bleibt.«

»Ich bin da ganz Sepps Meinung. Es ist wahrscheinlich vernünftiger, wenn du bei Gelegenheit in Ruhe mit ihm darüber sprichst«, sage ich zu Klara. Ich sehe, wie es hinter Klaras Stirn arbeitet, und schließlich gibt sie sich geschlagen.

»Wahrscheinlich habt ihr recht. Wir lassen den Stuhl da, wo er ist. Georg hat einen ausgeprägten Beschützerinstinkt seiner

Schwester gegenüber, und er würde sich nur aufregen. Ich warte ab, bis Milli sich erholt hat, und dann rede ich mit beiden. Manchmal denkt Milli ganz vernünftig, als hätte sie lichte Momente, in denen ihr Geist normal arbeitet. Vielleicht hab ich Glück, und beide sehen ein, dass es gesünder und sicherer ist, wenn Milli in ein anderes Heim zieht.«

»Es wird Zeit, uns zu stärken. Kurt ist bestimmt auch gleich da, und dann geht es ab in den Wald«, sage ich.

Als wir Georgs Wohnung verlassen und die Tür hinter uns verriegeln, weht uns auch schon eine Duftwolke entgegen.

»Gemüsesuppe und danach gefüllte Paprika«, sagt Klara.

Mein Magen knurrt, und gleichzeitig ist mir leicht übel. Doch ich muss etwas essen. Der Weg durch den Kobernaußerwald ist bestimmt nicht so einfach wie ein Spaziergang durchs Dorf.

Kindsbründl

Abhilfe bei steifen Gelenken
Brennnesseln sind ein altbekanntes Mittel bei Gelenkproblemen, als Tee wirken sie innerlich, als Umschlag äußerlich. Das pflanzliche Geliermittel Pektin und Traubensaft helfen gegen Steifigkeit. Bewegung und Wärme sind die beiden Mittel Nummer eins bei einem steifen Nacken. Nicht schonen! Warme Umschläge machen und wärmende Gels auftragen, zum Beispiel Tigerbalsam.

Kurt steht ratlos vor Klaras Tür und starrt auf sein Mobiltelefon. Als wir um die Ecke biegen, blickt er auf und wirkt richtig erleichtert dabei.

»Gott, wo seid ihr denn gewesen? Ich warte bestimmt schon fünf Minuten. Wieso habt ihr überhaupt alle ein Handy, wenn ihr es nicht einschaltet? Ich mache mir auch Sorgen, verdammt.«

»Entschuldige Kurt«, beruhige ich ihn, »wir haben versucht, uns mit Arbeit abzulenken, und dabei wohl die Zeit vergessen.«

»Arbeit? Ich dachte, du machst Urlaub«, brummt er nur noch halb so missmutig wie zuvor.

»Die Wohnungen anderer zu putzen war schon immer lustiger als die eigene. Aber sag, warum machst du dir Sorgen?«

Kurt steigt von einem Bein aufs andere und murmelt in sich hinein. Er steckt das Handy in die Hosentasche und antwortet endlich. »Ach, die Verhöre von dieser Vroni, dem Wirtsbuben und dem anderen Burschen haben unschöne Dinge zum Vorschein gebracht. Außerdem müssen wir jetzt einiges neu bewerten. Boris hat wohl mehr auf seine Kappe genommen, als er wirklich angestellt hat.«

»Das habe ich schon vermutet«, sage ich.

Kurt meint bedauernd: »Leider. Einige Jugendliche haben in diesem Nest mit der Langeweile zu kämpfen, und nun, da ihr großes Vorbild nicht mehr da ist, drehen alle ein wenig durch.«

»Also haben Vroni und der Wirtsbub Donald das angetan«, schlussfolgere ich.

»Ja. Zum Glück nur das. Der Milena hatten sie sogar einmal

Zucker in den Tank gekippt. Bei deinem Wagen sind es nur Schäden an der Oberfläche, die man gut reparieren kann.«

Dann sieht er Klara ernst an. »Ich würde lieber auch einen Blick auf die Dienstfahrzeuge des Heims werfen. Vroni hat angedeutet, dass sich jemand an den Bremsen eines Mopeds zu schaffen gemacht hat. Fährt jemand von euch Motorrad?«

»Ach du meine Güte. Schwester Crescentia hat eine Vespa. Aber sie benutzt sie nur im Sommer. Geht der Hass der Kinder so weit, dass sie auch vor uns nicht haltmachen?«

Kurt lässt sich mit einer Antwort Zeit. »Irgendwie verständlich, oder?«, sagt er dann und seufzt. »Wann wollen wir eigentlich aufbrechen?«

»Nach dem Essen«, antwortet Klara und schließt die Tür zu ihrer Wohnung auf. Sie bittet uns herein, und wir nehmen um den kleinen Tisch herum Platz. Langsam, aber sicher sehne ich mich nach der Weite und Größe meines Zuhauses. Die Stube in meinem Bauernhäuschen ist bei Weitem nicht so beengend wie Klaras Wohnküche.

Ich kann mir nicht vorstellen, irgendwann einmal selbst so zu leben. Ich hoffe nur, dass ich eines Tages einfach im Garten tot umfalle, während die Hennen um mich herum in der Erde scharren. Vielleicht habe ich so viel Glück, und mich ereilt der Tod überraschend und schnell. Der Typ für ein Altenheim bin ich gewiss nicht.

»Ich hole gleich für alle etwas zu essen«, unterbricht Klara meine trüben Gedanken.

Ich nicke. Es wird wirklich Zeit für mich, diesen Ort zu verlassen. Das Moor mag düster und nebelig sein, aber es gibt mir das Gefühl von Freiheit.

Das Essen schmeckt einerseits fade, andererseits aber nach zu viel Glutamat. Es stimmt, was mein Horst immer sagte. Wer nicht kochen kann, für den kochen Maggi und Konsorten. Ich bevorzuge ja das Gemüse und die Kräuter aus meinem Garten, wenn ich den Kochlöffel schwinge, und obwohl meine Gemüsesuppe niemals einen Suppenwürfel zu Gesicht bekommt, ist sie hundertmal besser als die dickflüssige Pampe in meinem Teller. Die gefüllten Paprika schmeckten vor eineinhalb Stunden bestimmt auch besser, als sie noch nicht zerkocht waren. Dennoch esse ich brav meine Portion. Ich brauche die Kraft, wenn wir später durch den Wald wandern und Sebastian zur Rede stellen.

Kurt verlässt ein paar Minuten den Esstisch und kehrt dann zufrieden zurück. »Gut, meine Kollegen haben bereits die Vespa der Schwester mitgenommen. In der Nähe des Bründls wird Andrea auf uns mit dem Wagen warten, falls es Probleme geben sollte. Aber ich denke, mit einem einzelnen Pfarrer werden wir vier allein fertig, nicht wahr?«

Klara nickt. Sie war schon in dem Moment unglücklich über unsere Entscheidung, Pater Sebastian zum Kindsbründl zu locken, als sie davon erfahren hatte. Ihrer Meinung nach hat der alte Pfarrer bestimmt keine Information unterschlagen oder zurückgehalten, zumindest nicht mutwillig. Und sollte Milena innerhalb einer Beichte etwas erzählt haben, dürfte der Pfarrer es sowieso nicht sagen. Daher ist in Klaras Augen das ganze Unterfangen bloße Zeitverschwendung. Doch ich bin davon überzeugt, auf der richtigen Spur zu sein.

Kurt nimmt uns bis zum Ebnerwirt in seinem Polizeiauto mit. Dort auf dem Parkplatz steht schon Andrea bereit und winkt uns freundlich, als wir auf den steilen Platz zusteuern.

»Hallo!«, ruft sie uns entgegen und hilft mir aus dem Wagen.

»Na Kurt, glaubst du, ich kann mir einen Tee genehmigen, während ihr durch die Dunkelheit stapft?«, fragt sie.

Kurt nickt. »Freilich. Trink einen für mich mit. Es ist ganz schön frostig heute.« Er starrt skeptisch nach oben zum Himmel.

Die Wolken hängen verdächtig tief, aber sie haben nicht die richtige Farbe und Form, um wirklich bedrohlich zu sein. Der nächste Schnee fällt bestimmt erst morgen.

»Habt ihr alles dabei?«, will Andrea wissen.

»Taschenlampen, Stirnlampen, Funkgerät, alles da«, sagt Kurt.

»Ihr meldet euch, wenn es Probleme gibt?«, sagt Andrea zum Abschied.

Kurt verspricht es ihr, und dann geht es auf zum Kindsbründl. Wir sind zeitig dran, doch die Gefahr, ansonsten Pater Sebastian über den Weg zu laufen, ist zu groß. Zuerst wandern wir ein Stück den Waldrand entlang, aber dann geht es in das Dickicht. Es ist seltsam, wie sehr der Mensch von seiner unmittelbaren Heimat beeinflusst wird. Während ich mir im Moor nichts denke und auch durch die Wäldchen in der Gegend streife, fühle ich mich hier irgendwie fehl am Platz. Es ist nicht so, als wäre mir unwohl. Nein. Die Stille des Waldes, der eisige Geruch des Mooses, das inmitten der Bäume kaum mit Schnee bedeckt ist und durch die Kälte eine Duftnuance verströmt, sowie auch das durch die Äste herabfallende fahle Winterlicht wirken wie eine Befreiung auf mich. Und dennoch. Meine Schritte sind vorsichtiger, mein Blick ist wachsamer, meine Sinne sind angespannter als im Moor.

Kurt fischt sein Handy heraus und tippt am Display herum.

»Was machst du da?«, frage ich.

»Wanderroutenplaner. Damit wir uns nicht verlaufen«, kommentiert Kurt trocken und fährt damit sogleich ein genervtes Gezische von Klara ein.

»Ich kenne den Weg«, sagt sie beleidigt.

»Glaube ich. Aber trotzdem fühle ich mich mit Handynavigation sicherer.«

Ich greife nach Sepps Hand und lächle ihn an. Während Kurt Sicherheitsgefühle bei seinem Mobiltelefon verspürt, fühle ich mich durch Sepps Händedruck geborgen.

Wir gehen so zügig, wie es der Winter erlaubt. Im Sommer oder noch besser im Herbst muss es herrlich sein, diesen Weg zu spazieren und das Farbenspiel der Blätter zu beobachten.

Beim Gehen kommen die Gedanken in Schwung, heißt es. Auch in meinem Kopf rattert es wie verrückt. Alles hat mit Milenas Tod angefangen, und doch ist der Mord nur die Spitze des Eisbergs. Der größte Teil des Berges liegt unter einer trüben Schicht aus Geheimnissen, Verleumdungen, Hass und Menschenverachtung verborgen. Ich habe es im Sommer in Ibm miterlebt, wie schnell sich die Fronten verhärten und Lager gebildet werden, um einen Schuldigen ans Kreuz zu schlagen und von dem Dreck vor der eigenen Haustür abzulenken.

Der Weg wird etwas beschwerlicher, die Sicht schlechter. Obwohl es erst kurz vor drei ist, kommt es mir vor, als würde es schon dämmern. Der Wald verschluckt das Licht, und wir kommen etwas langsamer voran. Dennoch erreichen wir das Kindsbründl bereits nach knappen vierzig Minuten Fußweg. Bei gutem Wanderwetter kann man die Strecke locker in fünfundzwanzig Minuten zurücklegen, vorausgesetzt, man verfällt beim Wandern nicht in Tagträumereien.

Kurt, ganz Polizist, sondiert zuerst die Lage. Ich sehe mich inzwischen auf ganz andere Art und Weise um.

Aus einem kleinen Rohr entspringt in sechshundertfünfundzwanzig Metern Seehöhe noch immer die Quelle, der man die fruchtbringende Wirkung nachsagt. Eine überdachte Holztafel erzählt von der Zigeunerin und ihrem Heilwissen. Ich male mir aus, wie sie in ihrer Hütte saß und die hoffnungsvollen Frauen empfing, um ihnen ihre Kräutermischungen und etwas heiliges Wasser mit auf den Weg zu geben. Das Leben war damals gewiss nicht einfach, doch die alte Heilkundige musste Erfolge mit ihrer Behandlung erzielt haben. Sonst wären das Bründl und die Geschichten rund um das Wasser bereits in Vergessenheit geraten.

In damaligen Zeiten hätte Milena vielleicht die alte Zigeunerin aufgesucht und nicht die Klinik. Es ist traurig, aber die Probleme der Menschen sind seit jeher die gleichen: Kinderwunsch, Eifersucht, Neid, Reichtum, Armut, Hass und Liebe. Haben wir uns überhaupt in den letzten Jahrhunderten zum Besseren verändert?

»Die Luft ist rein. Ich denke, du solltest direkt am Bründl warten, Sepp. Wir verstecken uns dahinten. Der Pater müsste aus der gleichen Richtung kommen wie wir vorhin«, sagt Kurt streng.

Er hat die Leitung übernommen und teilt uns klipp und klar unsere Plätze zu. Fachkundig verkabelt er Sepp, dann schickt er Klara und mich weit in den Wald hinein.

Ich kann Sepp nur noch schlecht sehen, von hören ganz zu schweigen.

»Wir verstehen ja gar nichts mehr, wenn vorn geredet wird! Wenn ihr mich braucht, dann bekomme ich es nicht mit«, beschwert sich Klara.

Kurt beruhigt sie und meint, dass er sich zwischen uns und Sepp positioniert und er Klara deuten würde, falls sie benötigt wird. Dann zieht er ohne ein weiteres Wort ab und geht hinter einem umgefallenen Baumstamm hinter dem Bründl in Deckung.

Es ist fünfzehn Minuten nach drei, als wir endlich alle in Position stehen.

»Wir sind völlig umsonst mitgekommen. Dein Schwiegersohn hat uns einfach weg vom Schuss abgestellt«, murmelt Klara unzufrieden.

»Es ist aber auch seine Aufgabe, uns zu schützen. Glaub mir, wir werden alles haarklein erfahren. Erstens wird das Gespräch aufgezeichnet, und zweitens steht mein Sepp da drüben. Und jetzt pscht«, mahne ich Klara zur Stille.

Auch wenn es noch dauert, bis es tatsächlich vier ist und Sebastian auftaucht, weiß man nie ... Vielleicht ist der alte Pater ein überpünktlicher Mensch, oder er will selbst die Lage sichten und vor dem vereinbarten Zeitpunkt auftauchen, um zu sehen, wer da kommt.

Die Zeit verstreicht im Schneckentempo. Es ist auch reichlich ungemütlich, hinter den Bäumen zu hocken und abzuwarten. Mich zwickt das Kreuz, und im Nacken ist mir trotz Schal und hochgestelltem Kragen zu kalt. Die Gelenke wollen bewegt werden, aber jedes Geräusch könnte Sebastian verschrecken. Ich schaue zu Sepp und beneide ihn.

Locker steht er vor der Holztafel und liest in Seelenruhe die Inschrift. Dann geht er ein paar Schritte, beugt sich zum Wasser, das trotz Minusgraden noch aus dem Rohr tröpfelt, und zieht sich einfach so den Handschuh aus, um einen Schluck zu trinken. Als er sich wieder aufrichtet, glaube ich, dass er mir zuwinkert, obwohl ich es nicht wirklich sehen kann.

»Wie spät ist es? Meine Knie machen das nicht mehr lange mit, und ich will mich nicht ins Nasse setzen«, flüstert Klara.

Ich ziehe die Hand aus der Manteltasche und blicke auf die Armbanduhr. »Zehn nach vier. Eigentlich müsste er schon längst da sein«, zische ich zurück.

»Ach, Sebastian braucht manchmal etwas länger. Fußwege fallen ihm schwer«, antwortet Klara und bewegt ächzend ein Bein.

Sogar sie hat Probleme mit der Position, obwohl sie fitter ist als ich. Es ist aber auch blöd, hinter den Büschen zu hocken wie ein Jäger auf der Pirsch. Wenn wir wirklich aufstehen, fallen wir trotz der Entfernung zum Bründl zu sehr auf, doch diese Beugehaltung ist vielleicht für Dreißigjährige etwas, aber nicht für Mittsechziger. Es wird jetzt tatsächlich dunkel, und die Luft schneidet kalt in mein Gesicht.

Kurts Telefon rauscht. Er geht ran, spricht hinein und winkt dann hektisch. »Rückzug«, plärrt er in unsere Richtung.

Sepp ist schon auf dem Weg zu Kurt. Ich stehe auf. Eigentlich möchte ich aufspringen und zu ihm rennen, aber meine Knie sind eingerostet. Klara und ich stützen uns gegenseitig. Wir humpeln über die Wurzeln und Steine. Endlich erreichen wir die beiden Männer.

»Was ist los?«, keuche ich.

»Die Andrea war's. Der Pater hatte einen Herzanfall. Die Rettung ist unterwegs. Wir müssen schnell sein …« Kurt dreht sich auch schon um und stampft voraus.

Bei der einbrechenden Dunkelheit ist das gar nicht so einfach. Als wir endlich wieder auf der Straße sind, ist die Sonne schon längst verschwunden.

Kurt drängt uns ins Auto und macht die Sirene an. Wir brausen los. Sepp hält meine Hand. Er war es, der das eiskalte Quellwasser geschöpft und getrunken hat, aber ich bin es, deren Finger nun wie Eiszapfen sind. Sepp reibt sie vorsichtig.

»Was ist nur passiert?«, frage ich heiser, und das schlechte Gewissen drückt zentnerschwer auf meine Brust. Ich wusste doch, dass Sebastian Herzprobleme hat, und habe dennoch darauf bestanden, ihn zum Treffpunkt zu beordern.

»Wird schon nicht so dramatisch sein«, antwortet Sepp, doch ich höre, dass er mich nur beruhigen will.

Klara hingegen sitzt schweigend bei Kurt vorn. Seit der Schreckensnachricht hat sie kein Wort mehr gesprochen, sondern mich nur vorwurfsvoll angesehen. Mir ist schlecht, und ich schwitze, obwohl mir innerlich kalt ist.

»Wo fahren wir hin?«, krächze ich schließlich.

»Zur Kirche. Der Pater ist in der Sakristei zusammengebrochen«, antwortet Kurt knapp.

Die Kirche. Ich hätte mir nie vorstellen können, dass ich einmal Angst haben würde, in eine Kirche zu gehen.

Herzleiden

Gesundheitstipps für ein gesundes Herz
Bewegung und gesundheitsbewusste Ernährung. Viel trinken, vor allem Wasser und Tees. 2–3 EL täglich von Hildegards Herzwein (Petersilienwein) trinken.
Er wird folgendermaßen gebraut: 10 Petersilienstängel • 1 EL Weinessig • 1 l Weißwein • 300 g Bienenhonig
Alle Zutaten, außer den Honig, 10 Minuten kochen, dann abkühlen lassen und den Honig bei höchstens 40 °C hinzumischen. Den Herzwein in sterilisierte Flaschen abfüllen.

»Sind die von Ihnen?« Andrea hält Klara ein dunkelbraunes Glasfläschchen entgegen.

Ich erkenne es sofort, und mir wird kurz schwarz vor Augen. Alles geschieht in Zeitlupe, und ich sehe die Dinge sonderbar klar.

Als wir bei der Kirche ankamen, war Pater Sebastian schon im Krankenwagen. Man hatte ihn wiederbelebt, und er ist transportfähig. Doch die Gesichter der Sanitäter und Ärzte sehen auch jetzt noch besorgniserregend ernst aus. Der Rettungswagen braust davon.

Schwester Crescentia steht am Kirchentor und tuschelt mit einem Polizisten. Sie sieht immer wieder in unsere Richtung, und jede Faser ihres Körpers zeugt von Verachtung. Andrea hält anklagend die Flasche hoch. Sepp atmet langsam und ruhig neben mir weiter, und mein Herz rast wie eine ratternde Eisenbahn. Dann läuft die Zeit wieder in ihrer normalen Geschwindigkeit.

Kurt stellt sich breitbeinig zwischen Klara und Andrea. »Was soll das, Andrea? Wir sind gerade erst angekommen und wissen noch gar nicht –«

»Komm kurz mit, Kurt«, fordert sie ihn auf und nimmt Kurt am Arm.

Er geht mit ihr ein paar Schritte zur Seite. Es scheint, als würden plötzlich alle auf uns starren und miteinander flüstern. Mir schneidet es die Luft ab, und ich kralle mich an Sepps Mantel fest.

»Was hat das zu bedeuten?«, will Klara wissen, doch ich kann ihr keine Antwort geben. »Das Fläschchen«, sagt sie dann und schüttelt den Kopf. »Aber ich habe es extra mild gemischt, dass er es sicher nicht überdosieren konnte. Ich kenne Sebastian doch. Er neigt dazu, zu viel zu nehmen, wenn er unter Druck gerät.«

»Du bist dir sicher, dass deine Herztropfen keinen Infarkt auslösen können?«, frage ich sie.

Sie legt den Kopf schief und sieht mich mit großen Augen an. »Aber natürlich! Wo denkst du hin. Ich bin sehr vorsichtig. Gerade mit Digitalis. Du kennst mich doch!«, sagt sie empört.

Kurt kommt wieder auf uns zu und hält diesmal selbst die dunkle Glasflasche in der behandschuhten Hand. »Kann es sein, dass diese Tropfen aus Ihrer Heilküche stammen?«, fragt er Klara ernst.

»Ja«, sagt diese und nickt dabei überzeugt. »Aber sie sind absolut unbedenklich. Ich verstehe mich auf mein Handwerk.«

»Wir müssen Sie dennoch mit auf die Direktion nehmen und Ihre Räumlichkeiten durchsuchen. Pater Sebastian hat anscheinend das ganze Fläschchen getrunken, und der Dorfarzt ist der Meinung, dass die Mischung den Herzanfall ausgelöst haben könnte.«

»Dr. Kurz? Unser Dr. Kurz? Bitte, der hat doch keine Ahnung. Weshalb hat Sebastian seine Tropfen wohl bei mir geholt und nicht den Arzt konsultiert? Weil seine Mittel nicht geholfen haben und meine Tropfen sehr wohl. Unser feiner Doktor soll sich lieber um die Traudi kümmern oder um das Einhalten des Arztgeheimnisses.«

So wütend habe ich Klara noch nie erlebt. Ihre Wangen glühen vor Zorn, und in ihren Augen blitzt ein furchteinflößendes Funkeln.

»Bitte, Schwester. Es ist nur eine routinemäßige Befragung und Durchsuchung. Wenn die Tropfen wirklich bedenkenlos waren, dann sind Sie spätestens morgen Abend wieder zu Hause«, versucht Andrea zu beschwichtigen.

»Ich kenne mich mit Kräutern aus! Ich mache keine Fehler.

Jeder hier kann bezeugen, dass meine Mischungen niemals Schaden angerichtet haben.«

Crescentia kommt mit finsterer Miene auf uns zu. »Schwester Klara, reißen Sie sich zusammen, sonst muss ich dem Orden Bescheid geben. Ihr Verhalten ist in letzter Zeit indiskutabel. Und jetzt befolgen Sie die Anordnung der Polizei, oder ich muss denken, dass Ihre Kräuterkenntnis doch nicht so überragend ist.«

»Aber …«, setzt Klara zum Widerspruch an, lässt dann jedoch die Schultern sinken. »Ihr werdet alle sehen, dass meine Mittel gut sind. Rosi …«, sagt sie und sieht mich flehend an.

»Ich glaube dir«, antworte ich und drücke kurz ihre Hand.

Dann folgt sie Andrea zum Polizeiwagen.

Vor dem Krämerladen stehen Traudi und der Wirt. Die beiden reden miteinander und schütteln entgeistert den Kopf.

»Aber meinen Buben verhören, wo das Kirchengesindel hinter allem steckt. Mörder und Verbrecher sind das!«, plärrt der Wirt herüber.

Kurt will auf die beiden zugehen, doch Traudi verschwindet, den Wirt hinter sich herziehend, im Laden.

»Ist vielleicht eh besser so«, murrt Kurt.

»Was ist jetzt mit Ihnen beiden?«, fragt Crescentia. »Ich denke, es wird Zeit, die Koffer zu packen.«

»Und ich denke, es ist Zeit, der ganzen Sache hier auf den Grund zu gehen. Schon seltsam, dass Pater Sebastian ausgerechnet heute einen Herzanfall erleidet, wo wir mit ihm reden wollten. Wir und die Polizei«, entgegne ich bissig. »Also, wissen Sie vielleicht etwas darüber, Schwester?«

Schwester Crescentia wird lila vor Wut. »Es ist mein Heim, und ich verlange, dass Sie bis morgen Abend weg sind! Verstanden?«, faucht sie und macht kehrt. Wie ein Elefant stampft sie davon.

Ich bin ein ruhiger und besonnener Mensch, aber ich habe eine ordentliche Portion Gefühl in mir. Am liebsten würde ich Crescentia nachdonnern und ihr meine Meinung sagen. Aber ich halte mich zurück.

Kurt legt mir die Hand auf die Schulter. »Ich kümmere mich um deine Freundin, Rosi. Vielleicht solltest du aber wirklich heimkehren. Hier herrscht momentan kein himmlischer Frieden.«

Ich seufze. »Kurt, ich muss aber zuvor mit Sebastian reden. Hörst du?«

»Er hatte einen Herzanfall, Rosi, und kommt ins Krankenhaus. Keiner weiß, wann er wieder sprechen kann. Es ist besser, du lässt die Sache auf sich beruhen.«

»Das kann ich nicht«, gebe ich zu.

»Du musst. Und ich muss jetzt in die Direktion, bevor man deiner Freundin so zusetzt, dass sie sogar gestehen würde, mit dem Teufel im Bund zu sein.«

»Kurt«, jammere ich und versuche, ihn am Ärmel zurückzuhalten, doch er wendet sich ab und marschiert davon. »Pack deine Sachen zusammen, Rosi«, meint er noch, bevor er im Wagen verschwindet.

Da stehe ich nun und fühle mich mutterseelenallein.

»Was sagt dir dein Gefühl, mein Röslein? Meiner Meinung nach stinkt es hier gewaltig nach zu vielen ungelösten Geheimnissen. Komm mit«, sagt Sepp und nimmt meine Hand.

Ich bin nicht allein. Zum Glück. Sepp ist da. Egal, ob die Welt unter einem tosenden Ozean begraben wird, er ist bei mir und gibt mir ein klein wenig Halt.

»Klara würde niemals absichtlich jemanden vergiften.«

»Wenn du meinst. Ich bin da nicht so überzeugt. Klara war nicht gerade begeistert, dass wir Sebastian zum Kindsbründl gelockt haben.« Sepp packt seelenruhig weiter die Koffer, aber ich sitze auf dem Bett und halte die Handtasche auf meinem Schoß umklammert.

»Aber doch nur, weil sie sich um Sebastians Gesundheit gesorgt hat.«

»Ja, das könnte natürlich der Grund gewesen sein. Oder sie hatte Angst, dass Sebastian etwas aussagen könnte. Bist du dir absolut sicher, dass Klara nicht auch in der ganzen Sache mit drinsteckt?« Sepp nimmt einen Stapel Hemden und legt ihn in den Koffer.

»Ja, das bin ich. Klara hat nichts mit dem Mord zu tun«, antworte ich bestimmt. Einen Moment ist es bis auf das Rascheln der Kleidung, die Sepp ordentlich faltet, still im Raum. Ich starre auf meine Hände. Die Lösung dieses Verwirrspiels liegt zum Greifen nah, doch ich bekomme das Ende des Fadens nicht zu fassen. Vielmehr scheint es, als würde ich den Knoten immer fester zusammenziehen, je mehr ich an den Schnüren zupfe.

»Sag mal, Sepp. Es ist doch seltsam, dass der Pater jetzt einen Herzanfall bekommt, wo wir ihn mit Milenas Vergangenheit konfrontieren wollten? Was, wenn er tatsächlich mehr über Darius gewusst hat? Was, wenn die Drahtzieher dieser faulen Adoptionsgeschichte von damals hier in Maria Schmolln sitzen und herausgefunden haben, dass Milena dem Pater ihr Herz ausgeschüttet hat? Sepp, hörst du mir überhaupt zu?«

Sepp klappt den Kofferdeckel mit Schwung zu und dreht sich zu mir um. »Natürlich höre ich dich, aber ich muss auch selbst nachdenken, und das geht schlecht, wenn du die ganze Zeit redest. Du hast vermutlich recht, und Pater Sebastian steckt irgendwie in diesem furchtbaren Durcheinander aus Vergangenheit und Gegenwart mit drin. Aber ich muss mich erst sammeln, um mehr dazu sagen zu können.«

Ich seufze. »Gut, dann geh ich unter die Dusche. Meine Knie sind noch immer halb erfroren. Ob es Klara gut geht? Sie tut mir so leid. Wer sie ein klein wenig kennt, weiß, dass sie ein herzensguter Mensch ist …«

Sepp legt den Kopf schief und reibt sich die Stirn. Er hat es nicht leicht mit mir. Doch es fällt mir so unendlich schwer, tatsächlich zu schweigen. Auch jetzt liegen mir hundert Worte und zig Gedanken auf der Zunge, und eigentlich möchten sie heraussprudeln wie aus einer frischen Bergquelle, doch ich reiße mich zusammen und stehe auf. Die Handtasche lege ich auf Sepps Koffer. Er nickt langsam.

Das Wasser rauscht um meinen Kopf. Ich habe es so heiß eingestellt, dass meine Haut prickelt. Genau die hauchfeine Grenze zwischen Wohltat und Schmerz zu erwischen vertreibt meine trüben Gedanken. Ich atme den Wasserdampf ein. Während der Dunst wie Nebelschwaden durch das kleine Bad zieht, ordne ich die Geschehnisse der letzten Tage.

So viele kleine Puzzleteile sind mir in den Schoß gefallen und ergeben noch immer kein Ganzes. Es ist, als hätte man mir zwei oder drei verschiedene Puzzleschachteln auf den Boden gekippt, und ich muss ohne Vorlage die Bilder zusammensetzen. Ich lasse mir Zeit. Der Wasserstrahl prasselt hart auf meine unterkühlten Muskeln und massiert sie, bis das Blut wieder warm und gleichmäßig durch meinen Körper fließt.

Auch das Abtrocknen, das Föhnen meiner Haare und das Ankleiden vollziehe ich in bewusster Langsamkeit. Die Hektik der letzten Tage hat nur alles verworren.

Nun sitzt Sepp auf dem Bett und starrt zu seinen Füßen. Er hat drei Blätter Papier auf dem Boden aufgelegt. Als er mich hört, blickt er auf.

»Ich denke, wir müssen die Fakten aufteilen. Es sind mindestens zwei unterschiedliche Geschichten, die sich vor unseren Augen abspielen. Vielleicht hängen sie zusammen, aber möglicherweise auch nicht. Komm her.« Er tätschelt auf die Matratze und zeigt mir so, dass ich mich zu ihm setzen soll.

»Ich habe vielleicht einen ähnlichen Gedanken«, sage ich und lasse mich neben ihm nieder. »Erstens ist da die Geschichte von vor zehn Jahren: die Sache mit Darius. Und zweitens der Mord.«

»Genau«, bestätigt Sepp. »Ich habe schon mal begonnen, die einzelnen Erkenntnisse aufzulisten. Das da habe ich zu Darius. Ich habe bereits den Geburts- und den Totenschein daraufgeschrieben. Dann die Adoptionsseite, Schwester Meier und diese Telefonnummer. Fehlt noch etwas?«

Einen Moment lang muss ich grinsen. Sepp hat vergleichbare Zettel geschrieben, wie ich es vor ein paar Tagen getan habe. Nur dass die Blätter diesmal mit mehr Details gefüllt sind.

Ich überlege und nicke dann. »Schreib noch dazu, dass es

mehrere Opfer gibt und dass Raphael mit einer Frau Kontakt hat. Er wollte mir aber den Namen nicht sagen.«

Sepp notiert »mehr Geschädigte« und »eine Kontaktperson« auf das Papier. Dann wendet er sich dem zweiten Blatt zu. »Hier habe ich Pater Boris als Täter und die Sekte als Mitschuldige notiert. Außerdem deine Freundin und die Oberschwester, weil sie ebenfalls nicht von Beginn an ehrlich waren.«

Ich schnappe nach Luft und will Klara wieder verteidigen, aber dann fällt mir ein, dass sie aus Milenas Abtreibung ein riesiges Geheimnis gemacht hat und auch sonst nicht wirklich auskunftsfreudig war. Wenn ich ehrlich bin, würde ich sogar sagen, ihr haben meine Nachforschungen von Anfang an missfallen. Und Crescentia wollte mich schon am ersten Tag hier wieder aus dem Dorf vertreiben. Ich nicke schweren Herzens und fordere Sepp auf, weiterzumachen.

»Dann die Dorfleute, den Wirtsbub, diese Vroni mit ihrem Bruder und besonders die Traudi. Außerdem den Arzt und auch Pater Sebastian, weil er kurz vor Milenas Tod mit ihr gesprochen hat und jetzt plötzlich einen Herzanfall hatte. Das kommt mir genauso komisch vor wie dir.«

»Sebastian spielt eine Schlüsselrolle. Ganz bestimmt. Wobei wir nicht wissen, ob Milena mit ihm über Boris und die Leute im Dorf gesprochen hat oder über Darius.«

»Mmh«, murmelt Sepp und legt die Stirn in Falten, »das kann uns nur Pater Sebastian sagen.«

»Deshalb müssen wir auch mit ihm reden.«

Sepp lächelt milde. »Zurück zum Thema«, mahnt er dann streng und zeigt auf den dritten Zettel, der in der Mitte liegt. »Wir müssen schauen, ob es Verbindungen zwischen dem damaligen und dem heutigen Verbrechen gibt. Also, was meinst du?«

»Milena«, sage ich und verschränke die Arme vor der Brust.

»Stimmt. Sie hat mit beidem zu tun. Und sonst?«

Ich sortiere meine Gedanken. »Der Orden. Sowohl Schwester Meier damals als auch Klara und Crescentia könnten damit zu tun haben.«

Sepp nickt und schreibt auf den mittleren Zettel »Kloster«.

Ich starre auf die Papiere.

»Wenn die beiden Vorfälle zusammenhängen, dann haben wir hier die Verbindungslinie«, sagt Sepp und malt mit dem Finger auf die Blätter.

»Das hilft uns gar nicht weiter«, seufze ich. »Wenn es zusammenhängt, dann steht Milenas Mord noch immer für sich da.«

»Außer Pater Boris ist ein Auftragskiller«, sagt Sepp kühl.

Ich sehe ihn entsetzt an. »Meinst du das ernst?«, frage ich heiser.

Sepp grinst. »Nein, eher nicht. Aber eine Sache wäre schon realistisch.«

»Ja?«, frage ich.

»Dieser Boris scheint mir ja keine besonders stabile Persönlichkeit zu sein. Alkoholiker, Sektierer, sexuell nicht zufrieden. So ein Mann kann leicht manipuliert werden. Man setzt ihm ganz nebenbei bestimmte Gedanken in den Kopf, und da er zur Psychose neigt, verfestigen sich diese Ideen, und er tut vielleicht ohne direkten Auftrag genau das, was sein Manipulator von ihm will.«

»Oh mein Gott. Und wer könnte das sein?«, frage ich.

»Da kommen einige in Frage. In meinen Augen alle, die viel Kontakt mit Boris hatten. Also vor allem Leute aus der Kirche.«

»Das Kirchengesindel steckt hinter allem«, wiederhole ich tonlos die Aussage des Wirtes. Es ist traurig, aber vielleicht hat der boshafte Wirt in diesem Fall recht.

»Da wären also Pater Sebastian, Oberschwester Crescentia und deine Freundin Klara«, schlussfolgert Sepp weiter.

»Doch nicht Klara!«, sage ich flehend und hoffe, dass Sepp mir zustimmt.

»Warum nicht? Würdest du tatsächlich deine Hand ins Feuer legen und schwören, dass sie es keinesfalls gewesen ist?«

Ich schlucke und sehe Sepp in die Augen.

Er atmet tief ein. »Das dachte ich mir«, meint er und legt seine Hand auf meine.

»Wir müssen mit Sebastian reden. Ich will einfach nicht glauben, dass Klara etwas Böses getan haben könnte, auch wenn ich in diesem Punkt natürlich voreingenommen bin. Klara ist meine Freundin, das verstehst du doch!«

Sepp nickt langsam, doch in seinem Gesicht lese ich Zweifel. Schnell spreche ich weiter. »Aber Sebastian traue ich schon zu, dass er an seinem Herzanfall nicht unschuldig war … Es wäre doch möglich, dass er absichtlich zu viele Tropfen genommen hat, oder ein anderes Medikament …«

»Diese Idee ist mir auch schon durch den Kopf gegangen. Vielleicht hat er in unserer Nachricht noch viel mehr gelesen, als wir beabsichtigt haben, und in seiner Verzweiflung, aufzufliegen, die letzte Konsequenz gezogen: Selbstmord«, antwortet Sepp nachdenklich.

»Ich muss ins Krankenhaus«, rufe ich und springe auf.

»Nein, Rosi. So nicht. Ich verbiete dir, wieder einen Alleingang zu veranstalten. Kurt muss informiert werden. Und die überfälligen Beweise müssen ebenfalls zur Polizei.«

Sepp lässt keinen Widerspruch gelten. Stattdessen zückt er sein Handy und wählt Kurts Nummer. Die beiden unterhalten sich, und Sepp berichtet ihm jetzt von unserem Eindringen in Milenas Wohnung und dass wir damals etwas entdeckt haben, das jetzt vielleicht wichtig sein könnte.

Ich kann durchs Telefon hören, dass Kurt verärgert ist. Kein Wunder. Hoffentlich überlegt er es sich nicht noch anders und will doch nicht in meine Familie einheiraten. Das wäre ein Desaster. Jetzt, wo er Vater wird und meine Dani endlich Mutter.

Doch dann lächelt Sepp mir aufmunternd zu. Er legt auf und sagt mit ruhiger Stimme: »Kurt kommt. Aber es dauert noch einen Moment.«

Krankmacher

Rosis Entgiftungstipps
Viel trinken! Wasser und Brennnesseltee sind gut. Basische Lebensmittel zu sich nehmen. Auf Fleisch, Fett und Zucker verzichten. Suchtmittel wie Kaffee, schwarzen Tee, Nikotin und Alkohol meiden. Einmal wöchentlich einen Entschlackungstag einlegen (Gemüsetag, Safttag, Reistag …).

Sepps Telefon klingelt. Er ist gerade auf der Toilette, und ich werfe einen Blick aufs Display. Die Polizeidirektion. Kommt Kurt nun doch nicht?

Mit zitternden Fingern gehe ich ran.

»Rosa Beingruber?«

»Am Apparat«, antworte ich der fremden männlichen Stimme.

»Schwester Klara möchte Sie sprechen.«

»In Ordnung«, sage ich und bin irgendwie erleichtert, dass Klara anruft. Es rauscht einen Moment lang, bevor ich Klaras Stimme höre. Sie klingt eigenartig leise, beinahe schon eingeschüchtert, und mir wird eng ums Herz, als sie meinen Namen sagt.

»Rosi? Ich muss unbedingt mit dir reden.«

»Ja. Klara, was ist denn? Wann kommst du nach Hause?«

Sie schluchzt. Es zerreißt mir fast die Seele. Sonst ist Klara immer so stark gewesen und jetzt?

»Ich, ich weiß es nicht. Die Situation ist folgende: Das Fläschchen stammt ohne Zweifel von mir, und die Polizei geht davon aus, dass ich Pater Sebastian absichtlich eine falsche Dosis empfohlen habe. Sie haben im Klostergarten Fingerhut gefunden, und ich habe auch noch einige getrocknete Blätter und Blüten bei meinen Kräutern. Aber du musst mir glauben, dass ich Sebastian niemals vergiftet hätte. Ich habe die Tropfen derart verdünnt, dass er bedenkenlos eine volle Flasche hätte trinken können.«

»Und die Polizei glaubt dir nicht?«

»Das Problem ist, dass man im Krankenhaus eindeutig eine Überdosis Digitalis festgestellt hat. Aber diese kann nicht von meinen Tropfen herrühren.«

»Oh Klara. Und jetzt? Sepp und ich packen schon die Koffer. Crescentia will uns unbedingt loswerden.«

»Crescentia. Pfff. Das kann ich mir gut vorstellen. Dann ist wohl jede Hilfe zu spät.«

»Wofür ist es zu spät?«, frage ich nach.

Klara schweigt. Die Stille ist am Telefon noch schwerer zu ertragen als sonst. Ich atme tief ein und halte die Luft an.

»Ich … ich … habe den Verdacht, dass Schwester Crescentia hinter allem steckt. Es ist schon eine Weile her, da habe ich sie bei einem Gespräch mit Pater Sebastian belauscht. Sie hat ihm ziemlich zugesetzt, und ich habe gehört, wie sie ihm übel gedroht hat.«

»Womit gedroht?«, will ich wissen.

»Dass etwas Schlimmes passiert, wenn er dem tschechischen Flittchen weiterhilft.«

»Damit kann doch nur Milena gemeint sein«, sage ich und merke, wie sich mir die Kehle zuschnürt. »Hast du das Kurt erzählt?«, frage ich krächzend.

»Ja. Er will Crescentia verhören. Sie wird bestimmt alles abstreiten. Dann steht mein Wort gegen ihres. Und ich bin die böse Nonne mit den Gifttropfen. Man wird ihr bestimmt eher glauben als mir. Aber das ist nicht das Ärgste.«

»Nein?«, frage ich und kann mir kaum vorstellen, dass es noch verheerender kommen kann.

»Ich habe den Verdacht, dass Crescentia dafür sorgen wird, dass derjenige, der vielleicht doch Licht ins Dunkel bringen könnte, kein Wort mehr gegen sie aussagen kann.«

»Du glaubst, sie will Sebastian … Nein!«, keuche ich und sehe hektisch auf die Uhr. Der Zeiger dreht sich viel zu schnell. Die Zeit ist nicht aufzuhalten. Ich muss ins Krankenhaus. Wenn es wahr ist, was Klara gerade sagt, dann verliere ich mit jedem Atemzug kostbare Minuten.

»Dein Kurt meinte, Sebastian würde gut bewacht werden, aber ich hab –«

»Ich bin unterwegs«, rufe ich und springe auf.

Das Handy lasse ich einfach auf dem Bett liegen. Stattdessen schnappe ich mir meine Handtasche und Sepps Mantel mit den Autoschlüsseln. Ich hasse Autofahren, und fremde Wagen lenken zu müssen ist eine Qual. Aber in der Not muss man über seinen Schatten springen.

Ich höre, wie Sepp aus der Toilette kommt. Lautlos schließe ich die Wohnungstür, haste auf den Flur und lege einen Zahn zu. Hoffentlich folgt er mir nicht sofort, sondern braucht etwas Zeit, um sich zu sortieren. Ich will mich jetzt nicht bremsen lassen.

Ich habe Glück. Zu so später Stunde, bei Schneeregen und schlechter Sicht, ist kaum jemand auf der Straße. Gott sei Dank hat der Schneeräumdienst seine Arbeit getan, und so ist die Fahrbahn weitgehend von Eis und Glätte befreit.

Sepps Wagen fährt sich ungewohnt, und auch sein Mantel hängt an meinem Körper wie ein brauner, viel zu großer Vorhang. Ich ziehe ihn aus und konzentriere mich ganz auf die Fahrt. Während mein Donald laut rattert und dann und wann sogar der Motor beängstigend gluckert, fährt Sepps Audi wie auf Schienen. Geschmeidig gleite ich durch die Dunkelheit. Die Angst treibt mich voran. Hoffentlich bin ich rechtzeitig. Hoffentlich hält mich niemand auf. Hoffentlich setzt Kurt nicht gleich die halbe Mannschaft auf mich an.

So viele Dinge, die mir Sorgen bereiten. Ich schalte das Radio an, ich brauche etwas Ablenkung. Die Radiotante von damals säuselt gerade bei ihrer Herzsuchsendung, dass ein gewisser Michel seinen Deckel auf den Topf noch nicht gefunden hat. Die Auserwählte soll gut kochen können und auch selbst gern ausreichend essen.

Erinnerungen an den Sommer kommen in mir hoch. Damals habe ich in der Sendung nach meinem Herzblatt gesucht, und heute habe ich meinem Liebsten das Auto entwendet und rase wie ein Dieb auf der Flucht in die finstere Nacht hinein. Ich drücke auf den nächsten Sender. Die Bilder vom Sommer sind einfach übermächtig, und das schlechte Gewissen plagt mich.

Wie konnte ich nur ohne Sepp davonbrausen? Im Nachhinein

sehe ich, dass es eine miserable Idee war. Hat Klara nicht gesagt, das Krankenzimmer sei überwacht? Wahrscheinlich mache ich mich nur zum Gespött der Polizeitruppe, und Kurt wird mir zumindest gedanklich den Kopf abreißen. Ich hätte auf Sepp hören und auf Kurt warten sollen. Aber jetzt ist es zu spät.

Auf halber Strecke umkehren, nein, das passt nicht zu dir, Rosi, höre ich meinen verstorbenen Mann leise flüstern.

Horst hat recht. Nun heißt es Gas geben und weiterfahren. Ich schalte in den fünften Gang. Endlich befinde ich mich auf der Bundesstraße. So temporeich bin ich seit Jahrzehnten nicht mehr gefahren. Nur noch ein klein wenig schneller, und die Tachonadel kitzelt den Hunderter.

Der Parkplatz ist leer. Untertags ist er immer so belegt, dass man etliche Runden drehen muss, bevor man sich endlich mit viel Müh und Not in eine winzige Lücke quetschen kann. Jetzt habe ich freie Platzwahl, und ich lenke den Audi direkt vor die Eingangstür.

Das letzte Mal war ich hier, als Kurt angeschossen wurde. Ich habe eine Abneigung gegen Krankenhäuser. Der klinisch saubere Geruch reizt meine Augen und juckt in der Nase. Die Einrichtung hat sich in den letzten Jahrzehnten zwar deutlich verbessert, und man sieht, dass sich die Leitung darum bemüht, eine gemütliche Atmosphäre zu schaffen, aber ein Spital bleibt ein Spital. Es ist egal, ob bunte Bilder an den Wänden hängen und die Möbel mit Farben freundlich gestaltet sind – nichts kann darüber hinwegtäuschen, dass der Grund für einen Aufenthalt hier meistens kein schöner ist.

Ich hoffe inständig, dass ich beim nächsten Mal zur Geburt meines zweiten Enkelkindes hier bin. Kalina hat nur ambulant entbunden und war nach zwölf Stunden wieder zu Hause. Daniela wird aber bestimmt länger im Krankenhaus sein. Sie ist nicht die Art Frau, die einfach mal eben ein Kind zur Welt bringt, um danach zügig in den Alltag zurückzukehren.

Ich schleiche mich hinein. Den Portier nach der Zimmernummer zu fragen wäre zwecklos. Er würde mich nur auf die offiziellen Besuchszeiten verweisen oder gar nichts sagen, weil Pater Sebastian unter Polizeischutz steht. Zielstrebig, als wüsste ich, wo ich hinmuss, eile ich an ihm vorbei. Er blickt nur kurz auf und widmet sich dann wieder seiner Zeitung. Die vielen Bildschirme vor ihm strahlen bleich-graues Licht von den Überwachungskameras ab. Doch die beste Überwachung nützt nichts, wenn sich ein Eindringling richtig verhält – so wie ich. Eines habe ich im Leben gelernt: Wenn man sich selbstsicher genug gibt, stellen einem die Leute keine Fragen – sogar, wenn man null Ahnung hat.

Ich fege an dem großen Holzkreuz vorbei, das an der linken Seite hängt. Ein Schauer läuft mir den Rücken hinab. Bisher hatte ich verdrängt, dass auch das Krankenhaus zur Kirche gehört. Schwester Crescentia in ihrer Nonnentracht kann wahrscheinlich ohne Probleme in jedes Zimmer gehen. Sie ist sozusagen unsichtbar. Im Aufzug hängt ein Schild. Dort steht bei jedem Stockwerk die dazugehörige Station. Zum Glück ist das Krankenhaus überschaubar, und ich habe schnell die richtige Station gefunden. Zweiter Stock. Innere Medizin. Herzintensiv. Nur dort kann Pater Sebastian realistischerweise liegen. Meine Hände zittern, als ich den Knopf betätige. Ich halte meine Handtasche fest an mich gepresst.

Im Lift gibt es einen Spiegel, und das Bild darin ist so erschreckend, dass ich mich kaum wiedererkenne. Abgehetzt sehe ich aus. Sepps Mantel hängt an mir, als wäre ich eine viel zu schmale, ziemlich hässliche Schaufensterpuppe, der einfach irgendein Kleidungsstück übergeworfen wurde. Wenigstens die Haare sitzen, und ich bin froh, dass ich vorhin noch unter der Dusche war. Sonst hätte man mich in dieser Aufmachung auch für eine Obdachlose halten können, die sich einen Mantel aus der Garderobe stibitzt hat.

Ich folge meinem Gefühl, und es leitet mich wie immer auf den richtigen Weg. Am Ende des Ganges steht vor einem Einzelzimmer ein Wachposten. Er sieht gelangweilt aus.

Hier muss Sebastian liegen. Ich verstecke mich im schmalen Zugang zu zwei anderen Zimmern und horche in die seltsame

Stille des Spitals. Immer wieder luge ich hervor und beobachte den Wachmann. Er tappt von einem Bein aufs andere.

Dann kommt eine Krankenschwester den Flur entlang. Sie guckt auf ihr Handy, und ich danke Gott dafür, dass die Jugend heutzutage den Kopf gern gesenkt hält, um in einer anderen Welt zu versinken. Ich lehne mich dennoch dichter an die Tür. Sie bemerkt mich nicht.

»He, Schwester, ich muss mal. Können Sie mal eben aufpassen?«, fragt der Polizist.

»Klar. Ich muss sowieso kurz nach dem Patienten sehen. Lassen Sie sich Zeit. Ist eine ruhige Nacht heute.«

Der Polizist schlendert an mir vorbei. Ich halte die Luft an, doch auch er ist auf etwas ganz anderes konzentriert. Während er geht, fischt er sich eine Zigarettenpackung aus der Hosentasche.

Es lebe die Sucht, denke ich mir und atme erleichtert aus. Die Krankenschwester ist derweil in Sebastians Zimmer. Wie bekomme ich sie da raus und mich unauffällig hinein?

Die Idee ist in dem Moment da, als ich mir die Frage gestellt habe. Leise drücke ich die Türklinke hinter mir. Hoffentlich ist das Zimmer belegt. Ich habe Glück. In einem der beiden Betten schlummert friedlich eine alte Frau. Der Überwachungsmonitor zeigt eine regelmäßige Kurve. Gedanklich entschuldige ich mich bei der Dame. Dann schleiche ich auf Zehenspitzen zu ihr und ziehe mit einem Ruck an dem Kabel.

Schnell husche ich hinter die Zimmertür. Es pfeift im Zimmer. Rote Warnleuchten rotieren über der Tür. Die alte Frau fährt erschrocken hoch und sieht sich verwirrt um. Keine Sekunde später hastet die junge Krankenschwester herein. Ich ziehe den Bauch ein, um von der aufschlagenden Tür nicht zerquetscht zu werden.

Die Schwester dreht sich dankenswerterweise nicht um, und ich winde mich aus dem Zimmer, während sie zur Patientin stürmt und leise schimpft. »Sie sollen sich nicht immer die Kabel abreißen, Frau Kleeberger!«

Ich bin auf dem Gang und atme durch. Vom Polizisten keine Spur. Jetzt aber fix. Sebastians Tür steht sperrangelweit offen.

Mein Plan hat funktioniert. Ohne Zögern laufe ich zu Sebastians Zimmer und trete ein. Das Türblatt ziehe ich sanft hinter mir ins Schloss.

Pater Sebastian liegt im grünbleichen Licht der Apparate und sieht dadurch unwirklich blass und krank aus.

Ich gehe zum Bett und nehme seine Hand. Obwohl ich es kaum zu hoffen wagte, schlägt er die Augen auf. Seine Lippen zittern. Ich will ihn zu Milena befragen, doch da verdreht er die Augen und schläft wieder ein.

»Sebastian. Pater Sebastian!«, flüstere ich eindringlich. Zwecklos. Der gleichmäßige Rhythmus am Monitor zeigt eindeutig, dass der Pater tief im Land der Träume versunken ist. Ich rüttle dennoch leicht an seinem Arm. Nichts. Er ist nicht wach zu bekommen. Ich seufze und beiße mir auf die Unterlippe.

Die Schritte auf dem Gang habe ich offensichtlich überhört, aber das Drücken der Türklinke entgeht mir nicht. Wie durch ein Wunder bleibt derjenige vor der Tür noch einmal stehen und hält die Klinke einige Sekunden gedrückt, ohne ins Zimmer zu kommen. Die Stimmen draußen sind dumpf und klingen ernst.

Ich blicke mich hektisch um. Das Badezimmer. Es ist die einzige Möglichkeit. Wie von der Tarantel gestochen renne ich hin und kann gerade noch rechtzeitig in den engen Raum schlüpfen. Der Kanalgeruch vermischt mit dem Zitronenduft des Putzmittels steigt mir ätzend in die Nase, doch der Gestank ist das geringere Übel. Viel tragischer wäre es, wenn man mich entdeckt hätte. Schwein gehabt. Ich lasse die Tür einen winzigen Spalt offen und spähe hinaus.

Meine schlimmsten Befürchtungen bewahrheiten sich. Auch wenn ich nur die Rückenansicht zu Gesicht bekomme, bin ich mir hundertprozentig sicher, dass Crescentia mit schweren Schritten zum Krankenbett geht. Ein Krankenhausarzt begleitet sie.

Doch wer ist die Person neben ihr? Ich brauche einen Moment, bevor ich ihn erkenne. Erst als ich seine Stimme höre und den Buckel im Dämmerlicht sehe, gibt es keine Zweifel mehr.

»Dr. Kurz«, wispere ich und beiße mir auf die Unterlippe,

bis mich der metallene Geschmack fast zum Würgen bringt. Ich zwinge mich, gleichmäßig zu atmen, um besser hören zu können, worüber die drei sprechen.

»Aber wirklich nur fünf Minuten. Der Patient ist zwar stabil und wird den Herzanfall wahrscheinlich ohne große Nachwehen überstehen, aber mit einem Infarkt ist nicht zu spaßen. Sie sollten ihm wirklich davon abraten, weiterhin zusammengepanschtes Zeug zu nehmen, werter Kollege«, sagt der Spitalsarzt zu Dr. Kurz.

Dieser nickt, während Schwester Crescentia das Wort ergreift: »Es wird keine selbst gebrauten Tropfen mehr geben, die er nehmen könnte. Dafür werde ich höchstpersönlich Sorge tragen. Ich hätte Schwester Klara schon längst ihre Giftpanscherei verbieten sollen, aber ich dachte, sie hätte es im Griff.«

»Naturheilmittel bergen stets die Gefahr der Überdosierung. Ihre Mitschwester hat die Tropfen gewiss in bester Absicht gemischt«, sagt der Arzt milde.

»Wer weiß. Klara hat sich in letzter Zeit mit seltsamen Leuten umgeben. Eine Kräuterhexe und ihr Liebhaber, ein Puffvater der besonders vorlauten Sorte, waren ihre Gäste. Das kann einen Menschen zum Negativen verändern, Herr Doktor«, sagt Crescentia bitter. »Aber wenn Klara doch nicht so unschuldig ist, wie sie tut, dann wird die Polizei sie hoffentlich lange einsperren. Es ist zwar traurig, zwei Kirchenleute in so kurzer Zeit zu verlieren, aber was soll man machen.« Crescentia verzieht angewidert das Gesicht.

»Ja, dieser Boris. Fiese Geschichte. Ich lasse Sie beide jetzt allein. Vor der Tür steht ein Wachmann, falls Sie Hilfe brauchen.«

»Danke, Dr. Milovic«, sagt Dr. Kurz.

Der Krankenhausarzt verlässt das Zimmer, und ich höre nur noch meinen Herzschlag. Ein Stechen fährt mir in die Brust. Was soll ich nur machen? Hat Klara recht, und Crescentia will Pater Sebastian ermorden? Im Krankenhaus? Aber warum ist Dr. Kurz mitgekommen? Steckt er etwa auch mit der Oberschwester unter einer Decke?

Mir ist heiß, und am liebsten würde ich den Mantel ablegen, doch jedes Geräusch könnte mich verraten.

Ruhe bewahren, Rosi. Immer die Ruhe bewahren, rede ich mir selbst gut zu und hoffe, dass ich auf meinen eigenen Rat höre.

»Sebastian, Sebastian. Was machst du nur für Sachen«, sagt Dr. Kurz und wackelt dabei theatralisch mit dem Kopf. Er hebt Sebastians Hand und lässt sie fallen. Der Pater rührt sich nicht einmal, sondern bleibt regungslos liegen.

»Und, was denkst du? Wird er es tatsächlich überleben?«, fragt Crescentia und stampft auf die andere Bettseite.

»Wenn wir es vermeiden können – nicht. Wie kann ein erwachsener Mann auch nur so dumm sein? Er hätte sich nur von Milena fernhalten müssen, aber er musste sie ja dazu ermuntern, ihm ihr Herz auszuschütten.«

»Sebastian war immer schon das schwächste Glied unserer Truppe. Keine Ahnung, warum Adelheid ihn überhaupt dabeihaben wollte. Aber unsere Heidi war eben etwas sonderbar bei der Auswahl ihrer Mitarbeiter.« Crescentia grinst Dr. Kurz vielsagend an.

Ich kann zwar nur seinen Rücken erkennen, aber ich sehe, wie er sich anspannt und beleidigt den Kopf hebt.

»Was willst du damit sagen?«

Crescentia zuckt die Schultern. »Na, es hätte bessere Ärzte für den Job gegeben als dich. Wie oft bist du bei der Abschlussprüfung durchgefallen? Zweimal? Dreimal?«

»Das tut nichts zur Sache. Ich habe meinen Teil der Arbeit immer einwandfrei erledigt. Was man von dir und Pater Nervenschwach hier nicht behaupten kann. Du warst es doch, die Milena eingestellt hat. Sie hätte niemals in Maria Schmolln Fuß fassen dürfen, geschweige denn mit ihrer Fragerei so weit vordringen!«

»Klara hat sie eingestellt, nicht ich. Außerdem kannst du dir kein Urteil erlauben. Du hattest immer nur mit dem Schriftkram zu tun. *Das* ist ein leichter Job. Ich musste mich um das ganze Drumherum kümmern. Dass Milena aufgetaucht ist, war Pech.

Woher hätte ich überhaupt wissen sollen, dass sie eine von denen war, die damals einen Bankert loswerden wollten? Erst als sie sich einmal verplappert und von ihrem Darius gesprochen hat, ist mir klar geworden, wer sie ist. Sie war sogar der Meinung, ich könnte ihr bei ihren Recherchen helfen. Dämliches Ding!«

»Spätestens da hättest du sie rauswerfen sollen.«

»Ich hatte gehofft, dass unser feiner Boris mit seinen Jüngern sie vergrault. Aber nein, der Idiot verliebt sich in das Flittchen. Egal. Jetzt ist fürs Erste wichtig, dass wir die entstandenen Schäden beseitigen und weitere vermeiden.«

Dr. Kurz beugt sich nach vorn. »Ehrlich gesagt bin ich es satt, die Drecksarbeit zu tun, während andere mit den Babys groß abkassiert haben. Ich für meinen Teil habe immer nur meinen Lohn um ein paar Schillinge aufgebessert. Geburtsbescheinigungen ausstellen, Mutter-Kind-Pässe schreiben. Das alles hat mir nur ein kleines Zubrot eingebracht. Mehr nicht. Und niemand kam zu Schaden. Die kleinen Huren nicht, und die Bastarde erst recht nicht. Denen haben wir sogar zu einem guten Leben verholfen. Aber jetzt das hier? Ich sollte Leben retten, nicht zerstören. Sebastian ist vielleicht schwach, aber er ist auch unser Freund.«

»Stell dich nicht so an, Robert! Gib ihm die Spritze und gut ist. Wir dürfen kein Risiko eingehen. Sebastian ist noch so blöd und läuft zur Polizei. Dann sind wir alle dran.«

Dr. Kurz holt eine Spritze und eine Ampulle aus der Manteltasche. »Ich weiß nicht, Crescentia. Mir kommt das falsch vor. Vielleicht sollten wir erst mal mit Sebastian reden. Es kann doch nicht in seinem Interesse sein, wenn auch er hinter Gitter muss …«

»Jetzt gib schon her. Dann mach ich es eben, wenn du zu feig bist. Um die Milena hast du nicht so ein Geschiss gemacht.«

Crescentia trampelt um das Bett herum und streckt fordernd die Hand nach der Injektion aus, doch Dr. Kurz dreht sich weg.

»Da war auch die Gefahr nicht so groß, dass man uns auf die Schliche kommt. Der Einstich ist bei deinem anschließenden Gemetzel einfach übersehen worden. Aber du hast vielleicht bemerkt, dass wir heute in einem Krankenhaus sind. Die Ärzte hier sind nicht blöd. Sie werden nachforschen, wenn ein stabiler Patient plötzlich verstirbt.«

»Zu dem Zeitpunkt sind wir schon längst weg. Jetzt mach endlich oder lass mich ran. Du weißt, dass wir es tun müssen. Sonst landen wir alle im Knast.«

»Fast alle, meinst du.«

»Pfff. Hör auf zu jammern und gib her!« Crescentia reißt ihm die Spritze und die Ampulle aus der Hand. Zielstrebig zieht sie die Flüssigkeit auf und nickt dann zufrieden.

Mir wird unerträglich heiß. Die Gedanken rasen in Windeseile. Meine Kehle ist trocken, und ich habe Angst, gleich loshusten zu müssen. Boris war nicht der Mörder. Die Mörder stehen vor mir und sind dabei, das nächste Lebenslicht zu löschen. Ich schwitze. Alles fühlt sich unwirklich an. Als würde ich einen Film sehen.

Crescentia beugt sich über Sebastian. Sie nimmt seinen Arm. Die Nadel durchdringt die Haut. Sebastian rührt sich nicht.

Ich schnappe nach Luft. Was tun? Was tun? Panik übermannt mich. Ich stoße die Tür auf. Ich schreie: »Hilfe!«, und stürze mich auf Crescentia.

Die schwergewichtige Nonne fährt herum. Sie hält die Spritze in der Hand. Ich springe – will sie ihr aus der Hand schlagen. Dr. Kurz holt aus. Seine Faust trifft mich unvorbereitet. Mein Magen rebelliert unter dem Hieb. Ich würge.

»Die Hurenrosi!«, keift Crescentia.

»Hilfe«, keuche ich, doch es ist nur ein erbärmliches Krächzen, dass ich zustande bringe. Ich will aufstehen, doch meine Beine arbeiten nicht richtig. Wo ist der Wachmann? Wo der Arzt? Crescentia beugt sich über mich.

»Du hättest nach Hause gehen sollen, als du es noch konntest.«

»Nein«, röchle ich atemlos. Ich haue wild um mich und schreie, so laut ich kann. Die Faust von Dr. Kurz trifft mich abermals. Ich sehe Sterne flirren. Dann ein winziger Schmerz am Oberarm.

Die Spritze, denke ich, das Gift. Hilfe. Sepp!

Die Tür springt auf. Kurt. Er ist da. Ein weiterer Schlag. Mein Kopf. Die Hitze breitet sich langsam aus. Sie verteilt sich. Dann Dunkelheit.

Totenerwachen

Rosis Muntermacher

Ingwer-Rosmarin-Zaubertee: 1/5 l kochendes Wasser • 1 dünne Scheibe frischer Ingwer • 1 kleiner Rosmarinzweig • 1 TL Honig • Saft einer halben Zitrone

Der Aufguss sollte zwischen 5 und 7 Minuten ziehen. Dann abseihen und trinken. Dieser Tee macht müde Geister munter!

Bunte Lichtkreisel. Dann wieder Dunkelheit. Heiße Lava, die brodelnd durch meine Venen fließt und sich durch die Eingeweide frisst. Kälte, so schneidend wie Rasierklingen. Sie dringt in meine Lungen, schabt im Hals, lässt mein Herz gefrieren. Gesichter tauchen vor mir auf. Einmal schemenhaft, dann wieder so deutlich, dass ihr Anblick mich schmerzt. Horst, schöner und klarer, als ich ihn in Erinnerung hatte. Milena hält ihr Baby im Arm. Sie lächelt, streckt die Hand nach mir aus … will, dass ich mitkomme, ins Licht, ins Warme. Die Sehnsucht nach dem Frieden, den ihr Lächeln verspricht, ist unmenschlich stark. Ich nehme ihre Hand. Sie ist warm und weich wie die eines Kleinkindes. Milena nickt. Ich setze einen Fuß vor den anderen. Gehe mit. Doch dann drängt sich Horst zwischen uns und stößt mich weg. Lebe!, schreit er.

Ich taumle … falle zurück in den Schmerz. Ich habe das Gefühl, zu schwimmen. Doch es ist kein friedliches Dahingleiten im lauen Wasser, sondern ein heimtückischer Ozean, der mich umgibt und nicht weiß, ob er mich in die alles auslöschende Tiefe ziehen oder mich an Land spucken soll. Stürme toben über mich hinweg und erinnern mich fern an bekannte Stimmen. Sepp, Kurt, Daniela, Raphael … ich kann sie im Grollen des Unwetters nicht auseinanderhalten. Manchmal möchte ich mich einfach den Wellen hingeben und abtauchen ins bittersüße Vergessen. Doch dann reißt mich schmerzhaft das Leben zurück an die Oberfläche.

Will ich leben? Will ich sterben? Ich weiß es nicht. Die Zeit hat aufgehört zu existieren. Ich habe aufgehört zu existieren, und doch bin ich …

Wach!

Das grelle Licht trifft mich wie ein Schlag. Der Schmerz durchzuckt mich. Zuerst nur den Kopf, dann das Rückenmark entlang bis zu den Zehen. Ich keuche.

»Doktor! Doktor! Sie hat die Augen geöffnet!«

Klara? Ich würge. Jemand will mich ersticken. Klara? Ich kann nichts sehen, nur gleißend helles Licht. Verzweifelt fuchtle ich mit den Händen.

»Ganz ruhig, Frau Beingruber. Das ist nur die Sauerstoffmaske. Ich nehme sie Ihnen ab. Ganz ruhig. Alles ist in Ordnung. Sie sind im Krankenhaus. Sie sind in Sicherheit. Ich bin Dr. Milovic. Ich helfe Ihnen.«

Langsam lasse ich die Arme sinken. Der Druck auf meiner Nase verschwindet. Ich atme. Ich lebe. Bleischwere Müdigkeit legt sich auf mich und lässt meine Lider sinken. Ich versuche, wach zu bleiben, aber es ist so schwer.

»Ruhen Sie sich aus, Frau Beingruber. Ich verständige Ihre Angehörigen. Sie haben eine harte Zeit hinter sich, aber jetzt sind Sie über den Berg.«

Ich blinzle. Das Gesicht zur Stimme ist verschwommen. Ob er mein Nicken sieht, oder ob ich es mir nur einbilde?

»Ihre Freundin Klara bleibt derweil bei Ihnen. Die anderen sind gewiss auch gleich da. Schließen Sie die Augen. Alles wird gut.«

Ich kann mich nicht länger wehren. Zu sehr zwingt mich die Erschöpfung in die Knie. Der Schlaf greift nach mir. Ich nehme seine Hand.

Als ich wieder die Augen öffne, ist es nicht mehr so blendend hell im Zimmer. Vielleicht ist jetzt Nacht. Ich blinzle. Langsam fügen sich die verschwommenen Konturen zu einem Bild zusammen. Schatten werden zu Möbeln. Lichter zu Lampen und medizinischen Apparaten. Ich liege auf einem Krankenhausbett. Behutsam bewege ich meine Hand etwas. Das Laken knistert. Zu viel Stärke. Der allgegenwärtige Spitalsgeruch strömt unterschwellig durch die Luft. Vorsichtig drehe ich den Kopf. Auch das Kissen raschelt unangenehm. Neben mir steht ein Stuhl. Obwohl all meine Glieder wehtun, muss ich lächeln. Sepp sitzt im Sessel wie eine übergroße Stoffpuppe. Seine Schultern hängen nach vorn, der Kopf zur Seite. Eine Hand hat er auf den Bauch gelegt, die andere baumelt neben der Armstütze herab. Er schnarcht.

Mein Mund fühlt sich unendlich trocken an. Trotzdem will ich etwas sagen. »Sepp«, krächze ich und klinge so heiser wie ein Wellensittich, dem man gerade die Mandeln operiert hat.

Sepp schmatzt, dann richtet er sich erschrocken auf. »Rosi. Mein Gott, Rosi. Endlich.«

Sepp beugt sich über mich und drückt den Klingelknopf. »Ich muss der Schwester Bescheid sagen, dass du wieder wach bist. Wir haben so darauf gewartet.«

Er klingt so erleichtert, dass mir die Tränen kommen.

»Nicht weinen, Röslein. Jetzt wird alles gut. Du hast es geschafft«, sagt er und streichelt meine Hand.

Doch ich kann nicht aufhören. Die Tränen kullern einfach aus meinen Augen und sind durch nichts aufzuhalten. Es ist so schön, Sepp zu sehen. Wie hatte ich auch nur einen Moment daran denken können, mich dem Ozean hinzugeben. Hier sind die Menschen, die ich liebe. Zärtlich wischt Sepp mir die Tränen von den Wangen.

Eine Krankenschwester betritt das Zimmer. Sie sieht mich und lächelt. »Na, wieder unter den Lebenden? Sehr gut. Ich werde den Oberarzt informieren. Haben Sie irgendwelche Schmerzen, Frau Beingruber?«

»Durst«, stöhne ich.

Die Schwester nickt. »Das glaube ich gern. Der Arzt wird kurz nach Ihnen sehen, und wenn nichts dagegenspricht, bekommen Sie gleich einen Schluck Tee.«

Damit marschiert sie wieder hinaus. Meine trockene Kehle verhindert, dass ich mehr sagen könnte. Dafür flüstert Sepp ununterbrochen, wie froh er ist, dass ich wach bin, und dass ich wohl einen fleißigen Schutzengel habe. Während er spricht, brechen die Erinnerungen über mich herein. Sebastian! Crescentia! Dr. Kurz!

Ich will mich aufrichten. »Seb…aaa!«, stottere ich.

Sepp sieht mich einen Augenblick verwirrt an. »Oh. Keine Sorge, mein Röslein. Du hast ihm das Leben gerettet. Es geht ihm viel besser als dir. Crescentia konnte ihm nicht die ganze Dosis verabreichen. Sie hat ihm nur wenig gespritzt, du hast den Hauptteil abbekommen. Aber die Ärzte konnten dich retten.«

Erleichtert lasse ich mich zurück auf das Kissen sinken. Ich habe ein Leben gerettet. Sebastian ist außer Lebensgefahr, und der Fall kann aufgeklärt werden. Ich atme tief ein und aus.

Dr. Milovic kommt durch die Tür. Er untersucht mich, guckt in meinen Hals, die Ohren, misst Blutdruck und Fieber, sieht aufs Krankenblatt.

»Sie hatten ordentlich Glück, Frau Beingruber. Gott hat Sie mit dem Herzen eines Kampfrosses ausgestattet. Ein paar Tage Ruhe, und Sie sind wieder die Alte.«

Das bezweifle ich sehr, aber ich will dem Arzt nicht widersprechen, also nicke ich nur.

»Kann ich sonst noch etwas für Sie tun?«, fragt er.

»Ich habe Durst«, antworte ich leise.

»Sie können gern ein bisschen trinken. Aber nicht zu hastig, sonst verschlucken Sie sich noch. Ihr Körper hatte eine ziemlich lange Zwangspause.«

Die Schwester steht schon neben ihm und reicht mir eine Tasse, die nur bodenbedeckt mit Tee gefüllt ist. Vorsichtig nippe ich daran und stelle entsetzt fest, dass Dr. Milovic recht hat. Das Trinken fällt mir schwer, und selbst die kleine Tasse scheint das Gewicht einer Fünf-Kilo-Hantel zu haben. Mit zitternden Händen gebe ich sie der Schwester. Sie stellt sie auf den Nachttisch.

»Gut, ich sehe später wieder nach Ihnen. Und keine unnötige Aufregung«, sagt der Arzt streng in Sepps Richtung.

»Danke, Herr Doktor. Ich werde mir Mühe geben«, verspricht Sepp. Damit verlassen uns der Arzt und die Schwester, und ich bin endlich wieder allein mit Sepp.

»Also, erzähl. Was ist passiert?«, frage ich, als die Tür geschlossen ist.

»Keine Aufregung, hat der Arzt gesagt, Rosi. Können wir nicht auf Kurt und die anderen warten?«

Ich schüttle den Kopf. »Ich soll mich nicht aufregen. Also erzähl es mir schon, sonst finde ich keine Ruhe.«

Sepp seufzt leise. »Du und dein Sturkopf. Warum in Gottes Namen konntest du nicht auf mich warten und mit mir zum Krankenhaus fahren? Wir waren gerade noch rechtzeitig da. Ein bisschen später, und du wärst jetzt tot, Rosi. Kurt und ich sind in allerletzter Sekunde ins Zimmer gestürzt. Crescentia wollte dich umbringen. Dich und Sebastian.«

Ich wende den Blick ab. »Ich musste einfach los. Es hätte zu lange gedauert, auf dich oder Kurt zu warten. Sebastian wäre gestorben. Ich musste so handeln, Sepp! Versteh doch!«, bitte ich.

»Ich versteh dich, Rosi. Aber ich habe mir so große Sorgen gemacht. Dein Leben hing am seidenen Faden. Tu so etwas nie wieder, hörst du!«, sagt er ernst.

»In Ordnung. Also, was ist jetzt mit Sebastian, Dr. Kurz und Crescentia?«

»Crescentia und Dr. Kurz sind in Haft und werden verhört. Die beiden schweigen aber wie ein Grab. Sebastian ist noch unter strengster Polizeiüberwachung im Krankenhaus und erholt sich von Crescentias Angriff. Er hat nur wenig gesprochen, aber seine bisherigen Aussagen haben klargemacht, dass Pater Boris nicht der Mörder von Milena ist. Boris hat zwischenzeitlich versucht, sich im Gefängnis das Leben zu nehmen. Er liegt jetzt in einer Spezialklinik für psychische Erkrankungen.« Sepp atmet tief ein. »Klara ist wieder frei, und die Ermittlungen laufen auf Hochtouren. Eines ist jedoch deutlich geworden: Die Geschichte rund um Darius und die anderen Babys hängt mit Milenas Ermordung direkt zusammen. Es gab wohl einen ganzen Kinderhändlerkreis rund um das Kindsbründl.«

»Crescentia, Dr. Kurz und Pater Sebastian waren also die Drahtzieher. Sie haben nach dem Tod von Schwester Adelheid das Geschäft weitergeführt.«

Sepp nickt. »Ja, diese Schwester Meier war das Oberhaupt,

aber es gab einen ganzen Verbrecherring. Die Polizei hat noch eine Menge Arbeit vor sich. Alle hoffen, dass Sebastian und du Licht ins Dunkel bringen werdet.«

Es klopft an der Tür. Kurt kommt mit versammelter Mannschaft ins Zimmer.

»Hallo, Rosi. Keine Angst, wir bleiben nicht lange. Aber ich konnte einfach keinen davon abhalten, dich kurz zu sehen«, meint Kurt.

Kalina tritt vor. Sie hat Mariella im Arm. »Guck, die Oma. Es ist so schön, dass du zurück bist von Toten.«

»Ja«, sagt Daniela mit ganz brüchiger Stimme.

Auch Raphael ist da. Alle stehen im kleinen Krankenzimmer, und ich kann in ihren Gesichtern Erleichterung und Freude erkennen.

Erneut kommen mir die Tränen. Ich strecke die Hand nach meinen Lieben aus. »Ihr könntet doch ohne mich gar nicht weitermachen. Ich musste zurückkommen und euch unter die Arme greifen.«

»Ach Mutti«, sagt Raphael und stürzt als Erster auf mich zu.

Jeder will mich anfassen und mir einen Kuss auf die Wange drücken. Mein Herz springt vor Freude, doch die vielen Leute machen mich auch müde.

Als dann auch noch Gitti zur Tür hereinstürmt, kann ich nur noch leise seufzen. Sepp deutet mein Stöhnen richtig und schickt alle nach Hause.

»Morgen«, sagt er streng. »Kommt morgen wieder. Rosi hat einen Mordanschlag überlebt, und jetzt wollt ihr sie mit eurer Liebe erdrücken.«

»Ich komme morgen ganz bald in der Früh«, verspricht Gitti, und ihre Augen leuchten dabei.

Ich nicke nur leicht und atme erleichtert auf, als im Raum nur noch Sepp, Kurt und ich sind.

»Na, Rosi. Ich warte mit meinen Fragen vielleicht auch besser bis morgen, oder?«, fragt Kurt.

»Wäre gut«, antwortet Sepp an meiner Stelle und fügt augenzwinkernd hinzu: »Außerdem will Rosi bestimmt alle bisherigen

Ermittlungsergebnisse wissen. Also bereite dich gut vor. Sonst wirst du noch als Rosis Befragter enden.«

Kurt lacht. »Natürlich, natürlich. Ruh dich aus, Rosi«, sagt er und geht.

Ich sehe mich im Raum um. »Wie spät ist es eigentlich? Und welchen Tag haben wir heute?«, will ich wissen.

»Es ist sieben Uhr abends, und wir haben Donnerstag«, antwortet Sepp.

Donnerstag. Ich habe fast eine Woche verschlafen und bin dennoch müde wie ein Neugeborenes.

Rosi, die Kämpferin

Rosis Heißhungertipps
Ein Glas Wasser vor dem Essen trinken, das füllt den Magen.
Gemüse klein schnippeln und essen, bis man satt ist.
Vor dem Essen intensiv an den Speisen riechen, das dämpft den Heißhunger.
Akupressurpunkt in der Furche der Oberlippe dreißig Sekunden lang drücken.

Alte Autos sind schneller repariert, sagt man. Auf Donald trifft das gewiss zu und auf mich wohl auch. Schon am nächsten Morgen fühle ich mich viel besser. Sepp hat die ganze Nacht neben mir ausgeharrt. Obwohl ihm jeder Knochen von der unbequemen Haltung im Stuhl wehtun muss, lächelt er.

»Wie geht's dir?«, fragt er mit belegter Stimme.

»Ganz gut, danke. Aber du siehst ziemlich geschafft aus.«

Sepp gähnt und streckt sich. Ich höre seine Knie knacken. Dann steht er auf.

»Sobald einer deiner Besucher da ist, fahre ich nach Hause und nehme eine Dusche. Danach bin ich wieder wie neu«, verspricht er.

Ich setze mich auf. »Nimm mich mit. Ich hasse Krankenhäuser«, sage ich und drehe den Kopf im Nacken. Auch ich fühle mich verspannt. Aber das ist nach dem tagelangen Liegen auch kein Wunder.

»Gestern noch halb tot und heute schon abreisebereit. Nein, meine Liebe, so funktioniert das nicht. Du musst dich ordentlich erholen, und der Arzt muss dich untersuchen. So eine Überdosis steckt man nicht einfach weg wie einen morgendlichen Kater.«

»Du hast ja recht. Aber ehrlich, mir geht es gut. Wenn du gleich nach Hause willst, ist das in Ordnung.«

Sepp denkt einen Moment über meinen Vorschlag nach, und bevor er mir antworten kann, öffnet sich auch schon die Zimmertür, und eine Schwester fährt den Wagen mit dem Frühstück herein. Sie stellt rasch das Tablett auf das Nachtkästchen und schwirrt ebenso eilig hinaus.

Ich beäuge skeptisch das Tablett. Eine Scheibe Weißbrot und

ein Löffel Marmelade. Keine Butter, keine Wurst, kein Käse. Vorsichtig hebe ich den Deckel von der Kaffeekanne. Der abscheuliche Geruch von Getreidekaffee steigt mir in die Nase.

»Ja pfui Teufel. Man will mich schon wieder vergiften. Sepp, hilf mir!«, flehe ich.

Sepp lacht. »Ich befürchte, du bist noch auf Schonkost.«

»Das ist Folter, keine Schonkost«, beschwere ich mich.

»Ich fahre heim, springe unter die Dusche und bringe die Kapselmaschine mit«, schlägt Sepp vor.

»Mein edler Ritter und Retter«, sage ich dankbar.

»Bis später«, meint Sepp und gibt mir einen Abschiedskuss.

Dann bin ich allein mit dem traurigen Stück Brot und dem schaurigen Kaffee. Das Schlucken fällt mir noch immer etwas schwer, und so stelle ich fest, dass die Brotscheibe tatsächlich für meinen angeschlagenen Körper ausreicht. Den Kaffee verweigere ich aber aus Prinzip. Bevor ich etwas von diesem Gesöff trinke, baue ich mir meine Kaffeebohnen lieber selbst an und röste sie mir in der Pfanne.

Meine Einsamkeit dauert nicht lange. Zuerst kommt der Arzt und untersucht mich erneut. Er scheint mit mir zufrieden zu sein, denn sein Lächeln ist breit, und er nickt freudig.

»Eine echte Kämpfernatur. Genau, wie Ihre Familie behauptet hat«, stellt er anerkennend fest.

»Wann darf ich nach Hause?«, frage ich.

Dr. Milovic legt den Kopf schief und runzelt die Stirn. »Montag, vielleicht auch erst Dienstag«, meint er dann.

Ich seufze. Wochenenden im Spital sind tausendmal schlimmer als Arbeitstage. Dann verabschiedet sich Dr. Milovic, und Gitti rauscht ins Zimmer. Ihre blausilbernen Locken wippen. Sie hat eine McDonald's-Tüte mitgebracht.

»Kommst du den nächsten Mordanschlag auf mich verüben?«, will ich entsetzt wissen.

»Nein, aber Sepp hat mich angerufen und mir von deinen Nöten berichtet.« Sie zieht triumphierend zwei Pappbecher aus der Tüte. »Jacobs-Kaffee, frisch vom amerikanischen Spezialitätenrestaurant.«

»Es gibt einen Gott«, seufze ich und strecke die Hand nach dem Becher aus.

Gitti kichert. Sie zieht sich den Stuhl ans Bett und sieht mir dabei zu, wie ich vorsichtig an meinem Kaffee nippe. Köstlich bitter und heiß rinnt er meine Kehle hinunter. Die Schluckprobleme sind so gut wie ausgeheilt, und ich fühle, wie die Lebensgeister zurückkehren.

»Du machst vielleicht Sachen«, sagt Gitti dann.

Ich weiß nicht, was ich darauf antworten soll, also schweige ich.

Gitti hat jedoch keine Probleme, die richtigen Worte zu finden. »Da lässt man dich mal weg von daheim, in einen christlichen Wallfahrtsort, und was machst du? Hebst einen Kinderhändlerring aus und bringst dich dabei selbst in Lebensgefahr. Nicht einmal bei anständigen Klosterfrauen kann man dich getrost unterbringen.«

»Vor allem nicht bei Nonnen«, antwortet plötzlich jemand hinter ihr. Ich blicke auf. Klara steht da, die Hände vor dem Schoß gefaltet, und lächelt traurig.

»Klara«, sage ich und strecke ihr die Hand entgegen.

Sie läuft auf mich zu, nimmt meine Hand und drückt sie fest gegen ihre Brust. »Oh Rosi. Verzeih mir. Es tut mir so leid. Ich hätte dich besser unterstützen sollen.«

»Schon gut. Es ist ja alles gut gegangen. Ich lebe. Sebastian ist nichts geschehen, und die Polizei wird die übrig gebliebenen Rätsel lösen. Dann ist alles wieder gut.«

Klara sieht mich mit traurigen Augen an und seufzt. »Nichts wird mehr gut werden. Ich bin die Letzte, die noch da ist. Und das ist noch nicht mal sicher. Die Polizei glaubt mir zwar jetzt, dass meine Tropfen nicht die Ursache für Sebastians Herzanfall waren, aber sie haben auch noch keinen anderen Hinweis gefunden.«

»Sie sollen mal bei Dr. Kurz nachsehen. Da werden sie fündig. Er und Crescentia wollten Sebastian aus dem Weg räumen. Das ist doch wohl für jedermann offensichtlich.«

»Die beiden schweigen sich aus. Die Durchsuchung von Kurz'

Praxis ist nicht so einfach – ärztliche Schweigepflicht und so weiter –, und Sebastian war bislang nicht vernehmungsfähig. Wenn er auch noch mauert, dann wird es kompliziert.«

»Er wird aussagen. Dafür sorge ich ansonsten höchstpersönlich. Der gute Pater ist mir etwas schuldig – sein Leben«, sage ich streng.

»Das will ich aber auch meinen«, erbost sich Gitti und ballt die Hand zur Faust, »meine allerbeste Freundin riskiert Kopf und Kragen für den Kuttenträger, und dann verweigert der die Aussage? Zur Not setze ich ihm auch noch zu.«

»Du willst ja nur deine Neugierde stillen«, sage ich grinsend.

»Natürlich will ich das«, gibt Gitti offen zu.

»Für Milena kommt aber jedes Ergebnis zu spät. Ich hätte ihr gegönnt, dass sie Darius – oder Markus, wie er jetzt heißt – wiederfindet und sieht, dass es dem Jungen gut geht.«

»Markus?«, frage ich interessiert nach.

Klara nickt aufgeregt. »Ja, aber wahrscheinlich bin ich etwas voreilig gewesen. Kurt wollte es dir bestimmt selbst sagen. Milenas Sohn wurde im Rahmen der Ermittlungen schon ausfindig gemacht. Er lebt sogar ganz in der Nähe, wurde von einem kinderlosen Ehepaar adoptiert und besucht jetzt das Gymnasium in Braunau. Ein blitzgescheiter, bildhübscher Junge. Milena hätte sich bestimmt gefreut, ihn zu sehen.«

»Und die Adoptiveltern? Wussten sie, dass ihr Markus eigentlich Darius hieß und nicht freiwillig zur Adoption freigegeben wurde?«

Klara schüttelt den Kopf. »Die beiden waren schockiert. Sie hatten keine Ahnung. Damals lief alles über Schwester Adelheid und hatte zumindest nach außen einen legalen und offiziellen Eindruck gemacht. Später, nach Adelheids Tod, haben Crescentia, Dr. Kurz und Sebastian das Geschäft unter der Hand weitergeführt. Durch Mund-zu-Mund-Propaganda –«

»Aha. Ich komme wohl zu spät, und Rosi ist schon im Bilde«, knurrt Kurt. Er ist ohne Anklopfen eingetreten und trägt einen Aktenkoffer mit sich.

»Aber nein. Wir gehen schon und überlassen den Rest der

Polizei«, entschuldigt sich Klara schnell. Der Schrecken über ihre Festnahme sitzt ihr noch gehörig im Nacken. Mit einem Mal sieht sie klein und verletzlich aus.

Kurt lacht nun gutmütig. »Schon in Ordnung. Wenn ich der Annahme gewesen wäre, dass ihr beiden unserer Rosi etwas erzählen könntet, dass sie nicht wissen soll, dann hätte ich den Wachmann draußen angewiesen, euch nicht durchzulassen.«

»Wachmann?«, frage ich.

Kurt nickt. »Ja. Aspirant Bichler steht vor der Tür Wache. Eigentlich ist er für Pater Sebastian zuständig, aber er hat auch auf dich ein Auge.«

Gitti erhebt sich vom Stuhl und verabschiedet sich schweren Herzens. Klara schließt sich ihr an, und so sind Kurt und ich allein.

Kurt setzt sich plump auf den Stuhl und zieht sich das Nachtkästchen heran. Das Frühstückstablett stellt er kurzerhand auf den Boden. Dann öffnet er den Aktenkoffer, holt einen Laptop heraus und positioniert ihn auf dem Kästchen. Der Computer piepst.

Kurt sieht auf und grinst. »So, Rosi, bevor ich dich über alles informiere, was du wissen willst, möchte ich, dass du mir erzählst, wie es zu dem, ähm, Vorfall gekommen ist. Von Anfang an bitte.«

»Vorfall? Du meinst Crescentias Spritzenattacke?«

Kurt murrt zustimmend. Ich lasse mich zurück in das Kissen sinken. Warum konnte Kurt nicht zehn Minuten später kommen? Dann wäre ich von Klara auf den neuesten Stand der Dinge gebracht worden. Aber so muss ich erst meinen Beitrag leisten, bevor Kurt vielleicht sein Versprechen einhält und mir von den Ermittlungen erzählt.

Jammern nutzt nichts, hat mein Horst immer gesagt. Also beginne ich und berichte Kurt alles bis ins kleinste Detail. Mit Klaras Anruf bei mir fange ich an. Kurt tippt wie verrückt mit. Nur selten stellt er mir eine Zwischenfrage, die ich stets beantworten kann. Als ich fertig bin, sieht Kurt mir kurz in die Augen und schließt dann den Computer an den Aktenkoffer an. Eine

Minute später rattert der Koffer, und der tragbare Drucker darin spuckt meine getippte Aussage aus.

»Durchlesen, und wenn alles stimmt, unterschreiben«, kommandiert Kurt im Polizistentonfall.

Ich zeige mich von meiner gehorsamen Seite und werfe ihm keine spitzzüngige Erwiderung entgegen.

»Danke, Rosi. Und jetzt zu meinem Teil der Abmachung. Erstens habe ich es so hingedreht, dass du offiziell die Beweismittel sofort nach Auffinden mir übergeben hast, verstanden? Ich hatte also den Strampelanzug und das Foto, direkt nachdem du die Sachen zufällig beim Blumengießen in Milenas Wohnung entdeckt hast. Klara und Sepp haben das auch schon bestätigt. Zweitens haben wir alle Hinweise nochmals untersucht und sind zu dem Ergebnis gekommen …«

»Ja?«, frage ich.

»… dass du mit deiner Vermutung recht hattest. Milena starb aufgrund ihrer Vergangenheit und nicht durch die eifersüchtige Hand des liebestrunkenen Pater Boris. Crescentia und Dr. Kurz weigern sich zwar auszusagen, aber man hat bei einer erneuten Untersuchung der Leiche einen deutlichen Einstich gefunden. Milena starb durch eine Todesspritze und nicht durch die Messerstecherei.«

Kurt reibt sich kurz die müden Augen. »Dr. Kurz und Crescentia wollten Sebastian auf die gleiche Art und Weise aus dem Weg räumen, daher ist wohl klar, wer Milena ermordet hat. Das deckt sich auch mit deiner Aussage. Der Hintergrund ihrer Tat liegt bestimmt im Kinderhandel. Es gab einen florierenden Markt für gesunde Neugeborene aus Tschechien. Die Prostituierten jenseits der Grenze waren zum Teil auch froh darüber, dass sie ihre Kinder gut untergebracht wussten. Aber es gab auch andere. Milena zum Beispiel.«

Ich nicke. Genau das habe ich mir gedacht. Wieso sonst hätte Milena sich auf die Suche nach ihrem Kind machen sollen?

»Wir können zwar nur annehmen, was wirklich passiert ist, aber wir denken, man hat Milena versprochen, das Kind in Obhut einer Pflegefamilie zu geben, bis sie eine andere Arbeit gefunden hätte. Die Oberschwester Meier hat ihr wahrscheinlich zugesagt, dass sie danach in ein Mutter-Kind-Heim könne. Doch später hat es plötzlich geheißen, sie hätte doch selbst die Adoptionspapiere unterschrieben. Auf jeden Fall war das die übliche Vorgehensweise. Wir haben mit anderen Betroffenen gesprochen. Raphael war ja dank deiner Aufforderung ziemlich fleißig mit der Recherche und hat uns gleich die Kontaktdaten eines anderen Opfers gegeben.«

Ich höre den tadelnden Unterton in Kurts Stimme, aber ich sage lieber nichts dazu. Natürlich wäre es einfacher gewesen, ihn von Anfang an einzubeziehen, aber Kurt ist auch ein schrecklicher Zweifler. Für ihn zählen Fakten und Beweise mehr als mein Gefühl und meine juckende Nase, wenn ich auf der richtigen Spur bin.

Als Kurt merkt, dass ich mich zu keiner Entschuldigung herablasse, murrt er leise und presst dann die Lippen aufeinander. Ich halte seinem Blick stand, und schließlich gibt er auf und fährt fort: »Auf jeden Fall steht fest, dass dieses verbrecherische Trio bis heute Kinder über die Grenze geschmuggelt, mit falschen Papieren ausgestattet und zahlungskräftigen Kinderlosen zur Adoption angeboten hat. Für uns wäre nun natürlich interessant, wer welche Aufgaben innehatte und vor allem wer das Gehirn der Bande war.«

»Ich tippe ja auf Crescentia«, sage ich überzeugt. Die Erinnerung an ihren wahnsinnigen Gesichtsausdruck, als sie sich mit der Spritze auf mich geworfen hat, lässt mir das Blut in den Adern gefrieren.

»Vielleicht ist es so, Rosi. Ich hoffe, dass Pater Sebastian das Schweigen bricht. Er hat sich von der Vergiftung erholt, und wir werden ihn am Nachmittag in die Direktion bringen und verhören.«

»Bring mich zu ihm!«, fordere ich vehement.

Kurt verengt die Augen. Sein Kehlkopf hüpft auf und ab. Wenn man Gedanken sehen könnte, würden sie jetzt fett gedruckt auf seiner Stirn zu lesen stehen.

»Also gut«, sagt er dann überraschenderweise.

Ich fühle mich total überrumpelt. Dass er so schnell nachgeben würde, hatte ich nicht erwartet.

»Bevor du dich wieder auf Alleintour begibst und dich oder andere in Gefahr bringst, begleite ich dich lieber zu Sebastian ins Nebenzimmer. Außerdem schadet es vielleicht wirklich nicht, wenn er seiner Retterin in die Augen schaut. Dann noch zu lügen oder sich auszuschweigen dürfte ihm schwerfallen, oder?«

»Das meine ich auch. Danke, Kurt. Ich muss mich aber noch frisch machen.«

Kurt nickt. »Ich hole die Schwester«, sagt er und drückt den Klingelknopf, bevor ich mich dagegen wehren kann.

Zum Glück ist es nicht die Krankenschwester, die ich von Sebastians Zimmer weggelockt habe. Stattdessen kommt eine mindestens vierzigjährige, stark geschminkte Frau herein, die mich entfernt an Sepps Domina im Herzkasterl erinnert. Als sie aber spricht, ist ihre Stimme sanft, beinahe schüchtern, und will so gar nicht zu dem aufgetakelten Erscheinungsbild passen. In aller Kürze erzählt Kurt ihr von unserem Vorhaben und meinem Wunsch, zurechtgemacht zu werden.

»Kein Problem«, säuselt sie und lächelt. »Frau Beingruber darf und soll sich laut Oberarzt Milovic sogar etwas bewegen. Solange der Kreislauf mitmacht.«

Dann dreht sie sich zu mir um und meint freundlich: »Kommen Sie, Frau Rosi. Ich helfe Ihnen.«

Sie bietet mir ihren Arm an, und auch wenn ich es ungern zugebe, bin ich froh darüber. Meine Beine wackeln, und einen Augenblick dreht sich sogar der Boden unter meinen Füßen, aber dann schaffe ich es und marschiere ins Badezimmer.

Ich sehe furchterregend aus. Meine Haare stehen ab, als wären sie Blitzableiter, und ich habe den Teint eines halb rohen Palatschinkens. Zum Fürchten! Doch nach einer kühlen Gesichtswaschung vor dem Spiegel, einer ordentlichen Bürstenorgie in dem Vogelnest auf meinem Kopf und einer Runde Zähneputzen sehe ich schon wieder menschlicher aus.

Ich will mir auch etwas anderes anziehen. Diese Krankenhausnachthemden sind vielleicht an jungen Dingern schön anzusehen, bei mir wirken sie aber nur wie durchscheinende Blümchenvorhänge mit unvorteilhaftem Schnitt. Die Schwester holt eines meiner Alltagskleider aus dem Schrank. Damit werde ich zwar auch kein Supermodel, aber ich kann mich zumindest sehen lassen. Nur bei den Schuhen bleibt die Schwester hart. Sie weigert sich, mir die Stiefel zu geben, weil sie einen kleinen Absatz haben.

»Einen Oberschenkelhalsbruch können Sie sich nicht erlauben. Ich habe bemerkt, dass Sie noch ganz wackelig auf den Beinen stehen«, sagt sie und schiebt mir die flachen Birkenstock-Pantoffeln hin. Seufzend gebe ich mich geschlagen und schlüpfe in die Latschen.

Im Zimmer erwartet mich Kurt. Er telefoniert gerade und zeigt mir nur mit einem Handwink, dass es gleich losgeht. Ich warte geduldig. Mein Magen knurrt, und ich werfe einen Blick auf die Wanduhr. Es ist schon elf, und seit dem mageren Frühstück und Gittis rettendem Kaffee habe ich nichts mehr zu mir genommen. Kein Wunder, dass mein Bauch rebelliert und mein Körper nach einem höheren Blutzuckerspiegel lechzt.

Kurt beendet sein Telefonat. »Bereit?«, fragt er.

Ich nicke.

Gemeinsam gehen wir auf den Flur. Die paar Meter Fußmarsch gestalten sich schwieriger als vermutet. Mein Kreislauf hat das Laufen verlernt. Ich bemühe mich um Fassung. Vor der benachbarten Zimmertür steht ein blutjunger Polizist.

»Aspirant Bichler«, grüßt Kurt.

Der junge Mann nimmt sofort eine steife Körperhaltung ein und tritt dann zur Seite.

Wir gehen ins Zimmer. Pater Sebastian liegt nicht im Bett, sondern sitzt auf einem Stuhl vor dem verriegelten Fenster. Er wendet sich nicht einmal um.

»Ist es Zeit, zu gehen?«, fragt er.

»Es ist Zeit, zu reden«, antworte ich.

Erschrocken fährt er herum und sieht mich mit großen Augen an.

»Frau, Frau … Rosi«, sagt er schließlich, und sein Gesicht fällt in sich zusammen. Reumütig und traurig wirkt er nun. »Es tut mir leid, dass Sie verletzt wurden, und ich danke Ihnen, dass Sie mir noch eine Verlängerung auf Gottes Erden beschert haben«, sagt er leise.

»Gern geschehen.«

Kurt zieht zwei weitere Stühle vom Bett weg und vors Fenster. »Pater Sebastian. Ich habe mir gedacht, Sie möchten vielleicht lieber gleich hier reden als später auf der Direktion. Rosi wäre dabei, und ich würde mitschreiben.«

Der Pater wird noch blasser, und rund um seine Nase erkenne ich einen ungesunden grünlichen Schimmer. Er wirft die Hände in die Luft. »Gott erbarme. Ich kann nichts sagen. Wenn ich rede, bin ich verloren.«

Ich setze mich zu ihm und sage ernst: »Ich habe mein Leben aufs Spiel gesetzt, um Ihres zu retten. Wenn Sie mir zuliebe nicht sprechen, dann wenigstens für Milena und Darius. Sie sind es den beiden schuldig.«

Der Pater beginnt zu schluchzen. Er vergräbt das Gesicht in seinen Händen, und erst eine halbe Ewigkeit später sieht er wieder auf und zieht zitternd die Luft in die Lungen.

»Ich hätte mich niemals darauf einlassen dürfen. Aber Schwester Adelheid war eine einflussreiche und einnehmende Frau. Sie hatte familiäre Verbindungen zum Bischof und war überall hoch angesehen. Als sie mich für ihre Mütterhilfe angeworben hat, fühlte ich mich sogar geehrt. Aber wahrscheinlich hat sie mich nur ausgewählt, weil ich fließend Tschechisch spreche.« Ein bitterer Zug zeigt sich um seinen Mund.

»Ich bin dann wochenweise nach Tschechien gefahren und habe dort gearbeitet. Den Rest der Zeit verbrachte ich schon hier in Maria Schmolln. Es war eine schöne Abwechslung, und zu Beginn sah meine Arbeit auch nach einer gewöhnlichen Beratertätigkeit aus. Ich sollte in Tschechien junge Frauen davon abhalten, eine Abtreibung vorzunehmen und ihnen stattdessen andere Möglichkeiten aufzeigen. Pflegeeltern, Adoption, Mutter-Kind-Heime. Ich habe lange geglaubt, dass ich etwas Gutes tue. Ehrlich. Die meisten Frauen waren, na ja … sie arbeiteten als Liebesdienerinnen. Wahrscheinlich wäre ich auch nie hinter die ganze Geschichte gekommen, wenn damals nicht diese junge Frau gewesen wäre, die immer wieder kam und nach ihrem Jungen fragte.«

»Milena«, schlussfolgere ich.

Er nickt. »Schließlich hat mich Schwester Adelheid in die wahren Machenschaften eingeweiht. Ich wollte damals nur weg und alles hinter mir lassen. Aber sie hat beim Bischof höchstpersönlich dafür gesorgt, dass ich blieb. Und irgendwann habe ich mich, nun ja, damit abgefunden und mir eingeredet, dass die Frauen ohnehin keine guten Mütter geworden wären. Nach Tschechien hat man mich nicht mehr geschickt.«

»Und dann?«, frage ich nach.

»Ich hatte nicht angenommen, dass mich jemals eine der Frauen in Maria Schmolln finden würde. Doch ich hatte nicht mit Milenas Mutterliebe gerechnet. Sie ist den Spuren von Adelheid gefolgt und schließlich hier gelandet. Am Anfang habe ich darauf gepocht, dass ich nicht der Priester sein konnte, den sie in mir zu erkennen glaubte, doch sie ließ sich nicht aufhalten. Außerdem tat sie mir so leid.« Er schaut so flehend, dass ich ihm glaube.

»Also habe ich mich schließlich dazu bereit erklärt, ihr alle Dokumente zu geben, die ich auftreiben konnte. Crescentia ist eine ordentliche Frau, und sie hat alles fein säuberlich abgelegt. Wir haben das Treffen am Kindsbründl vereinbart … und dann war sie tot.«

»Wo finden wir die Unterlagen?«, fragt Kurt streng.

»In der Sakristei zwischen den Messbüchern stehen Ordner, die mit ›Predigten‹ beschriftet sind. Einige davon beinhalten die Aufzeichnungen. Crescentia war der Ansicht, dass dort nie jemand nachsehen würde.«

Kurt nickt ernst. »Haben Sie einen Moment lang geglaubt, dass Pater Boris der Mörder war?«

Sebastian seufzt leise. »Keine Sekunde. Ich wusste von Anfang an, dass Crescentia und Dr. Kurz dahintersteckten. Milena wurde einfach zu gefährlich und hätte die ganze Organisation zu Fall bringen können. Boris hatte seine Schwächen. Er war kein guter Priester, eher ein guter Sektenführer, und er gab einen perfekten Mörder ab. Es war klar, dass der Verdacht schnell auf ihn fallen würde. Immerhin hat er Milena nachgestellt und die Bevölkerung gegen sie aufgehetzt.«

Jetzt verstehe ich auch, dass Sebastian so mit seinem Herzproblem zu kämpfen hatte. Er musste mit dem schlechten Gewissen herumlaufen und mitansehen, wie ein Unschuldiger verhaftet und öffentlich niedergemacht wurde.

»Und der Herzanfall? Wurde er tatsächlich von Klaras Tropfen ausgelöst?«, fragt Kurt weiter.

Pater Sebastian schüttelt den Kopf. »Ich glaube nicht. Ich war so aufgelöst, richtig neben der Spur, und bin zum Doktor gegangen, er hat mir Kapseln verschrieben. Ich habe sie genommen, und die Tropfen obendrein, weil mein Herz so gepocht hat. Diese MMS mit dem Foto und der Kleidung … Ich hatte solche Angst davor, wer das sein könnte und was derjenige von mir wollte.«

»Haben Sie Dr. Kurz davon erzählt?«

»Nein«, antwortet Sebastian, »aber Crescentia. Von ihr hat es der Doktor bestimmt erfahren.«

Kurt notiert eifrig.

In sich zusammengesunken sitzt Sebastian auf dem Stuhl und starrt ins Leere.

»Warum haben Sie diese Bande nicht verlassen? Zumindest nach dem Tod dieser Adelheid wäre es doch möglich gewesen, oder?«

»Es gibt immer einen Nachfolger. Adelheid war ein Mephisto, doch sie war ein Nichts, wenn man erst den Teufel kennt.«

»Einen Moment! Wer ist Schwester Adelheids Nachfolger?«, frage ich.

Doch Sebastian schweigt. Teilnahmslos schaut er ins Leere.

»Sebastian. Pater!«, versuche ich es erneut. »Hat Crescentia die Führung übernommen oder Dr. Kurz?«

Keine Regung.

»Jemand anderes? Ein Kirchenmitglied? Wer?«, bohre ich nach, doch es ist zwecklos.

Sebastian hat es die Sprache verschlagen. Kurt wartet noch ein paar Minuten und fragt dann selbst noch einmal nach, aber Sebastian hüllt sich nun in das gleiche Schweigen wie seine Mittäter.

Schließlich gibt Kurt auf und packt seine Notizen zurück in den Koffer. »Wir treffen uns später auf der Direktion. Denken Sie darüber nach, ob Sie nicht doch besser eine vollständige Aussage machen wollen. Kooperation wirkt sich mildernd auf das Strafmaß aus.«

Wir gehen. Mein Magen knurrt, mein Kreislauf tut gerade einmal das Nötigste, und ich fühle mich ungewöhnlich erschöpft. Kurt greift mir unter den Arm und führt mich am Polizeilehrling vorbei zurück in mein Zimmer.

Der Essenswagen steht zum Glück schon neben dem Bett, und Sepp sitzt ebenfalls wieder im Stuhl. Er schnarcht leise. Wenn das öfter vorkommt, gewöhnt er sich womöglich an diese unbequeme Schlafhaltung.

»Guten Morgen, Schlafmütze«, sage ich.

Sepp fährt hoch. »Oh, schon zurück. Ich habe der Schwester gesagt, sie soll dein Tablett einfach hierlassen. Du hast bestimmt Hunger.«

»Wie ein Bär.«

Kurt holt mir einen weiteren Stuhl, und ich setze mich. Ein paar Sekunden bleibt er an meiner Seite, streicht sich dann über den Bauch und meint, er würde besser in die Polizeidirektion fahren und seine Kollegen anleiten, die Predigtbücher zu suchen. Ich stimme ihm zu.

Es tut gut, mit Sepp allein zu sein. Er packt das Tablett auf den Tisch und nimmt den Warmhaltedeckel vom Suppenteller. In der Schüssel schwimmt ein einsames Griesnockerl in der klaren Brühe.

Das ist ja eine Kleinkinderportion. Mein Kehlkopf hat sich wieder so beruhigt, dass die Suppe im Nu weg ist.

»Na, dir schmeckt es aber«, sagt Sepp lächelnd. »Ist aber auch gut so. Ich vermisse dich schon zu Hause.«

Ein warmes Gefühl durchströmt mich. Zu Hause. Ich freue

mich auf meinen kleinen Hof, auf die Hühner, auf den Kachelofen und auf eine ordentliche Mahlzeit.

Sepp lächelt wissend und hebt den nächsten Deckel. Auch das Hauptgericht fällt mager aus. Ein kleines Putenschnitzel gebraten in Natursaft mit ungewürztem Reis. Ich esse es dennoch. Die Nachspeise lasse ich aber gern weg. Naturjoghurt mit einer Pfirsichhälfte. Nein danke. Ich hätte viel eher Lust auf ein ordentliches Stück Linzer Torte, eine Esterházy oder auch einen Germknödel.

»Hast du eigentlich schon etwas Anständiges zu Mittag gegessen?«, frage ich Sepp.

Er grinst schelmisch. »Du willst es nicht wissen, Rosi.«

»Sag schon«, bettle ich.

»Kalina hat endlich den Dreh raus. Ihr Innviertler Knödelteller ist beinahe so gut wie deiner, und der Apfelstrudel … mhhh«, seufzt Sepp zufrieden.

»Och. Ich arme Seele«, sage ich und träume von zarten Grammel- und Speckknödeln, würzigem Sauerkraut und dem winterlichen Zimtduft des Apfelstrudels.

»Aber ich habe als kleines Trostpflaster deine Kaffeemaschine mitgebracht«, holt mich Sepp zurück aus meiner Träumerei.

»Ich danke dir«, sage ich und freue mich auf den Geruch frisch gerösteter Kaffeebohnen. Ich befinde mich eindeutig auf dem Weg der Besserung. Das Essen macht zumindest wieder Spaß.

Mephisto, Beelzebub und Teufelei

Blutungen stillen und Verletzungen behandeln
Kleine Verletzungen, die aber stark bluten: Steriles Tuch auf die Wunde pressen, bis die Blutung aufhört. Kleine Schnittwunden am Finger unter kaltes, fließendes Wasser halten. Narben heilen schöner, wenn man sie regelmäßig mit Johanniskrautöl eincremt. Ringelblumensalbe eignet sich gut zur Behandlung von bereits geschlossenen Wunden.

Wochenenden im Krankenhaus sind unerträglich. Zumindest, wenn man sich einigermaßen fit fühlt. Ich kann mich nicht beschweren, dass mir langweilig wäre. Die Besucher geben sich die Klinke in die Hand. Meine Kinder kommen, und es fällt mir schwer, Daniela nicht auf das Bäuchlein anzusprechen, dass sich schon leicht unter ihrem Shirt abzeichnet. Doch ich habe es Kurt versprochen. Kalina und Raphael haben Baby Mariella mit dabei, und ich atme gierig den Babyduft ein, als die Kleine in meinem Arm einschläft. Raphael fängt schließlich mit dem leidigen Hausthema an, und ich lege mir schon die Argumente zurecht, dass die drei nicht länger im Herzkasterl wohnen sollten, als er mich mit seiner Ankündigung überrascht.

»Ich hab schon mit dem Bürgermeister gesprochen. So direkt neben dein Haus will ich nicht bauen. Aber du hast ja noch diese Wiese hinter dem Hühnerstall und dem Bächlein.«

»Ja?«, frage ich.

»Der Bürgermeister meinte, eine Umwidmung wäre kein Thema, und dann würden wir nicht direkt Tür an Tür wohnen.«

»In Ordnung«, sage ich knapp.

»Ehrlich?«, will Raphael wissen.

Ich nicke. Kalina stößt einen kleinen Freudenschrei aus und schmatzt mir im nächsten Moment einen Kuss auf die Wange. Mariella wacht auf und beginnt zu jammern. Alles scheint normal zu sein, und doch drücken mich die vergangenen Tage wie schwere Steine auf dem Herzen.

Die Stunden vergehen, und trotz Besuch und Ablenkung wäre ich hundertmal lieber zu Hause als in diesem Krankenzimmer.

Ich träume. Doch diesmal weiß ich, dass es nur ein Traum ist. Barfuß stehe ich im Wald. Das Moos zwischen meinen Zehen ist feucht und kitzelt mich. Der Vollmond hängt am Himmel. Das leise Plätschern einer Quelle dringt an mein Ohr. Sonst ist es still. Viel zu still für einen Wald. Eine Gestalt, eingehüllt in Tücher und Röcke. Gebückt sucht sie etwas am Boden.

»Hallo«, sage ich, und meine Stimme hört sich so fremd an, als würde sie gar nicht mir gehören. Die Gestalt dreht sich um. Ich kann ihr Gesicht nicht erkennen, und doch weiß ich im Inneren, dass es Milena ist.

»Wir haben Darius gefunden. Es geht ihm gut. Er ist in Sicherheit«, sage ich, doch Milena reagiert nicht. Stattdessen bückt sie sich erneut und zieht etwas unter einer Wurzel hervor. Glänzend weiß hält sie es in der Hand. Ich gehe ein paar Schritte auf sie zu. Sie streckt mir den weißen Gegenstand entgegen. Es ist ein Engelsflügel aus Porzellan. Ich nehme ihn vorsichtig, doch das Porzellan schneidet in mein Fleisch. Der Flügel fällt zu Boden. Blut tropft darauf. Ich will mich bei Milena entschuldigen, doch an ihrer Stelle steht plötzlich Pater Sebastian zwischen den Bäumen.

Er starrt mich aus leeren Augenhöhlen an. »Siehst du ihn nicht?« Ich weiß nicht, was er meint. Gleißend helles Licht über mir. »Der gefallene Engel!«, schreit Sebastian und lacht hysterisch.

Ich wache auf und knipse das Licht an. Warm und klebrig fühlt sich meine Hand an, und als ich daraufblicke, sehe ich, wie das Blut hinunterläuft. Ich drücke den Klingelknopf.

Die Nachtschwester stürmt herein und sieht die Sauerei. »Ach Gottchen, der Venenzugang hätte schon längst entfernt werden müssen. Jetzt haben Sie ihn sich im Traum herausgerissen, Sie Ärmste«, stellt sie mitfühlend fest und macht sich gleich daran, die kleine Wunde zu verbinden und das Blut wegzuwischen.

Ich erwidere nichts auf ihr Bedauern, sondern hänge meinen Gedanken nach. Was beschert mir nur solche Alpträume? Meine Grübelei führt zu keinem Ergebnis. Wenn doch Sepp hier wäre und ich mit ihm sprechen könnte. Aber eine weitere Nacht in dem Besucherstuhl wäre eine Zumutung für ihn gewesen.

Als ich sauber und verbunden bin, lege ich mich wieder hin

und versuche zu schlafen. Mehr als ein unruhiges Dösen ist nicht mehr möglich. Zum Glück ist morgen Montag, und ich darf endlich nach Hause.

Dr. Milovic kommt noch während des Frühstücks und erklärt mir, dass er noch einen Ultraschall machen müsse, um zu sehen, ob alle inneren Organe den Angriff gut überstanden hätten.

»Melden Sie sich unten in der Ultraschallabteilung, wenn Sie fertig sind. Wir müssen die Leber und die Milz noch checken. Und nehmen Sie bitte das Krankenblatt mit«, instruiert er mich.

»Soll ich lieber gleich mitkommen?«, frage ich nach, aber er schüttelt den Kopf.

»Für Ihren Kreislauf ist es besser, wenn Sie etwas gegessen haben, und den Magen untersuche ich ohnehin nicht. Bei Ihrem Appetit kann da nichts im Argen liegen«, lacht er und geht.

Eine halbe Stunde später marschiere ich, das Patientenblatt unter der Achsel eingeklemmt, hinunter zur Ultraschallabteilung. Es tut gut, ohne Aufsicht und Begleitung unterwegs zu sein. Seit Pater Sebastian nicht mehr im Krankenhaus ist, steht zwar kein Wachmann mehr vor der Tür, aber dafür hat mich meine Familie stets gut behütet.

Unten gebe ich meine Akte der Schwester im Empfangsbereich und setze mich in den Warteraum. Ich bin die einzige Patientin, und daher hoffe ich, dass ich schnell drankomme. Dennoch nehme ich eine der herumliegenden Zeitschriften. Es ist lustig, mit welchen Themen sich Menschen beschäftigen, die sonst keine Probleme haben. Wen interessiert es wirklich, ob Gräfin XY zugenommen hat oder ob Filmstar Z sich jetzt scheiden lässt, weil ihn seine Frau mit einem fünfzehn Jahre jüngeren Schauspieler betrogen hat? Am besten sind aber die lächerlichen Fotos, auf denen Pfeile auf vermeintliche Babybäuche, Speckfalten oder Cellulitepolster deuten.

Die Tür geht auf, und ich sehe erwartungsvoll hoch, doch es ist nur ein Pfleger, der eine Patientin in einem Rollstuhl hereinschiebt. Ich senke den Blick wieder und blättere weiter in den Tratschgeschichten der High Society.

»Rosi?«

Ich drehe mich zur Rollstuhlfahrerin um, und mir stockt der Atem. Es ist Ludmilla, und sie sieht verändert aus. Besser.

»Frau Kerschbaum. Milli«, sage ich und lächle, nachdem ich den ersten Schreck überwunden habe.

»Wie geht es? Sie sehen gut aus. Sie freuen sich bestimmt, dass Sie bald nach Hause können, nicht wahr?«, beginne ich das Gespräch.

Milli reißt panisch die Augen auf. »Nein, bitte, nein! Rosi!«, sagt sie und japst nach Luft. »Dann hat er mich wieder. Er ist es! Er ist es immer gewesen! Er hat mein Engelchen genommen. Sie war so schön. Das schönste Kind der Welt.« Sie weint.

»Milli. Beruhigen Sie sich doch. Soll ich einen Arzt rufen, dass er Ihnen ein Mittel gibt?«, frage ich.

»Ich brauche kein Mittel. Glaubt ihr, ich merke nicht, dass ihr mich alle blöd machen wollt? Nur dass ich nichts erzähle? Dabei muss es doch jeder sehen. Er ist der Beelzebub. Er hat mir mein Kind geraubt und es verkauft, nur weil ich keinen Vater dazu hatte. Und dann ist es gestorben. Ohne seine Mama. Ohne mich!«

Milli weint und ballt dann die Fäuste. »Teufel sind es, alle beide! Er und die Hexe! Aber seit die Hexe tot ist, ist er der Teufel!«

Milli will aufstehen. Sie fuchtelt wie verrückt mit den Armen und stürzt dann beinahe. Ich springe auf und halte sie, bevor sie sich noch mal etwas bricht.

»Ludmilla. Beruhigen Sie sich doch. Soll ich Georg rufen lassen?«, frage ich.

»Georg! Er ist es doch! Siehst du's nicht? Bist du auch mit dem Teufel im Bunde? Ihr weint jetzt sicher alle, dass ich mir nicht das Genick gebrochen habe.«

»Georg ist der Beelzebub?«, japse ich, und plötzlich ergibt alles einen Sinn.

»Brüderlein und Schwesterlein, der Teufel und des Teufels Hure«, singt Milli heiser die Melodie eines Kinderliedes. Teilnahmslos schaukelt sie sich vor und zurück. Der Wahnsinn hat sie wieder im Griff.

In meinem Kopf fügen sich die Details zu einer Geschichte

zusammen. Ludmilla, Georg, das angesägte Stuhlbein, die Kinder, Milena … das entscheidende Puzzleteil liegt vor mir.

»Adelheid war deine Schwester«, spekuliere ich vor mich hin und hoffe darauf, dass Ludmilla dadurch aus ihrer Trance erwacht.

Die Tür fliegt auf. Georg steht in Begleitung eines Arztes da. »Ich habe doch tausendmal gesagt, meine Schwester wird ohne meine Begleitung nicht untersucht! Sie hätten mich anrufen sollen. Ludmilla!«, schreit Georg.

Dann sieht er mich, und sofort verändert sich sein Gesichtsausdruck. »Oh, Frau Rosi«, sagt er und lächelt falsch.

Ich fasse mich schnell und lächle zurück. »Keine Sorge, Georg. Milli geht es gut. Wir haben gemeinsam die neuesten Nachrichten angesehen. Milli ist ganz begeistert von der englischen Prinzessin. Nicht wahr, Milli? Kate ist wundervoll, und ihre Kleider erst«, rede ich belanglos vor mich hin.

Georg fällt auf mein Gequatsche herein. »Na, zum Glück war Frau Rosi gegenwärtig. Gott sei Dank geht es heute ab nach Hause.«

Milli schüttelt verzweifelt den Kopf. Sie wimmert leise.

»Keine Sorge, Schwesterlein. Ich habe mit Crescentia gesprochen. Du brauchst in kein Pflegeheim. Bei mir bist du am besten aufgehoben, meine Liebe.«

Dann wirft er mir einen abschätzenden Blick zu. Ich gebe mir Mühe und setze eine arglose Miene auf. Mein Ausdruck scheint seinen Erwartungen zu entsprechen, er neigt leicht den Kopf und bedankt sich bei mir.

»Gern geschehen«, erwidere ich. Mir ist schlecht vor Aufregung, doch ich reiße mich zusammen.

»Alles wird gut, versprochen«, sage ich zu Milli und drücke ihre Hand. Ein kleiner Hoffnungsschimmer blitzt in ihren Augen auf, und ich nicke kaum merklich.

»Rosi hat recht, Schwesterchen. So, und jetzt kommst du mit mir. Ich gebe dir deine Tabletten. Dann macht der Doktor noch ein Foto von deinem Knochen, und schon bist du wieder daheim«, sagt er.

Mir kommt die Galle hoch bei so viel Falschheit und Heuchelei, und mir wird vor Wut ganz schwindelig. Dr. Milovic taucht nun ebenfalls auf und will mich mitnehmen. Ich folge ihm unauffällig in den Untersuchungsraum.

Als die Tür hinter mir ins Schloss fällt, beginne ich sofort zu reden: »Ich muss telefonieren. Sofort. Es geht um Leben und Tod!« Ich stürze mich auf den Schreibtisch des Arztes. Er will mir das Telefon aus der Hand nehmen.

»Bitte«, sage ich, und er muss meine Verzweiflung sehen, da er die Hand senkt. »Und bleiben Sie bitte hier. Wir müssen uns verstecken!«, behaupte ich.

Die Angst, dass Georg mein Schauspiel doch nicht ganz geglaubt hat, wird von Sekunde zu Sekunde übermächtiger. Ich kann den Mann einfach nicht einschätzen, wo er mich doch so hinters Licht geführt hat. War da nicht vielleicht doch ein Zweifel in seiner Stimme? Ich wähle Kurts Nummer, doch es funktioniert nicht.

»Die Null vorwählen«, erklärt Dr. Milovic.

Ich nicke dankbar, dann läutet es endlich.

»Kurt! Kurt! Der Georg ist der Kopf des Rings!«

»Der Georg? Der Bruder dieser Verrückten?«, fragt Kurt.

Die Wut packt mich. »Du hast gesagt, ich soll nichts mehr auf eigene Faust unternehmen, also halte jetzt die Klappe und hör zu, bevor du ein Urteil fällst.«

Und dann erzähle ich, was Milli mir vorhin offenbart hat.

»In Ordnung. Es könnte stimmen, was du sagst. Aber wir sprechen immer noch von einer diagnostizierten Wahnsinnigen, von der du die Information hast. Außerdem hieß Schwester Adelheid mit Nachnamen Meier, und der Georg wie auch die Ludmilla heißen Kerschbaum.«

»Überprüfe doch bitte, ob sie nicht dennoch Geschwister sind.«

Kurt seufzt. »In Ordnung. Das mache ich. Sonst noch etwas?«

»Ja«, japse ich, als mir ein Satz von Milli einfällt. »Der Stuhl mit dem angesägten Bein!«

Ich berichte Kurt auch davon, und er wird hellhörig.

»Sag mal, wann wolltest du mir davon was sagen, bitte schön?«, faucht er wütend.

»Ich habe es vergessen, Kurt, einfach vergessen. Es war so viel … und außerdem waren wir alle davon überzeugt, dass Milli ihn angesägt hat«, entschuldige ich mich und kann die Tränen kaum zurückhalten.

»Gut, ich schicke sofort eine Mannschaft ins Heim und eine zu euch ins Krankenhaus. Auch wenn ich mich vielleicht zum Narren mache, will ich nichts mehr riskieren. Wir nehmen Georg auf Verdacht fest. Anwalt hin oder her. Und du, Rosi …«

»Ja?«, frage ich.

»… du rührst dich keinen Millimeter, verstanden? Gib mir mal den Arzt neben dir.«

Ich reiche den Hörer weiter. Kurt spricht nur einen Satz mit Dr. Milovic, aber dieser nickt ernst und legt dann auf.

»Was hat Kurt gesagt?«, will ich wissen.

»Zur Not soll ich Sie mit einer Spritze lahmlegen«, sagt der Doktor ungerührt.

Ich schnappe nach Luft, so viel Frechheit hätte ich nicht einmal Kurt zugetraut. Als könnte man einer Rosi nicht glauben, wenn sie verspricht, sich nicht einzumischen.

»Keine Sorge«, sagt Dr. Milovic, »das habe ich nicht vor. Ich werde aber meine Kollegin Berta gegenüber kurz bitten, sich mit Ludmillas Abschlussuntersuchung Zeit zu lassen. So ein Röntgenapparat kann auch manchmal streiken. Dann bekommen wir beide mit, wie es in diesem Krimi weitergeht.«

»Krimi?«, frage ich.

Die Augen von Dr. Milovic leuchten. »Ja, freilich. Ich habe mein Handy schon parat und will ein paar Fotos von der Festnahme knipsen. Meine Freundin behauptet immer, dass es doch langweilig sein müsse, immer nur Wehwehchen zu untersuchen und mit Kranken zu tun zu haben. Sabrina steht auf härtere Typen. Sie liest auch grauenhafte Thriller, bei denen mir die Magensäure die Kehle hochfährt. Dass ich derzeit in einen Mordfall involviert bin, wollte sie mir gar nicht glauben.«

Ich kann über die naive Begeisterung des Arztes nur den

Kopf schütteln und frage mich, warum ich immer so ein Pech habe. Jedermann scheint euphorisiert zu sein, wenn es um Leben und Tod geht – nur ich nicht. Aber wenigstens hält der Arzt auf diese Weise Ludmilla und Georg lange genug im Krankenhaus fest, sodass Kurt auch tatsächlich eingreifen kann. Dr. Milovic telefoniert schnell, und dann verlangt er doch glatt, dass ich mich auf die Liege lege und wir meine Innereien bestaunen.

»Keine Sorge, wir hören, wenn es so weit ist. Außerdem läutet Berta kurz durch, wenn die Polizei vor der Tür steht.«

Ich versuche mich zu entspannen. Dr. Milovic drückt schleimiges Gel auf meine Bauchdecke. Dann prüft er mich auf Leber, Herz und Nieren. Das Telefon läutet.

»Alles in Ordnung. Sie können nach Hause!«, behauptet der Arzt, obwohl er die zweite Niere nicht angesehen hat. Fahrig drückt er mir ein paar Papiertücher in die Hand und stürmt hinaus auf den Gang.

Ich wische mich ab und kleide mich in Windeseile an. Keinen Wimpernschlag später bin ich auch auf dem Flur. Es herrscht Chaos, und ich bekomme im ersten Augenblick gar nicht mit, was sich da vor mir abspielt. Vier Beamte stehen da, die Pistolen gezogen und auf die geöffnete Tür gerichtet. Ich pirsche mich an.

»Geben Sie auf, Herr Kerschbaum!«, schreit der erste Polizist.

»Niemals«, klingt es aus dem Röntgenraum.

Ich spähe hinein. Georg steht breitbeinig da und umklammert Milli wie eine wehrlose, überdimensionale Stoffpuppe mit der einen Hand. In der anderen hält er ein Skalpell, das er seiner Schwester an den Hals drückt. Ich meine, schon eine dünne Blutspur zu sehen.

»Legen Sie das Messer weg!«, sagt eine Polizistin.

Es muss Andrea sein. Ich erkenne ihre Stimme, obwohl sie viel tiefer und ernster klingt als sonst.

»Lasst mich durch, oder Milli hat ihren letzten Atemzug getan«, schreit Georg. Speichel spritzt im hohen Bogen.

»Ja bitte!«, ruft da plötzlich Milli und macht einen Ruck. Das Metall gleitet in ihren Hals.

Georg taumelt zurück, die Polizisten stürmen den Raum und werfen ihn auf den Boden. Dr. Milovic und seine Kollegin Berta hechten zu Milli. Handschellen klicken. Ein unendliches Geschrei.

Ich wanke auf Milli zu, habe nur noch Augen für die alte Frau. Dr. Milovic drückt auf den blutüberströmten Hals. Die Ärztin drückt eine Notfallklingel. Nur nebenbei bekomme ich mit, wie Georg aus dem Raum geschleift wird. Ich knie neben Milli nieder. Blut quillt ihr aus dem Mund. Ich nehme ihre Hand. Sie ist kühl und trocken, fast wie Papier.

»Milli«, sage ich leise. Tränen füllen meine Augen.

»Mein Engel«, blubbert Milli, und in ihrem Blick liegt plötzlich ein Frieden, den ich noch nie zuvor bei ihr gesehen habe. Dann werden die Augen trüb.

»Scheiße«, flucht Dr. Milovic. »Reanimationsteam! Chirurgen!«, plärrt er hinaus in den Flur.

Fußgetrampel. Noch mehr Ärzte dringen in den bereits überfüllten Raum.

Ich mache Platz für die Mediziner. Sie versuchen, Ludmilla das Leben wiedereinzuhauchen, doch ich weiß, dass es zu spät ist. Milli ist bei ihrem Engel. Ich drücke mich an die Wand. Heiße Tränen laufen über meine Wangen. Hätte ich doch nur …

Du hättest nichts tun können, meine Liebe, höre ich Horst sagen, *manche Dinge liegen nicht in deiner Hand.*

Obwohl ich weiß, dass es die Wahrheit ist, zerreißt mir dieses Wissen das Herz.

Kinder, Engel und Erlösung

Diese Mittelchen helfen bei angespannten Nerven
Entspannungstechniken wie autogenes Training • Schüßlersalz • Kalium Phosphoricum • Hildegards Nervenkeks • Baldrian, Melisse und Johanniskraut als Tee oder destilliert als Tropfen

Mein Haus steht da, als wäre nichts geschehen, und doch hat sich vieles geändert. Eine Traurigkeit ist in mein Herz gefahren und hat es ummauert, die undurchdringbar ist. Ich habe versagt. Obwohl mir alle zusichern, dass ich nichts hätte tun können, greift dieses Scheitern nach meiner Seele und frisst sie auf. Nach Ludmillas Tod musste ich noch drei Tage länger im Krankenhaus bleiben. Niemals hätte ich gedacht, dass etwas oder jemand meine Nerven zum Zerreißen bringen könnte. Doch ich habe mich getäuscht. Ich mag Nerven wie Drahtseile haben, aber gegen eine Metallsäge können auch diese nicht bestehen. Rosi Beingruber, Kräuterkundige und Helferin in der Not, erlitt mit dreiundsechzig einen Nervenzusammenbruch.

Sepp war da. Er hat mich nicht im Stich gelassen. Ich habe geweint und getrauert. Ich habe für Milli Tränen vergossen, die ihr Leben lang als Verrückte behandelt wurde, obwohl sie nur die Wahrheit gesagt hatte und die Einzige unter den drei Geschwistern war, die ich als normal bezeichnen würde. Ich habe um Milena getrauert, die so jung ihr Leben lassen musste, und ich habe um die Kinder und Frauen geweint, die dem boshaften Spiel einiger geldgieriger Menschen zum Opfer gefallen sind. Nur langsam ist das Licht zurückgekehrt. Es war Mariella, die mir die Helligkeit zurückgebracht hat. Mit ihren kleinen Händchen und dem Mund, so süß und winzig, dass ich einfach lächeln musste, als sie die Lippen schmatzend verzog.

Sepp hat Donald reparieren lassen, und nun sitze ich als Beifahrerin in dem alten Auto und werfe dem Mann an meiner Seite immer wieder verstohlene Blicke zu. Sepp wäre bestimmt lieber mit seinem Audi gefahren, doch er wusste, dass es mir eine kleine Freude bereiten würde, den rüstigen Wagen in seinem früheren Glanz wiederzusehen. Vom Vandalismus ist nichts mehr zu erkennen. Vroni, ihr Bruder und der Wirtsbub müssen für den Schaden aufkommen und zur Strafe im Altenheim Sozialdienst verrichten, doch das Leid in meinem Herzen ist damit nicht ausradiert. Genauso wie alles andere hat mich das Verhalten der Jugendlichen erschüttert.

Doch nun fahren wir hier in meine Einfahrt, und mein Haus steht da wie eh und je. Die Idylle trügt. Ich habe mich verändert, auch wenn es äußerlich nicht wahrnehmbar ist.

»Jetzt wird alles wieder gut«, verspricht mir Sepp. Er stellt den Motor ab und sieht mich an. »Du bist daheim, Röslein.«

»Danke«, sage ich und meine es von Herzen.

»Ich sollte eigentlich nichts verraten, aber ich glaube, es ist besser, du weißt Bescheid. Drinnen hat sich die ganze Familie versammelt. Daniela hat darauf gepocht, dir gleich heute von der Schwangerschaft zu erzählen, bevor du es von allein errätst. Außerdem will sie dich aufheitern.«

Ich muss lächeln.

»Bist du bereit?«, fragt Sepp.

Ich nicke. Sepp steigt als Erster aus und öffnet meine Tür. Er hilft mir hinaus. Die kühle Winterluft erfrischt mich nach der langen Fahrt im stickigen Auto. Die Werkstatt hat nicht nur Donalds kosmetische Fehler korrigiert, sondern auch die Heizung in Gang gebracht. Jetzt heizt Donald, als würde der Satan höchstpersönlich ein kleines Höllenfeuer in der alten Ente veranstalten.

Ich sehe mich um. Bald schon wird sich mein Zuhause verändern. Im Sommer bauen Raphael und Kalina auf der Weide hinter dem Haus ihr eigenes Heim. Mariella wird bald laufen und mit ihren neugierigen Händchen alles erkunden. Ich muss dringend den Heuboden neu absichern, und auch die Freiheit meiner Hühner wird ein Ende haben. Ich will doch nicht, dass die Kleine mit Hühnerdreck zwischen den Zehen herumläuft. Außerdem müssen eine Schaukel und ein Sandkasten her. Ob die Äste des alten Kirschbaums noch kräftig genug für ein Schaukelbrett sind? Vor meinem Auge verwandelt sich mein Garten in ein Kinderparadies.

Ein eisiger Windstoß zischt um meine Nase, und mein Haus liegt wieder vom Schnee umgeben vor mir. Ich straffe die Schultern. Wenn ich eine Zukunft will, wie ich sie mir eben ausgemalt habe, dann muss ich stark sein. Eine Kräuterrosi übersteht so manchen Orkan.

»Gehen wir«, sage ich und trete überzeugt nach vorn.

Ich öffne die Haustür. Behagliche Wärme strömt mir entgegen. Es duftet nach Bratäpfeln und Glühwein, und ich habe das Gefühl, dass heute schon Weihnachten ist.

»Die Kinder meinten, etwas Vorweihnachtsstimmung könnte nicht schaden.«

»Ende November?«, frage ich.

»Ich konnte Dani gerade noch vom Keksebacken abhalten.«

»Ein paar Lebkuchen wären jetzt aber schon fein«, scherze ich.

Sepp lacht. »Komm. Das Essen steht bestimmt schon auf dem Tisch. Es gibt alles, was dein Herz begehrt und dein Körper nach der Spitalsdiät dringend braucht.«

Und tatsächlich, auf dem Tisch wartet ein großer Ofenbräter, Knödel stapeln sich in einer Schüssel, und das Blaukraut dampft daneben. Raphael macht sich gerade fluchend an der Ente zu schaffen.

»Soll ich lieber? Du zerlegst das arme Vieh noch in hundert Teile«, rufe ich.

Alle blicken auf. »Hallo, Mama«, höre ich und sehe in die Runde. Dani und Kurt sind da, ebenso Kalina mit Mariella, und auch Gitti winkt mir über den Tisch zu. Doch am allermeisten freut mich, dass Klara am Ende der Bank hockt und in meine Richtung lächelt.

»Ich hoffe, dein Angebot gilt noch und ich kann ein paar Tage bei dir Urlaub machen. Ich fühle mich so einsam in Maria Schmolln. Der Orden hat mir zugesagt, dass er noch vor Weihnachten zwei junge Nonnen aus Indien als Verstärkung schickt. Bis dahin habe ich frei und wäre gern ein wenig in Gesellschaft, wenn du verstehst«, sagt sie.

Ich eile um den Tisch und nehme ihre Hände. »Aber natürlich. Ich freu mich, dass du da bist.«

Klara strahlt mich an. »Danke. Ich brauche ein wenig Abstand.«

»Ist wohl wirklich besser, du nimmst dich dieses störrischen Viehs an«, gibt sich Raphael geschlagen und hält mir mit verzweifeltem Gesichtsausdruck Messer und Gabel hin.

Die Ente hatte ich einen kurzen Augenblick tatsächlich vergessen. Aber nun sehe ich das Desaster, das Raphael bereits angerichtet hat. Daniela kichert, und auch die anderen müssen sich zusammenreißen, um nicht laut über Raphaels Metzgerversuche zu lachen.

Ich trete schweigend an den Tisch und zerlege die Ente.

»So gut wie bei dir ist sie bestimmt nicht, aber ich habe mein Bestes gegeben«, sagt Dani.

Wir beginnen zu essen. Der Appetit kommt mit dem ersten Bissen. Zuerst herrscht noch einige Minuten betretenes Schweigen. Dann lässt Dani plötzlich das Besteck fallen und stöhnt theatralisch. »Also ich halte es nicht länger aus. Ich will nicht bis nach dem Essen warten. Das dauert noch eine halbe Ewigkeit.«

Kurt lacht. »Und jetzt kommt es auf einmal auf die dreißig Minuten an, wo du uns alle wochenlang zum Stillschweigen verdonnert hast.«

»Ja genau.« Dani erhebt sich. »Mama, du wirst wieder Oma«, sagt sie und strahlt dabei wie ein Honigkuchenpferd.

»Ich habe es vermutet«, antworte ich, weil ich momentan zu einer ganzen Lüge nicht fähig bin.

»Hier«, sagt Dani und hält mir ein Ultraschallbild entgegen.

»Oh.« Ich nehme das Foto und betrachte es. Es ist schwer, auf dem grau-weiß-schwarzen Schattenbild überhaupt etwas zu erkennen.

Dani sieht mich erwartungsvoll an. »Es freut mich sehr, dass ich noch mal Oma werde.«

»Max und Moritz freuen sich bestimmt auch, eine so tolle Oma zu haben.«

»Max und Moritz?«, frage ich.

»Das Geschlecht lässt sich natürlich noch nicht feststellen, aber ich fand Max und Moritz besser als Kurts Vorschlag, die beiden Fix und Foxi zu nennen.«

»Also, ich war bei der Nachricht aber ziemlich fix und foxi«, sagt Kurt ernst.

»Zwillinge«, stottere ich und bin jetzt doch überrascht.

Dani nickt begeistert.

»Das ist ja großartig!« Mein Herz rast. Ich werde Oma, zweifache Oma sogar.

»Jetzt bring deiner Mutter schon einen Schnaps, Raphael. Einen Doppelten!«, kommandiert Sepp.

Raphael tut, was ihm geheißen wurde, und ich kippe den Marillenschnaps in einem Zug hinunter.

»Das sind ja tolle Neuigkeiten«, sage ich hustend.

»Ja, und weil mein Häuschen, das ich im Dorf unten gemietet habe, so klein ist, dachten Kurt und ich daran, dass wir vielleicht neben dir bauen könnten, wo Kalina und Raphael doch lieber hinten ihr Haus hinstellen wollen.«

Mir ist schwindelig. Entweder es liegt am Schnaps oder an den vielen Neuigkeiten. Auf jeden Fall fehlen mir die Worte, und so nicke ich nur stumm wie ein Goldfisch.

»Und Mama? Was sagst du dazu?«

»Ja. Wenn ihr wollt«, antworte ich verdattert.

Sepp rutscht an mich heran und legt seinen Arm um mich. »Wenn es dir zu viel wird, habe ich noch immer meine Wohnung über dem Herzkasterl«, sagt er.

»Nein, nein. Das passt schon.« Und während ich es ausspreche, fühle ich langsam, dass es auch wirklich stimmt.

Wir essen zu Ende. Dani erzählt voller Begeisterung, was sie nicht alles besorgen muss und wie sehr sie sich auf die Zwillinge freut. Kalina breitet nach dem Essen Kataloge mit Fertighäusern aus, und Raphael diskutiert mit Sepp und Gitti übers Geschäft. Während mein Junge davon träumt, das Herzkasterl zu erweitern, mahnt Sepp zum Erhalt, und Gitti schwärmt nur davon, dass ihr Freund vom Fernsehen ja *so* begeistert von Sepp ist.

»Du drehst aber schon noch eine Staffel ›Pimp my Puff‹, wenn es gut ankommt?«, bedrängt sie Sepp.

Mir ist der Trubel zu viel. Ich muss daran denken, wie gehässig und böse die Menschen sein können und zu welchen Taten sie fähig sind, wenn etwas nicht in ihr Weltbild passt. Eine Kräuterhexe und ein Bordellbetreiber sind schon Anlass genug, um Anstoß zu nehmen. Ich setze mich nachdenklich auf die Ofenbank und beobachte das gesellige Treiben in meiner Stube. Kurt nimmt neben mir Platz.

»Na, Rosi, wie geht es dir?«, fragt er. »Ich dachte, dich interessiert vielleicht, wie sich alles aufgelöst hat.«

»Du meinst, ich will hören, dass ich recht hatte?«, frage ich und lege meine Hand auf seinen Oberschenkel.

»Na gut. Dann eben auf diese Weise. Ja, Rosi, du hattest recht, und ja, ich bin heilfroh, dass du diesmal die Polizei gerufen hast, auch wenn ich zu Beginn an der Geschichte gezweifelt habe. Dass Ludmilla und Georg Kerschbaum hießen und Adelheid Meier, lag daran, dass Adelheid den Namen ihres früh verstorbenen Vaters getragen hat und die beiden anderen den Namen des zweiten Mannes ihrer Mutter. Sie waren also Halbgeschwister.«

Ich nicke. So etwas Ähnliches habe ich mir schon gedacht. »Hat Georg ausgesagt?«, frage ich.

»Er erhofft sich dadurch mildernde Umstände vor Gericht. Georg ist ein gefinkelter Kerl. Er dreht die Geschichte so, als wäre er nur ein Rädchen im ganzen System, obwohl wir eindeutige Beweise gefunden haben, dass er der Kopf des Rings war.«

»Beweise?«

»Mmh. Geld. Georg hat ein prall gefülltes Konto. Er hat abkassiert und die anderen mit Almosen abgespeist. Außerdem war er derjenige, der Milenas Tod in Auftrag gegeben hat. Wir haben auf Crescentias Handy eindeutige Nachrichten gefunden. Georg dachte wohl, er wäre mit seinem Wertkartenhandy auf der sicheren Seite. Wir haben das Mobiltelefon aber im Müll gefunden. Er hat das Teil zwar abgewischt, doch die SIM-Karte im Inneren dabei vergessen.«

»Aber das Metallkästchen mit den Unterlagen? Er hat es mir doch gegeben.«

»Selbst das war reine Berechnung. Als Georg gemerkt hat, dass wir Milenas Tod genauer unter die Lupe nehmen und vielleicht auf ihren Sohn Darius stoßen, hat er die Schatulle gebastelt, um uns mit dem Totenschein in die Irre zu führen.«

»Er kommt hinter Gitter, oder?«, frage ich.

»Für eine lange Zeit. Erpressung, Mordauftrag, Kinderhandel.«

»Sag mir nur eines, Kurt. Wie konnte er mich so täuschen? Ich hätte jeden verdächtigt, nur ihn nicht.«

»Ich bin kein Experte, aber meiner Meinung nach ist Georg ein Psychopath und ein Egoist. Er ist ein perfekter Schauspieler und kann die Gefühle anderer aus deren Gesichtern lesen, als wären sie Bücher. Dann spielt er ihnen genau das vor, was sie sehen wollen.«

»Hat er so auch Crescentia und Sebastian manipuliert?«

Kurt schüttelt den Kopf. »Crescentia war erpressbar. Sie hat schon zu viel abkassiert, und Georg hatte ihre Unterschrift auf etlichen Dokumenten.«

»Und Sebastian?«, frage ich nach.

»Pater Sebastian hat ein ganz anderes Problem. Er ist wirklich schwul, und Georg hatte Fotos von ihm in einer Schwulenkneipe.«

»Sebastian schwul? Mir gegenüber hat Georg behauptet, dass er homosexuell sei. Ich habe ihm jedes Wort geglaubt.«

»Ja, da siehst du, was für ein begnadeter Schauspieler Georg ist. Er konnte in jede Rolle schlüpfen, die er wollte. Schade um das Talent. In Wirklichkeit aber ist er ein selbstverliebter Narzisst. Ein anderer Mensch hätte in seinem Leben keinen Platz gehabt. Er hat ja sogar seine eigene Schwester für verrückt erklären lassen, nur weil sie ihr lediges Kind nicht hergeben wollte.«

»Was für ein grauenhafter Mensch«, sage ich trocken.

Kalina kommt auf mich zu. Sie strahlt mich an. »Rosi, komm Bratäpfel essen. So schön. Du bist wieder da«, sagt sie.

Ich nehme ihre angebotene Hand und lasse mich zurück zum Tisch führen. Der Geschmack von Zimt und Zucker explodiert auf meiner Zunge.

Mariella schreit auf.

»Oje, was hat denn mein Engelchen«, frage ich und lege den Löffel zur Seite. Mariella liegt in der Wiege. Ich sehe das schreiende Kind an. »Die Kleine bekommt Zähne. Hast du ihr schon Veilchenwurz gegeben?«, frage ich Kalina.

Sie schaut mich nur fragend an.

»Eine Veilchenwurzel wirkt Wunder beim Zahnen«, unterstützt mich Klara. Ich zwinkere ihr verschwörerisch zu, froh darüber, dass weder sie noch ich die Leidenschaft für Kräuter verloren haben.

»Gut, dass ihr mich habt«, antworte ich und gehe zu meinem Schränkchen. Ich nehme eine Wurzel heraus und fühle mich gleich besser. Das ist meine Berufung. Helfen. Ich, Rosi, dreiundsechzig, mit angeborener Schnüffelnase und erworbenem Helfersyndrom, gebe nicht auf.

Meine Familie braucht mich. Meine Kunden brauchen mich. Ja, sogar die Polizei braucht mich. Egal, was kommt, ich bin da. Selbst bei Mord und Totschlag.